U0122761

九龍公園

周潔茹 著

目錄

一，如果蘑菇過了夜

我還是想跟你過一夜，他說。

我覺得沒有必要，她說。

一夜，他說。

她不說話，她重新畫了一遍唇，一點點桔色的紅，襯得她的臉色不那麼難看。

我先走了，她說。

車剛開出去，他的短信來了，愛你。

她看了一眼後視鏡，手指劃了一下，刪除了。

停了車，上了樓，麪包放到桌上，小孩的校車也到了。她站在門口迎接，就像迎接她的丈夫。

大房子，可是沒有工人，丈夫說的，這是你的工作，家務和小孩，你只管這個。她反駁不了。小孩剛剛出生的時候提過家裏要個工人，就像鄰居們那樣，丈夫暴怒，你吃我的用我的還不滿足？她再也沒有提過。

小孩校車下來，書包交到她的手上，進了門。小時候還會叫媽媽，升了七年級，再也沒有叫過她，像他的父親，回來和出去，都是直來直去的，沒有一聲招呼。丈夫出去上班，她不能出現在他的視界，她只呆在廚房，或者洗衣房，丈夫說的，早上看到甚麼都煩。聽到大門鎖上的聲音，她才出來，從小孩出生開始，也有十五年了。

懷孕的期間，丈夫出了軌。可是不離婚，丈夫不離婚，她也不離婚，離了婚，她就活不下去了，丈夫也知道，所以軌繼續出著，可是不離婚。

我是可憐你，丈夫是這麼說的。

她笑了一笑，她竟然笑了一笑。

她從來沒有工作過，二十一歲懷孕結婚生小孩。婚姻和生育就是工作，要是被解僱，她確實活不下去了。

今天是披薩之夜，小孩看了一眼客廳桌上的麵包，說。小孩上國際學校，在家也只講英文，她想過跟小孩說中文，幾句也好，丈夫說講英文，看電視都是英文，你跟安德魯講中文？你學英語的講中文？她收了聲。

要不要吃？她說，今天去到麵包店，看到安德魯最喜歡的小茴香籽麵包剛出爐，就買了，要不要吃。

今天是星期五，披薩之夜。安德魯說，叫披薩，請。

她說是的，星期五和披薩，我等會兒就叫。

一個七種起司披薩，一個辣肉腸披薩，普通尺寸，她在網站上下單，每個星期五都是這樣，但是她看到了一個推廣，紅洋蔥蘑菇披薩，她就多訂了一個這樣的披薩，紅洋蔥和蘑菇，她也不知道她為甚麼要點，她只接受不了披薩上面放菠蘿，其他甚麼都可以放。

鄰居家的大衛會在晚飯的時候過來找安德魯玩，打電玩，吃披薩，披薩之夜，其實是兩個七年級男生的電玩之夜。

大衛過來的時候披薩還沒有到，可能是下雨，所以遲了。

門鈴響的時候天都快黑了，真的遲了，她匆匆忙忙找了錢包，開門，二十塊錢小費。

嘿，要給小費的嗎？大衛說，我媽媽就從來不給。

她不說甚麼，接過了披薩盒子，同時說謝謝。她高中的時候就在咖啡店打零工，一點點小費都會讓她和同事覺得幸福。她後來總會給小費，送披薩的，送壽司的，對她來說已經不要緊的幾十塊錢，對他們來說也許是很重要的，而且還下雨。

男孩們吃了披薩就去了房間，也沒有打遊戲，這個週末。

有個報告要寫。安德魯是這麼說的，要找資料。

她點頭，開始收拾桌子，家裏沒有工人，她就是工人。

蘑菇披薩都剩下了，甚至都沒有被咬一口，男孩們連試都不想試。

她把披薩和果汁放進冰箱。取出一碗隔夜米飯，燒了一鍋開水，給自己做了一碗泡飯。配泡飯的，只是一碟玫瑰腐乳。對她來說也夠了。丈夫從來不回家吃晚飯的，她不知道他在哪兒吃晚飯。她習慣了丈夫不回家吃晚飯，她也只要一碗泡飯的自由。

她不看電視，看看書，有時候跟同學崔西通幾句微信。

我只能把書放在車裏。崔西是這麼說的，趁塞車的時候翻幾頁。

她說是啊，你好忙啊。

只要找到機會我就看書。崔西說，紅綠燈我都能看兩行。

崔西已經離了婚。有一個白人男朋友，一早送了戒指，可是她不肯再結婚。

除非我哪天吃了藥，我們就開車去拉斯維加斯結婚，崔西是這麼說的。

崔西算是熬過來了。最壞的時候，兩個女孩在電話裏哭，她說她懷孕了只好結婚，她去不了美國了，崔西說你還是不要來美國的好，英語專業的到了美國就是沒專業，直接失業。她結了婚，崔西也結了婚，崔西的ABC丈夫把崔西關在家裏，真的是，關在家裏，用一根鎖鏈銬住的那種，只會發生在電影裏。崔西熬了過來，建立了新的人生。崔西的人生，她想都不能夠去想。離得艱難的婚，報了警，申請了限制令的那種，仍然一無所有，從頭開始。但是至少崔西做出了一個決定，她還不知道她甚麼時候會做決定，甚麼樣的決定。

安德魯小學三年級，她才有空，上午九點到下午三點，這六個小時，做完了一切家事，買完了一切東西，多出來的時間，足夠做一場愛。

所以她出軌的時間，比丈夫遲了十年，一個小孩從出生到小學三年級的時間，加上懷孕的那十個月。

她註冊了一個一夜情網站，出了軌和想要出軌的男女那麼多，超出了她的想像。

她一般兩三次就換人，安全，也是厭倦。

只到他，他會說，一夜。

她停頓了一下，刪除了他，他還會發那樣的微信，愛你。太危險了。

他從後面抱住她。她看著窗外，藍天白雲的窗外。

她不用去想他是甚麼樣的，很多時候她會搞混他們。每一個男人，好像也沒有甚麼差別。沒有一個男人能給她高潮，她也不用假裝，他們又不養她。她也沒有想過包養小男人，她知道那些女人，她有時候也去她們的牌局，她打牌始終不怎麼行，又不能不去，徹底不去她就被徹底地排擠在了外面。

她在約會前做護理，給她做護理的女孩總是絮絮叨叨，她不挑剔，也不要求換人，美容院就總派給她那個說話說不停的女孩。

姐姐，我跟你說哦，我以前好漂亮嗟，我的每一個男朋友都好愛我。

她說你現在也很漂亮。實際上她從來不看任何人的臉，她也不記得任何人的臉。

姐姐，我現在的老公也很愛我呢。

她說哦。

姐姐，我第一個男朋友和第二個男朋友還為了我打了一架呢。

她說哦。

姐姐，我現在的老公就是第一眼就很喜歡啊，他的條件算是最差的，可是我就要跟他。

你叫甚麼名字？她說。

櫻桃，姐，我叫櫻桃。

櫻桃，你不要再擦那顆痣了，對，眼角下面那滴，小小的，那是一顆痣。

對不起，姐。

她說沒關係。

做完護理，她只畫一下口紅，就去約會。

她要做完了再洗澡，連帶著妝面都洗掉。

她看著窗外，藍天白雲的窗外。

她不動，如果她動一下，他就會硬，做一下。她沒有甚麼期待，如果做一下，或者沒有做一下，好像也沒有甚麼分別。

她枕著他的右手，左手放在他的手心。她總喜歡朝著右邊，他們說心在左邊，朝右睡就不會壓到心，她不知道她的心長在哪邊，因為每一次心痛都在右邊，她還是喜歡朝著右邊。

窗外甚麼都沒有。她在他的手心劃了一個小小的圈，無意識的，他就醒了。他板過她的臉，開始吻她。她睜著眼睛。甚至有點茫，呼吸都忘了。他又開始吻她的耳垂，脖子，又回到嘴唇。她有點喘不過氣，好像太重了，又太疼了。她只好去想像他是把她當做糖，他的啜吸也甜了，但她還是糖，只是一顆糖。

他又吻了她的臉頰，吻了頭髮，她只好閉上眼睛。有的人很喜歡親吻，有的人很喜歡抱抱，有的人就是做，三個小時，不停地做。都是有病的人。

他開始揉搓她的胸，她軟了，變作蓓蕾。蓓蕾？櫻桃？cherry？她竟然想到了美容院的那個女孩，她說她叫櫻桃。姐姐只有一個男朋友太虧了吧。那個櫻桃是這麼說的，每個男朋友都不一樣噠。他含住她，她濕了。腦子裏卻去想，不一樣？有甚麼不一樣的？不都一樣。

他翻身把她壓在身下，並不粗暴，呼吸平緩，就像是在吃一餐飯，每天都要吃的飯。

手滑下去，把她托上了一點，就進入了她。抽插也是平緩的，平靜到像吃飯。

他之前的他就不太克制，沒有甚麼能夠控制他，他還是一個海關官員。實際上她不太去管他們是做甚麼的，上了牀，差不多是一樣的。

他會把她的手都推過頭頂，一隻手按住她的手腕，身體壓下來，像是吞沒了她，又不著急吃掉她，他的另一隻手蓋住她的下面，撫摸和撫摸，她不知道他用哪個手指，也許是拇指和食指。她身下的牀單都濕了。

想要？他會說，聲調都沒有變，甚至凝視她。

她不說話。

想要求我啊，他說。

她搖頭。也不想笑，笑不出來。

他的手指進入她，應該是中指，即使是手指的速度和深度，她都有點承受不住。

她喘不過來，頭髮遮住了半邊臉。

求你。她說，求你停。他的手指停留在探索的通道。

我不要。她又說，別再弄我了。

他進入她，狠狠地，她只能讓自己更柔軟一點，去承受他的撞擊，一下又一下，噴射都是滾燙的。她去淋浴的時候就把他刪除了。

他用網站的聯繫器不停地發訊息給她，她把自己設置成了不在線。三天以後他再也沒有出現，他的頭像也成為了永遠的不在線。

她想過過關的時候會不會碰到他？這樣的概率。她仍然低了頭，每次過海關。如果我只是要一個高潮，我用振動棒好了。她對自己說，處理起來也方便。她低著頭，凝視海關的手，他們都戴著手套，看不到真的手，戴著手套的手把她的證件推了出來。下一位，他們說。

大衛媽媽傳短信給她，下週學校的旅行是去印度尼西亞的營地，你家安德魯去不去？

她回覆給她，為甚麼不去？學校安排的活動，怎麼可以不去？

印度尼西亞那種地方，大衛媽媽說。

最好去，不管是哪裏。她說，都算是上課。

好吧。大衛媽媽說，那我們家長要不要聚下？孩子們不在家三天兩夜呢。

她回覆過去一個笑臉。

她想的只是不用做飯，披薩也不用叫，丈夫下週也出差，丈夫經常出差，她不知道他去哪裏，她的存在或者不存在，對他來說好像都沒有甚麼差別。

她睡的工人房。工人房沒有窗，終日要開燈，一張單人牀，一個轉身都困難的洗手間，牀下面牀旁邊都是櫃子，塞滿了東西，丈夫的舊物，孩子的舊物。這樣的房間，印尼的工人菲律賓的工人都是滿意的，有的工人只能睡在客廳，或者跟主人的孩子睡，大衛家的工人，工人房堆滿雜物，當做貯物室，工人睡在廚房的地上，忙完就在廚房鋪牀睡覺，到了早上再把牀鋪捲起來收好。

安德魯三歲前，她跟安德魯睡，半夜要起來餵奶，三次四次，安德魯直到三歲才睡整覺，她已經不能睡整覺，不用餵奶，仍然一晚要起牀三次，去看看安德魯睡得怎樣。她不去大房間，房門是關著的。

我總是半夜醒，會吵到你。她自己說的，我去睡工人房。她的丈夫不說甚麼，她就去睡工人房了，她自願的。

她寧願睡工人房，一個可以買好包包好衣服但是睡工人房的太太。

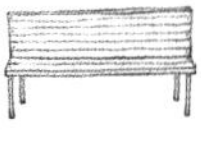

她仍然睡得很輕。一個睡工人房的太太，時時刻刻擔著心，丈夫和孩子，隨時隨地地招喚。

丈夫要是要甚麼東西，即使是凌晨三點，也會把她叫起來找的，如果找不到，就找到天亮，總會找到。

每天臨睡前，她都不知道會發生甚麼事，這一夜會找甚麼東西。

比找東西更不能預料的是丈夫，有時候他還是會要她。

即使她睡著了，真的睡著了，他直接進入她。真的可以痛醒的。她捂住自己的嘴，不出聲，單薄工人房，撞擊的聲音，特別響，她不出聲，怕安德魯聽到，安德魯當然聽不到。她仍然捂住自己的嘴。

她很快濕了，身體像是會自動回應強暴，竟然還能高潮，她的丈夫能給到她高潮。憤怒，羞恥，痛哭，大笑，尖叫，麻木，合理的強暴，合法的強暴，各種強大的情緒撕裂了她，高潮疊起，她甚至去想了一下婚內強奸或者性虐待那些字眼，可是給到多重高潮的被迫性交，算不算強奸？

崔西不服從，真的被撕裂，反抗太激烈，ABC 把她關在地下室。只要你服從，你就可以回去上面，繼續過你的好日子。他還引誘她，你想想？你剛剛到美國時候的好日子。

崔西說你這個婊子養的。

他強暴不了她，如果她寧願去死。

崔西沒有提告他，她說崔西你有悲憫的心，崔西說拉倒吧我都後悔了，惡人永遠是惡人。

她做了一個夢。她在鐵絲網的裏面走，腳下的路又窄又彎，一隻怪獸蹲在網外，怪獸長得像豹，又不完全像豹，眼睛是綠的，舌頭是紅的，它的身體緊緊靠著鐵絲網，長毛從網的空隙鑽進來。它的眼睛定定地盯牢她，似乎在笑。她因為有了鐵絲做的安全網，停止了發抖，繼續往前走，她拐了個彎，來到一處空曠的地方，她發現再也沒有鐵絲的網做保護了，原本就沒有安全的，再也沒有安全了，走到最後，總要暴露身體。那隻似豹非豹的怪物知道，於是它早就在安排好了的地方等待。她想哭。那隻怪獸沒有直接衝撞過來，它像人類一樣溫柔地靠近了她，伸出猩紅的舌頭舔她，舌頭很溫暖，柔軟，沒有任何惡意。它緩慢地，溫柔地，咬下了她的胳膊，安靜地咀嚼，咽了下去，然後是腿，再是其他，她看著它，卻感覺不到絲毫疼痛，一點也不痛，只是悲傷，悲傷的眼淚落在怪獸裏滿厚厚長毛的身體，怪獸抬頭看了她一眼，溫和地一笑，和著她的眼淚又吃下了她的另一隻胳膊。像是世界上最幸福的事情。

她醒了以後去接了水，吃避孕藥。她的丈夫絕不用套，她要吃藥，她不想生第二胎，她的丈夫也不想，沒有人想。

她站在客廳，藥卡在喉嚨，她又喝了一口水。她的丈夫從房間走出來，去上班，她來不及退回廚房，只好站在原處，不動。她的丈夫沒有看她一眼，徑直走向大門，順手，關了燈。門關上了，她站在瞬間的黑暗裏。

第一個晚上，安德魯在馬來西亞的晚上，她看了一夜書，客廳的沙發，也比工人房的單人牀舒服得多，只要丈夫出差，她都會蜷曲在沙發上，直到睡著。客廳也比工人房暖和，睡在工人房，從頭到腳都是冰冷的，不是睡到半夜冷醒了想去死的那種冰冷，是睡到半夜冷醒了於是確定自己已經死了的那種冰冷。

她蜷曲在沙發上，甚至給自己倒了一杯紅酒，她倒是很少喝酒，也不吃甚麼東西，如果安德魯晚上去同學家，或者因為有活動在學校吃了飯，她也不吃飯了，她的午飯往往是三塊亞麻籽餅乾，也是晚飯。

他是唯一一個問過她有沒有吃飯的男人。

愛你兩個字是用新增聯繫人的方法發過來的，她刪除了他，他仍然可以發來信息，即使她沒有讓他通過驗證。

每一個傍晚，他持續地發來一個新增朋友要求，自我介紹裏持續的只有兩個字，愛你。

一口酒，她通過了他的驗證。

一夜。她說，明天晚上，你要的過夜。

為甚麼一定要堅持過個夜？她當然不會去問他。

沒有辦法給到婚姻，長長久久。他自己說的，一夜也好，當是夫妻了一場。

她笑不出來，一夜情也可以當一齣戲演的，他肯定也是經歷了很多女人，都要演這麼一場？

做護理的一個半小時，櫻桃把她的故事來回說了好多遍。

她躺著，臉上敷著膜。

第一個男朋友好帥好愛我啊，甚麼都給我買，可是我厭煩了啊，我就找了第二個男朋友，也長得很帥的，第一個男朋友就半夜打電話給我媽媽哭哦，可是我真的不愛他了嘛，他都把我的人生安排好了，他自己是在華僑城做事，要我也去念個書，以後安排到公司，可是我後來不愛他了嘛，後來我也不愛我的第二個男朋友了，我就找了第三個男朋友，他也好帥噠。第二個男朋友和第三個男朋友還是互相認識的，我有點不知道怎麼選擇啊，我就幹脆，兩個都不要了。我就遇到了現在的這個老公，我就知道是他，我就知道我要嫁給他，他不是條件最好的，但我就是要他，他也最愛我啊，他把我放在第一位，女兒都放在我後面，然後再是他媽。

你有女兒？她忍不住問。

有啊。櫻桃說，兩個，大的都上小學了呢，但是我老公還是最愛我。情人節非要帶我去買衣服，我說我要給女兒們買，他都不高興了呢，我都說我不缺衣服了。

結婚七年了？

八年了姐姐，我老公還是好愛我，他掙的錢全交給我，自己一分錢都不留。

你為甚麼還要工作？她問。

我工作掙的錢就是我自己的啊。櫻桃說，姐姐啊女人就要給自己存點錢，老公愛不愛都要給自己存點錢，常識來的。

她說哦。

她想起來給她做指甲的女孩，最多也只有二十歲，一邊做一邊跟她旁邊的同事說，轟轟烈烈的愛情只會在年輕的時候發生一次。她看了她一眼，真的好年輕，可能二十歲都沒有。談戀愛就是發神經病。二十歲不到又說，全部的愛情都是發花癡。

小妹妹，她忍不住說，指甲油塗出來了。

對不起，姐。二十歲不到趕緊說，對不起。

沒關係，她說。

在櫃臺簽完字，等著電梯，她又折了回去，跟店長說，以後不要再派櫻桃給我了，請。店長說王太不好意思啊，我也知道櫻桃太多話了。她說你知道你還派給我？我在你手裏買了這麼多套票，她直接地說。店長的臉白了，對不起王太太，是這樣的，我也教過她，真是教了多少遍了，客人也都投訴她，不要她做，真是沒辦法啊，單親媽媽，很苦的。店長看著她的臉色，王太太你最善心了，從來也沒有投訴過，你要是也投訴，店裏就真的要辭退她了，她也不好找工作，申請了七年公屋都沒申請到，算是我代她求個情吧。

她看著店長，沒有甚麼表情。

可憐的，她以前的那個老公天天打她，店長又說一句。

她說算了，當我沒提過。

進了電梯，崔西的微信發過來，我結婚了！然後是一張照片，她挽著比她高了兩個頭的白男朋友，小教堂的前面，崔西只穿了一件小禮服，平底涼鞋，頭上一個小小的鮮花花環。

她回刪掉「你吃了藥了?」這六個字，只發出一個詞，祝賀。

做完，她很快睡著了，皇后尺寸的大牀，她蜷縮在最邊，一個角落，也是習慣了的。他攬她過來抱在懷裏，她豎橫不自在，掙脫了他，又睡到最邊去了，他攬了她第二遍，就把她弄醒了。只好再做一次。到第三次的時候她已經神智不清，他是愛她還是愛做她，她也分辨不出來，她的身體也不是她的了，隨便了，她想的只是，就讓我睡吧。

半夜三點，她醒了，同牀的這個男人，她不認識，她貼近了看他的臉，還是不認識。這個睡著了的男人，睡在牀的另一邊，最邊，保持了一個筆直的姿勢，像一條鹹魚。她知道他有太太，可是這個熟睡的姿勢，也像是一個人睡慣了的。

她從來不看韓劇，像她認識的那些太太們一樣，她們活在韓劇裏，相愛的男女，抱在一起。她跟住笑，心裏想的全是，傻。

她想起來第三次做完，他應該是摟她在懷裏的，兩個人都睡著以後，自動地分開了，他去一邊，她去另一邊，中間一道巨大的空隙。這樣的過夜。

她起了牀，去淋浴，水沖涮掉一切，一切都沒有發生。浴巾包住自己，站在鏡前，崔西的電話來了。她的血湧上頭，她這邊的半夜，而且是國際電話，發抖的手按下通話鍵，崔西哭的聲音，他打了我。她說報警。崔西哭得不能停，一切回到那一年，兩個女孩在電話裏哭。最壞的時候？她只覺得現在才是最壞的時候，跟現在比起來，二十一歲真算是美好的了，她的懷孕崔西的被鐵鏈鎖住，也好過現在。生無可戀。生不如死。

崔西。她說，你離開他，現在。只要有第一次，就有第二次，你知道的，你比我還知道。

我要回國，崔西說。

回，她說。

回國幹嘛。崔西說，你看看我，我還回得去嗎。

她沉默。她知道她回不去了，她也回不去，她們都回不去了。

可是為甚麼？她說，新婚，他打你。

我太累了，我就想休息一下。崔西說，他非要做。

他強奸我。我咬了他。他打了我。崔西說。

她的眼淚湧出來。她從來沒有為她自己流過一滴眼淚，可是她的眼淚湧出來。

突然想起來那隻蘑菇披薩，扔了可惜，她只吃餅乾當午飯的，仍然把披薩熱了一下吃，只咬一口就全吐出來，蘑菇披薩壞了，只過了一夜，蘑菇就有了毒，只能扔掉。

二，抽煙的時候買一顆藥

㈠

他突然就不回我微信了。崔西說，怎麼哀求他他都不回，半個字都沒有。

你疼嗎？我說。

疼。崔西說，額頭上起了一根青筋，抻著疼。

抻它幹嘛，我說。

不抻也疼，崔西說。

我說你們上牀了？

他照樣在朋友圈曬他的日常幸福，大幸福小幸福，崔西說。

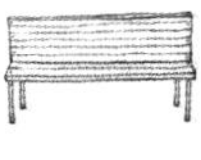

我說你們上牀了。

想不通啊。崔西說，他怎麼沒事了似的。

他是沒事了啊。我說，你還有事？

太疼了，崔西說。

那要有個過程就不疼了？我說，他先是微你少了，然後是不微你了，最後才是不回你微了，就不疼了？

你的他就給了你一個過程？崔西說。

我沉默。

你不疼？

我保持沉默。

你疼嗎？

我說要不要去吃湘菜？

哪兒？崔西說，哪兒有湘菜吃。

黃埔啊，我說。

黃埔在哪兒？崔西說。

就是紅磡。我說，一個地方。

那你為甚麼不說是紅磡要說黃埔？

我說我也不知道我是為甚麼。

鄉村愛情都是套路，崔西說。

也不要這麼說好吧。我說，鄉村就沒有愛情？

鄉村有愛情嗎？崔西說。

要不要去紅磡吃湘菜？我說。

㊁

我在黃埔站迷了路。這是一個新站，我老是想著要來打個卡，然後我就卡在這兒了。四個出口，我把每一個都出了一下，最後我從A出口出來，大太陽下走了一圈，又回到了D出口。我站在D出口，給崔西打電話。崔西是早就到了，餐館倒是我找的。

往前走。崔西是這麼說的，一直一直往前。

我往前走，往前走，撞到一面牆，左右都沒有路。突然想到金牛星座，撞到南牆都不會停下來，他會一直撞，一直撞，撞到牆倒。

我就站在大街上大笑起來。

我又走了十五分鐘，太陽下面，重複的路和重複的路，才找到湘菜館。透過玻璃窗我看到崔西已經把菜都點好了，但她撐著頭，很疼的樣子，肯定是菜上得太快了，人還沒到，菜先到了。

我又繞了半圈，找到餐館的門，凹過去的一個門，裝飾了假的綠植，還有一塊小黑板。這個門放在哪兒都不奇怪，只是放在香港，這可真是太奇怪了。

我進了門，朝崔西走去，她坐在最裏的卡位，撐住頭的手都沒有放下來。餐館的服務員完全沒有搭理我，我就瞬間落入了中國內地，這個餐館，和這個餐館裏的一切。

他突然就不回我微信了，怎麼哀求他他都不回，半個字都沒有。崔西說，普通朋友也不至於這樣吧。

我看了一眼桌子，豆幹炒辣椒，不知道甚麼肉炒辣椒，辣椒炒辣椒。

我坐了下來，說，可以要個不是炒辣椒的菜嗎？

剁辣椒？崔西說。

所以就是上上個月，你說你要去爬山那一次？我說。

不知道你在說甚麼，崔西說。

過了四十歲就不能上牀了你不知道嗎？我說，一上就死。

崔西說你們上牀了？

加單！我伸手，剁椒辣椒！

服務員站在櫃臺後面，不高興地看了我和崔西一眼，動都不動，於是我懷疑我的單並沒有加上去。

我開始吃炒辣，一點兒也不辣。我把它翻了個個兒，看不出來品種，反正是不辣的那種。

鄉村黑魔法，崔西說。

我說你就是跟鄉村扛上了是吧。

崔西說你的他就不是鄉下的？

我說是啊，不是鄉下的吸引不了我們啊。

他們都是那麼長大的，我又補了一句。

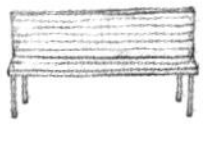

我從小穿的裙子都是從香港寄去上海的，崔西說。

我覺得我得說我的裙子都是從巴黎寄過來的才能壓過她。我只好說，就是，我們就是這樣的。

他們是怎麼長大的？

他們在田裏幹活，我說。

那為甚麼我們要愛上他們？崔西說。

因為他們不一樣，我說。

我們身邊全是和我們一樣的人，崔西說。

所以我們不愛和我們一樣的人。我說，我們討厭我們。

還不如愛和我們一樣的人。崔西說，總還有一條底線。

甚麼線？我說，誰都沒有線。

你疼嗎？

不疼。我說，我吃了藥。

那你還要點主食嗎？崔西說，米飯還是麪條。

我說隨便。

你這一生都是隨便的嗎？崔西說。

我只好說米飯。

加單！崔西伸手，兩碗米飯！

服務員站在櫃臺後面，不高興地看了我和崔西一眼，動都不動，於是我肯定我們的單都沒有加得上去。

出門的時候我發現小黑板上寫了甚麼，可是我看不懂，我把臉湊近了小黑板，仍然一個字都不認得。

我們為甚麼要來吃湘菜呢？崔西說。

㊂

我頭疼了一夜，都起了撞牆而死的心。

早上收到崔西的微信，她拍了一張她和病牀，白牀單。

你自殺了？我說。

是啊。崔西說，吃藥了。

我說甚麼藥。

所有瓶子裏的藥，崔西說。

我沉默，多說一句都可能讓她把所有的藥重新再吃一遍。

要不是有的藥片太大讓我嘔了一點。崔西說，就真的不用再活過來了。

我保持沉默。

他們偏要救我，崔西說。

你想不通之前先想想我好嗎？我說，你要飛了我怎麼辦，我也去飛啊。

這不回來了，崔西說。

那是我們都在用力好不好。我說，所以我昨夜頭疼到死，原來是你在吃藥。

醫院居然派人看著我，崔西說。說完拍了一張那個看守的背發給我。

你再想要吃點甚麼給我打個電話先啊，我小心地說。

打電話問你吃哪個藥好？

這個我們再商議，我說。

嗯。崔西說，就是說一聲，我還活著。

保證不死了，她又強調了一句。

做人要有信用，我說。

拉勾。

拉勾。

可是我想逃走。崔西說，可是有人看著。

逃到哪兒去？我說，逃回家啊？回家還得做飯。

也是。崔西說，想想真的不再興奮甚麼了。

興奮甚麼？

活著。

誰活著興奮啊。我說，活著是長跑，呼吸慢一點。

好吧。崔西說，我練練。

四

頭疼持續了四天三夜，直到崔西放出來。

約在一家韓國店，著名的把飯和雞放在一起炒的店，不排隊都吃不到炒雞炒飯。

我在韓國店前面的滿記停了一下，外賣了一份榴蓮班戟。我也不知道我為甚麼要買榴蓮。

等待外賣的同時，我要了一杯冰咖啡。

外賣到了十五分鐘，我的冰咖啡還沒有到。我只好覺得讓崔西一個人排一下隊也好。又一個十五分鐘，冰咖啡來了，凍成一顆一顆，疊在杯子裏。服務員放下就走了，我在想要不要等待冰塊融化，或者就直接把熱牛奶澆下去？為了喝到咖啡，我還得喝到牛奶？他們為甚麼不直接給你咖啡呢？即使你要的就是咖啡，他們不倦地追問，要加水嗎？要嗎不要嗎？你確定嗎你真的確定嗎？

非常巨大的一口鍋，除了雞炒米飯還有年糕。崔西坐在鍋的後面，臉比鍋還小，昏黃燈光，看不出來她的臉色。

我坐了下來，說，米飯和年糕？

也可以要麵條。崔西說，如果要了麵條就只有麵條，沒有年糕，和米飯。

所以米飯和年糕是一起的，我說。

一起的。崔西說，都是米。

米和麵不是在一起的。我說，要這麼想，你就好了。

我就喜歡麵，崔西說。

可是你從小是吃米的。我說，我們都是這麼長大的。

所以我喜歡麵，崔西說。

他們當米是甜點。我說，麵才是他們的主食。

我願意。崔西說，我又沒有問他要過婚約，就是這樣，他都害怕。

不是害怕。我說，是省事。

鄉村愛情都是套路，崔西又說。

又來了，我說。

你想想看，他們真的是從一無所有，奮鬥到今天，位置有多高，心就有多狠。

甚麼狠？我說，人人都是狠的。

我們不需要狠。崔西說，我們就失去了狠的能力。

我們生出來的時候就多抓著一把金子嗎？我說，我們的金子也用得差不多了吧。

我們也沒有奮鬥的能力。崔西說，我們沒有了金子，也沒有能力，只好去死。

你能不去精神病院嗎？我說。我是這麼說的，從醫院直接送去精神病院，這是限制人身自由，人應該有死的自由。

當然我不希望人主動去死，我補了一句。

不行啊。崔西說，自殺的人都要進去幾天才能出來。

裏面怎麼樣？我說。

裏面還有人吃感冒藥自殺的，崔西說。

有用嗎？

沒有。

那幹嘛還要吃？我說。

就是。崔西說，你吃的甚麼藥？

我沉默。

你吃了多少？

一顆，我說。

有用嗎？

沒有。

那幹嘛還要吃？崔西說。

我說我不知道。

過了四十還要吃嗎？崔西說。

不要，我說。

那幹嘛還要吃？崔西說。

可能還是會有一個可能吧，我說。

那你想要嗎？崔西說。

我說我不知道。

你再不生小孩就生不出來了。崔西說，你還吃藥。

你就生得出來？我說。

他不要跟我啊。崔西說，他有老婆小孩的，怎麼還會要跟我。

你跟別人不行嗎？我說。

已經來不及了。崔西說，我已經生不出來了。

那你就要吃藥嗎？我說。

崔西給我看她的手機，我以為我會看到她的那個男人，可是不是，是一個超市的天花板，飄著一隻氣球，鯨魚，粉紫。

剛才拍的。崔西說，醫生開給我抑鬱的藥吃到起幻覺。

真的是一隻氣球。我說，不是幻覺。

很多不同的藥。崔西說，我不吃。接下來我還得定期去看心理醫生。

保險公司包嗎？我說，我的保險公司不包，我只好自己治自己。

我的包一點。崔西說，我以後好好做一個機器人。

兩個機器人，我說。

我也不吃藥了。崔西說，甚麼藥也不吃了。

別說出去。我說，我最嚴重的時候是吃了一塊抹布。

好吃嗎？

沒知覺了。我說，但我知道我的這個行為已經是到我的極限了。

那你下次吃點乾淨的，崔西說。

手裏有甚麼吃甚麼了。我說，當時手裏要有個榴蓮我也吃了。

殺了我吧。崔西說，榴蓮。

我把外賣往她的方向推了一推。

試試看。我說，如果你能吃得下去，你也就能活得下去。

那天醒來我只是大哭，幹嘛要救我？幹嘛要救我?!崔西說，護士就去叫了醫生，醫生就去叫了一個精神病醫生。

不要回望。我說，再多一遍回憶，記憶會深化。跳過。

藥片下去我就笑了。崔西說，想想一點也不傷心。奇怪嗎？

那就當是被引誘的吧，我說。

就是被引誘。崔西說，黑魔法。

我嘆了口氣。鄉村也有愛情，我說。

鄉村有愛情嗎？崔西說。

㊄

買單的時候我發現他們也收我九十分鐘的錢，我就對收帳單的人說，你們店長呢？

他說我就是店長。

我說你是知道我幾時來的是吧。

是的。店長說，我領的位。

我的朋友九十分鐘。我說，我比她遲三十五分鐘，為甚麼我們的錢是一樣的。

店長說可是你們是一起的。

我說可是我們不是一起來的。

店長說我不管你們是不是一起來，我也不管你們是不是一起走，我只管你們這張桌子開始有人的準確的時間。

差多少錢？崔西說，九十分鐘和六十分鐘。

一百塊，我說。

給他算了。崔西說，你差錢嗎？

我差錢。我說，不是剛說過我們的金子都用完了嗎。

這是錢的問題嗎。崔西說，你這不是在撞南牆嗎？牆不倒你就一直撞？

我給店長看我的手錶。

我呆了十分鐘對不對，我說。

我不管你呆了幾分鐘。店長說，我們只有九十分鐘和六十分鐘兩種。

加上我跟你說話的這一分鐘半。我說，加上我的朋友多呆的三十五分鐘，我們一共呆了四十六分鐘半對不對？你為甚麼收我們兩個人都是九十分鐘的錢。

你的朋友坐下來的時候我給她選了，九十分鐘還是六十分鐘，她選了九十分鐘。店長說，選好了就不能改。

可是我們不想呆了！崔西站了起來，生氣地說。

你呆到九十分鐘好了。店長說，我又不會趕你。

我們也沒有吃東西。崔西說，我們甚麼都沒吃。

你們吃好了。店長說，我又沒讓你們不吃。

㊅

回到家，我刷了一下微信，他當然沒有給我微信，但是他在朋友圈說他咳嗽了。咳嗽真是太痛苦了，他是這麼說的。這當然不算是曬幸福。

於是我馬上下樓去買了咳嗽藥，然後約了一個代購在地鐵站。

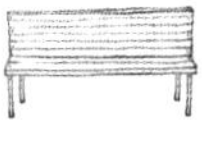

一定要今天寄出嗎？代購說。

一定，我說。

下大雨哎。代購說，我今天要住在香港。

那我只好自己過關去寄了，我說。

這個件很重要嗎？代購說，晚收到一天都不行？

晚一天他就會多痛苦一天，我說。我當然沒有說出來。

我直接上了地鐵，去口岸，只帶著那盒咳嗽藥。

出了關我才意識到沒有帶人民幣，我幾乎要返回去拿錢，心都沉到底。又突然想到可以微信付快遞費，才把心又提了上去。忽上忽下，心還真的疼了。

下大雨，簡直是傾盆大雨，所有的水都鬱結在街面上，排下不去。我等了一會兒，實際上我完全沒有等，我就進入了大雨中間。順豐店在海關大樓的對面，我還得穿過一個露天天橋。

如果我是一個機器人，我就是自動開啟了自毀程序。抹布肯定不是我的極限。

必須要把寄件人的名字寫上。快遞說，不寫不能寄。

甚麼時候的規定？我說。

一直是這樣的。快遞説，每個人都要。

於是我寫了一個A。

身份證拿出來對一下。快遞説，你叫A嗎？

水滴不斷地從我的頭頂一直滾到腳跟。我一直不相信動畫片裏能夠畫出一圈水漬，可是真的是一圈水漬。抹布絕對不是一個極限。

身份證上甚麼名字，寄件人就得寫甚麼名字，快遞説。

我不是不願意寫我的名字。我説，我是真的覺得我不配寫我的名字。我當然沒有説出來。我默默地寫了一遍自己的名字，每一個字都有點不認識。

我可以等到雨停，既然藥也寄了，可是我也沒有等，我回到了海關大樓，過了關，一個小時火車，回家。雨更大了，好像就沒有停過。然後我發燒了。

四天三夜，我當然又沒有等到一個微信。高溫狀況下我數了又數，一，二，三，四。

一個月前，快要過閘口，他給了我一顆藥。我回到家才想起那顆藥，他的微信也跟來了。

乖，把藥吃了。

怎麼會有藥？

我剛才出去抽煙的時候買的。

你怎麼知道這個藥？

我當然知道。

你不止我一個女人？

我當然只有你一個女人。

那你怎麼知道這個藥。

我當然知道。

你肯定還有別的女人。

我沒有別的女人。

那你怎麼懂得買藥？

天，別折騰了好嗎。

我怎麼折騰了我吃藥我還折騰？

乖，把藥吃了。

我把那顆藥吃了，然後他再也沒有出現。我跟他的對話記錄就停留在那一天。

我總算把藥還給他了。我想的是，就不那麼疼了。

三，華特餐廳

我在預約的時間到達華特餐廳，一分不差。

七點四十五分，周小姐，兩位，我對站在門口的接待員說。穿荷葉邊圍裙的接待員在預約名單裏找了起來。我望了一眼餐廳裏面，很多空位。

七點四十五分周小姐兩位，她重複了一遍。

是的，我說。

請在外面等一會兒，她說。

我看著她。

準備好了會叫你的，她又說。

我又望了一眼餐廳裏面，空蕩蕩桌椅，似乎沒甚麼要準備的。

但我還是點了點頭，站到了一個遠處。因為餐廳的外面是一個升降電梯，一條長廊，不站遠一點，好像也沒有地方可以站。

這是一個高級餐廳，我又跟自己重複了一遍。為了請劉蕓，我挑選的是我能夠達到的最高級的餐廳。

「柔和的米白色牆身配上深木色裝潢、閃亮的黃銅裝飾和華麗的古典吊燈，典雅大方，最適合大宴親朋，一起舒適寫意地享受開胃小菜和親切周到的服務，更可以透過玻璃窗欣賞園林景致，眺望南中國海的動人景色。」

這個餐廳在網上的介紹就是這樣的。

「精心烹調的西冷牛扒配鮮菜、慢煮牛仔柳蛋扁意粉、誘人的扒波士頓龍蝦……在昔日維多利亞時代的浪漫氣氛中細嚐滋味菜餚並向傳奇人物華特先生致敬。」

我真是迫不及待地想要跟劉蕓一起分享這個時光。我都能夠想像得出來，她坐在我的對面，心花怒放的樣子。

七點五十五分，荷葉邊接待示意我可以進去了。

我趕緊入了座，閃亮的黃銅裝飾，華麗的古典吊燈，一切都很對。

我給劉蕓的時間是八點整，我的提早，示意了我的重視。而且我要請的是龍蝦。

我想吃蛇，青蛙和龍蝦，劉蕓是這麼說的。回國的前一天，她把這一句發在了她的朋友圈。

我說我請龍蝦。蛇和青蛙我也不知道哪裏有。

除了我，沒有一個同學回應她。我起先以為真是沒有同學回應她，後來才想得起來，是我自己沒有任何一個同學的微信。他們回不回應她，請不請她吃龍蝦，蛇或者青蛙，我是真的不知道。

我也好久不去同學會了。上一次已經是十年之前，這十年之間，同學們開不開會，探不探老師，我也不知道，我假設他們一直在開會也一直在探老師，我不在，因為我肯定是一個阿珠或者阿花。電影《阿珠阿花的同學會》，沒有工作也沒有丈夫的阿珠和阿花，每天晃來晃去，為了去同學會，她們穿上了職業套裝。編劇為甚麼要編這個劇，我是這麼想的，所有的編劇都曾經是個廢柴，受盡校園欺淩，所以他們才能夠成為編劇，或者成為作家。

十年之前的那個同學會，我也穿了個職業的黑西裝。

八點零五分了，劉蕓還沒有到。

我把菜單看了三遍。每一道菜都在四百元以上，但是這是一個套餐，有頭盤，沙拉或湯，一個主菜，配菜和醬汁都有六個選擇，而且，加多四十八元就可以得到一份甜品，Supplement $48 to Enjoy Dessert。

我給自己要了一份最便宜的是日海鮮，羊排的價格一樣，但是海鮮肯定看起來更高級一點。劉蕓，當然，我給她要的是龍蝦，菜單上最貴的那一個，波士頓的龍蝦，五百元。田園沙拉或者龍蝦湯，不是奶油湯不是紅菜湯，是龍蝦湯，我注意到了這一點，我豪不猶豫地給自己要了湯，海鮮配龍蝦湯，太高級了。

我也要了甜品，一個香草冰淇淋，給劉蕓的，只要加四十八元。

湯馬上來了，南瓜色的湯面，一道高貴的白奶油花紋，是一碗真正的龍蝦湯。可是我想的是劉蕓不能再要龍蝦湯了，她已經有了一個龍蝦主菜，她得用田園沙拉去配那個龍蝦，要不然就太土了。

可是劉蕓還沒有到，我得請服務員推遲劉蕓的菜。我的手足足舉了三分鐘，服務員送來了頭盤，我順便提出了我的這一個要求。

雅緻的維多利亞風格。望著服務員的背，我又想了一遍這個網上的句子，然後我用英文念出了這個詞，Victorian，我的腦子裏浮現出了更多的三個字，蕾絲邊，蛋糕裙，泡泡袖。

我應該穿得好一點的，可是我沒有，我想過穿一套職業女裝，好像一放工就趕來餐廳的樣子，可是沒有，我穿了一件大襯衫，可以蓋住肚子上的肉的那種，但我拎了我最好的包包，十年來這個包包都沒有走樣。

八點十五分了，劉蕓還沒有到。旁桌的客人落座了，一對年輕夫婦帶著一個兒童。他們要的也是龍蝦，還有牛扒，他們甚至給小孩也要了一份牛扒，還是肉眼扒。

我突然擔心劉蕓的龍蝦，我又舉起了我的手，我想的是請服務員暫停煮她的龍蝦。服務員一直沒有來，我只好放下了手，我專注在我的頭盤，一碟淡牛油和一個，麵包？我把它轉了個個兒，肯定了它是一個麵包，只不過是做成了 Muffin 的形狀。

麵包的滋味，不可思議。

主菜也不可思議地來了，一塊正方形，白色，我猜不出來它是甚麼魚，我甚至猜不出來它是海裏的魚還是湖裏的魚。配菜是蘆筍，我也有十年沒有吃到蘆筍了，我記憶裏的蘆筍還是綠油油很粗壯的樣子，與面前的三根有很大的出入。但我也是絕對不會要炸薯條或者焗薯做配菜的，太粗魯了，只可以去配牛排，同樣粗魯的紅酒汁或者黑椒汁，又蠻荒又西部的時代，如同今天的土豪。我對自己說是因為季節，因為在香港，這就是蘆筍現在的樣子。

旁桌的客人正在試酒，然後他們果斷地要了一瓶紅酒，一整瓶。我想也許我也應該看一眼酒單，如果只是一杯氣泡酒，只要一杯，為劉蕓，也還在我的預算內的。我只是想想的。

劉蕓的電話來了，她說她現在餐廳外面，但是找不到餐廳的門，我馬上從膝蓋上拿下了餐巾，站了起來。

然後我把包包和一切留在座位上，走出去找劉蕓。

我們在餐廳的大門口擁抱了一下，我感覺到劉蕓的肚子很硬，而且她也跟我一樣，穿了一件棉質襯衫，襯衫的下擺遮住了我們的肚子。

回到座位，一位荷葉邊服務員正站在我們的桌子旁邊，古典吊燈下看不太分明她的表情。可以上菜了。我趁機說，可以上菜了，謝謝。

劉蕓完全沒有碰她的頭盤，那個Muffin？或者麵包？於是她的那朵牛油花也沒有壞掉。

好累啊！這是劉蕓落座後的第一句話。然後她喝了一口水。

這才叫水，這是劉蕓的第二句話。她是這麼說的，這些天我就沒有喝過一口好水。

我看了一眼水杯，我喝不出來水的好壞，餐廳們都往水裏放檸檬，所有的水就都一樣了。

這水，好嗎？我情不自禁地說。

好啊。劉蕓說，回國這幾天，我連一杯好水都沒喝上。

我突然想到我們可以不用叫酒了，我們甚至不用叫咖啡或茶，我們就喝這個水好了，水是免費的。我就把已經到舌尖的那一句「香港的水也是內地過來的」生生咽了下去。

這是甚麼？劉蕓指了指我的魚的旁邊，一個紅色的包包。

不知道啊。我說，就是個裝飾吧。然後我把那個紅包包切開了，果然是個裝飾，我甚至看不出來它的材質，蕃茄？或者就是一件染紅了的豆腐皮包包？我不知道。

劉蕓的主菜恰如其分來了，一份，波士頓龍蝦。配菜當然也是蘆筍，尺寸和件數都是一致的，一個批次。

劉蕓拿出手機拍那個龍蝦。我看著她。

謝謝你啊，劉蕓說。一邊轉動盤子，又拍了幾張。我看著她。

你有吃到青蛙和蛇嗎？我問。

沒，劉蕓幹脆地說。

為甚麼？我說。

她不說話。繼續地拍那個龍蝦。

以前住波士頓的時候龍蝦是最便宜的。我說，中國館子各種做啊蔥薑炒啊蛋黃焗啊避風塘啊還有四川水煮的……

你來香港有十年了吧，劉蕓說。

十年了，我說。我把那一句「龍蝦出了波士頓就要五百呢」生生咽了回去。

劉蕓開始切那個龍蝦，揪出一團白肉，並不比我的魚大多少。然後她叉了一根蘆筍。

我也覺得配菜裏有個炒雜菌挺奇怪的。我說，那不就是 brunch 了嘛，還培根煎蛋配吐司呢。我假笑了一聲。

劉蕓默不作聲地叉了第二根蘆筍。說實在的，那些蘆筍真的比她還瘦。

我注意到旁桌真是用炸薯條配牛扒！而且真的是那種細條兒的薯條，而且他們的紅酒也真的喝掉了半瓶。

實際上我想的是我幹嘛不要牛扒呢，我不要那種跟龍蝦同價的肉眼扒我要個最平的牛肩扒啊，八安士呢，只比精選海鮮多二十塊錢，至少我能吃飽啊，我真是為了我的虛榮付出了代價。

我可以再看一眼菜單嗎？劉蕓說，再叫個主食吧。她是這麼說的，沒吃飽。

我的手又舉了三分鐘，然後，我也不知道我是怎麼想的，我自己去餐廳門口拿了一份餐單回來。旁桌喝著紅酒鋸著牛扒的夫婦還有兒童肯定看我了，我也不是要生氣，我對服務員不生氣，我對餐廳不生氣，我當然也不是要對劉蕓生氣，劉蕓是我這一生最重要的朋友，不僅僅是同學，她也是我唯一的朋友，就好像阿珠與阿花，阿花與阿珠一樣。

劉蕓要了一份大蝦帶子龍蝦汁Spaghetti，兩百塊，只是一堆Spaghetti，也許Spaghetti上面放一隻蝦和一個帶子，龍蝦汁，她可真是喜歡龍蝦。

旁桌也要了一份，還要多了一份炸，薯，條！

現在的人為甚麼這麼有錢呢？他們還這麼年輕。我不知道。

Spaghetti 剩下了，龍蝦汁浸過的 Spaghetti，一團，剩下了。我看著那團古怪顏色的意大利麵被收走。

沒吃完。劉蕓抱歉地説，龍蝦汁的麵吃起來真的怪怪的。

是啊是啊。我連聲附和，肯定不好吃。

沒有人請你吃蛇和青蛙嗎？我又追問了一句。

沒有。劉蕓幹脆地答，反正我也不是真的想吃。

那你為甚麼要在朋友圈説呢。我説，我還以為這是你最大的願望。

這是我最大的願望，劉蕓説。

我老公都沒有請我吃過龍蝦，一次都沒有。劉蕓平靜地説，我的好朋友請我吃了。

我都不知道我為甚麼要羞愧地低下頭。

不就是一隻龍蝦？我也不知道我為甚麼要有點結巴，在波波波士頓很很很便宜的。

劉蕓笑了一笑。

你這次回去見到哪個同學了嗎？我問。

沒，劉蕓答。

那你這次回去去看老師了嗎？我問。

沒，劉蕓答。

有十年了吧。我說，我後來也再沒有去過，同學聚會，還有老師家。

劉蕓笑了一笑。

就好像阿珠與阿花。十年之前跟著同學們去老師的家，老師堆滿書的書桌玻璃板下面壓著很多張金色名片。做到銀行的行長了呢，做到主任醫師了呢，公司上市了呢，找的丈夫都是博士呢……老師眼眶濕潤，為你們每一個人的努力感到驕傲。

沒有工作的阿花衝著沒有丈夫的阿珠使了個眼色，阿珠笑了一笑。

我沒有時間。劉蕓說，我沒有去老師家的時間，我更沒有去同學會的時間，我只是回去看一下爸媽，我只有這個時間

時間這種東西。我說，擠一擠總是有的。

我把自己一分為二。劉蕓說，一半給小孩，一半給爸媽，一半給孩子的又再分一半，四分之一給老大，四分之一給老二，分來分去，不想讓孩子們說我不公平。

你都沒有分一點給你老公，我說。

如果他能多分一點自己給小孩。劉蕓説，我就不會分得這麼累。

我倒是想分一點給你啊。我説，可是我也早被分掉了，我都沒分給自己。

劉蕓笑了一笑，你請我吃龍蝦啊。

這是必須的。我説，又不是天天吃，難得吃一次。又是你第一次來香港轉機。

孩子大一點了，我要開始找工作。劉蕓説，希望多賺點錢，讓父母晚年安心欣慰。

對啊對啊。我説，生小孩帶小孩生第二個小孩帶第二個小孩也有十年了吧，是應該出來工作了。早就應該這麼想了。

可是我沒有時間了。劉蕓説，查出來腫瘤，腸胃上面的，不是很好。

還有甜品呢。我説，冰淇淋，香草的。我也不知道我為甚麼要這麼説。

回去進一步檢查，該手術手術，該怎麼療怎麼療。劉蕓説，入院前見一下父母，所以突然回來。

「轉身就是永別」，我想起來這一句，劉蕓發在朋友圈的，發完「我想吃蛇，青蛙和龍蝦」這一句以後她又發了這麼一句，我理解為她是感嘆父母們的年老多病，轉身離別。我的方向有點錯了。我們也四十歲了，我們自己的離別，好像也開始了。

我的手舉到第幾個三分鐘，我不記得了。跟生老病死比起來，遲遲不來的甜品也不算甚麼。

不要了。劉蕓說，不吃了，我真的不能吃，每一口都痛。

要！我堅持，要吃！說實在的，她是胃痛，我是心痛。心會不會痛？如果一餐飯吃掉一千五百塊，維多利亞式香港服務又是這個樣子，誰的心都會痛的。

冰淇淋上桌的時候已經有點溶化了。劉蕓沒有吃，我也沒有吃，也不知道我為甚麼要跟一份冰淇淋賭氣，又不是免費的，都是錢。

旁桌也要了冰淇淋，而且是三份，他們的酒都沒喝完。我真的有點恨我自己了，我老是去管別人，為甚麼啊，我自己都顧不上自己。

我們都被時間打敗了，站在華特餐廳的門口，劉蕓對我說。

我正在等餐廳打單給我，實際上我也不知道我為甚麼要他們的單，我又沒有地方可以報銷。

也沒有甚麼永遠。我接過餐廳急急忙忙打印出來的單，說，都是一個瞬間。

劉蕓笑了一笑。

坐在深夜的巴士上，我突然想起來，還有一份沙拉沒上！田園沙拉，如果單點，那份沙拉要八十塊呢。我在要不要回去問他們要那份沙拉的問題上來回想了好幾遍，還是放棄了。我的心真的痛了。

四，傷心水煮魚

㈠，呂貝卡

如果不做愛，我們就沒有了愛的基礎，呂貝卡說。

我看了她一眼。端來傷心酸辣粉的阿姨也看了她一眼。

他的原話，呂貝卡說。

傷心嗎？我說。

為甚麼要傷心？呂貝卡說。

那你是做還是不做呢？我說。

我不知道啊，呂貝卡說。

我把堆在酸辣粉上面的那團疑似肉碎混合蔥薑蒜撥出去。

你不吃肉就不要叫酸辣粉嘛，呂貝卡說。

我說我是不吃肉，但是我吃辣啊。

呂貝卡看著我，蔥也是肉嗎？

是，我堅定地說。

那你做還是不做呢？呂貝卡說。

我繼續撥那團東西。

那你到底是做還是不做呢？呂貝卡堅定地問。

關我甚麼事。我說，我又不是男的。

㈡，葛蕾絲

在伺候老板和伺候老公中間選一個。葛蕾絲說，你選哪個？

老板，我說。

葛蕾絲說你有病啊，你可以不伺候老板也不伺候老公的嘛。

我遲疑了一下，說，那，我自己做老板？

你行嗎？葛蕾絲說。

不行，我說。

那你豪氣個啥？葛蕾絲說。

老公？我說。

你行嗎？葛蕾絲說。

老板老公我都不伺候了行了吧。我說，我下輩子不做女人了。

我下輩子不做人了，我又說。

先把這輩子過了再說吧。葛蕾絲說，下輩子你還能做人？想得美吧。

㊂，呂貝卡與葛蕾絲

明天晚上去吃素好不好？呂貝卡發了一條微信到我們的群，明天十五。

我說好。

葛蕾絲的回覆下午才來，而且是語音的。好啊好啊好啊，她是這麼說的。寧願說三遍好啊也不打一個字。能不打字她就不打字。

呂貝卡跟我投訴過葛蕾絲，最危難的時候，她想要找她傾訴，葛蕾絲說她沒空。沒空這兩個字都是用的語音。

老板不在，我得留公司加班。葛蕾絲又補了一句，要出不來，別等我。

我老板要是不在。我說，我肯定天天往外面跑啊。

還是呂貝卡好過。葛蕾絲說，太太們的日子都好過的。

呂貝卡叫起來，你們來試試！

葛蕾絲果然沒出現，連個微信也沒有。

呂貝卡點了個海帶。

海帶可能是動物。我說，我不吃。

海帶是植物。呂貝卡堅持，要不素菜館裏也不會有。

反正我不吃，我說。

那你黃油也不要吃，呂貝卡說。

為甚麼？我說，黃油是牛奶。

我怎麼一直以為黃油是牛的油，呂貝卡說。

你去網上查查好不好。我說，在家裏呆呆呆傻了嗎？你還是學生物的。

你以為都像你跟葛蕾絲？呂貝卡說，在家裏呆呆呆了十年還找得到工作？

職場拼殺也殘酷的。我只好說，葛蕾絲肯定又在加班。

呂貝卡哼了一聲。

真是忍看朋輩成主管啊，我笑著說。

一年就升主管。呂貝卡也笑著說，你會不會覺得她被潛了？

我不想笑了。我說我不覺得。

㊃，老公

很多時候性騷擾就是一種對女性的驅逐機制，葛蕾絲說。

很多時候驅逐來自同性，我說。

葛蕾絲笑笑。

職場拼殺也殘酷的，我說。

寧願被殺也不要回去被老公殺，葛蕾絲說。

有那麼誇張嘛。我說，寧願看老板的臉色也不要看老公的臉色，最多只能這麼說。

寧願被老板殺也不要被老公殺，葛蕾絲堅定地說。

好吧，我說。

㈤，十萬

最理想的狀態是甚麼？

每個月給十萬家用然而不出現的老公？我說。

是上班！呂貝卡說。

上班忙了就沒有空婚外情了，我說。

呂貝卡白了我一眼。

要是我還能上班。呂貝卡說，我寧願不要這每個月的十萬。

我能跟你換嗎？我說。

㈥，老板

你被潛了嗎葛蕾絲？我說，你喝多了我不喝，所以我也只是問一句，你別介意。

葛蕾絲笑笑。

原諒我。我說，就不應該說出口的話，我也是昏了。

我付出了甚麼代價你知道嗎？葛蕾絲說。

我知道。我說，那誰說的，我們沒有被潛，但是我們必須為不被潛付出代價。

我們沒有被性騷擾，但是我們必須為不被性騷擾付出代價，那誰是這麼說的。葛蕾絲說，潛和性騷擾不同的。

那麼你是被潛了還是被性騷擾了呢？我說，當然這個問題跟你升職無關。

聽過那個笑話吧。葛蕾絲說，送禮。

沒。我說，現在還有送禮的？違法的好不好。

有個女的去辦事。葛蕾絲說，她就準備了兩張卡，一張金額不算大的超市卡，一張貴重銀行卡。她是這麼想的，如果對方態度熱情，有希望，就把銀行卡留下，如果對方冷淡，放下購物卡走人，也算體面。對方很熱情啊，喝茶聊天甚麼的。她覺得機會很好，留下銀行卡，對方也收下了。回到酒店一翻包包，完了，送錯卡了，銀行卡還在包裏，冷汗都出來了，再翻，超市卡也還在？此時，房門外傳來了刷卡的聲音……

我看著葛蕾絲。

葛蕾絲大笑起來。

我說葛蕾絲你這麼會演你去寫小說啊。

這個故事還是我的老板當笑話說給我聽的，葛蕾絲說。

你的老板會給你說笑話的嗎？我說，我的老板簡直把我當個笑話。

同事聚餐啊。葛蕾絲說，老板講笑話，大家是笑，還是不笑呢？

不笑。我說，沒聽懂。懂了也裝不懂。

所以你老板當你是笑話啊。葛蕾絲說，你要笑，大笑，而且要笑得比誰都要大聲。

所以你升職了？我說。

㈦，傷心水煮魚

如果不做愛，我們就沒有了愛的基礎，呂貝卡說。

吃水煮魚吧。葛蕾絲說，我不要吃酸辣粉。

我要個豆腐，我說。

不做就不做好了。葛蕾絲說，還威脅啊。

換人好了。我說，男人多得是。

不做的男人多得是嗎？呂貝卡說。

那就做好了，葛蕾絲說。

太罪惡了，呂貝卡說。

起心動念就是罪，我說。

端來水煮魚的阿姨看了我們一眼。

為甚麼不叫傷心水煮魚呢。我說，聽起來比傷心酸辣粉傷心多了。

有甚麼好傷心的。葛蕾絲說，有老公養，有傭人服侍，不用工作，大把錢，大把時間，天天睡到大中午……

葛蕾絲，你上次講的笑話有個大BUG，我說。

我從來不講笑話。葛蕾絲說，你看我像是有空講笑話的人嗎。

如果那個女的留下了房卡，她自己是怎麼回到房間的？我說。

一般酒店都要給兩張房卡的嘛，葛蕾絲說。

但是一進門就會插掉一張取電嘛，呂貝卡說。

你倆經常去酒店的嗎？我說。

葛蕾絲沉默。

呂貝卡把水煮魚往桌子中間推了一下。

甚麼叫不工作老公養，我每天都是一大早就起牀的，而且太太們也都是有追求的好不好？呂貝卡生氣地說。

甚麼追求？我說，整天打牌，八卦，浪費空氣，浪費食米，消耗地球資源，也不知道活著幹嘛。

你別忘了你也曾經是太太團的。呂貝卡說，你做太太的時間也不短。

可是我不是了啊。我說，我早就被趕出去了。

你們以為我們無能？呂貝卡說，崔西，還記得崔西吧，每天都寫作的！她寫了多少作你知道嗎？她寫了好多作！

我又不寫作，我說。

還有凱西，攝影水平不知道多好呢。呂貝卡都有點結巴了，她一直一直一直在拍照！她拍的照可是最好的！

葛蕾絲大笑起來。自我感覺都這麼好，寫作啊？還攝影啊？出來啊，一秒就滾一團碧池。我說，都不知道外面的世界多大。

她們又不用出來的，葛蕾絲說。

我都不認識你了，呂貝卡說。

你從來就不認識我。我說，你也從來沒有認識過葛蕾絲。你們不無能，你們只是會同我們講，沒有米吃快要餓死了？怎麼不去吃肉呢？

呂貝卡站起來往外面走，水煮魚一口還沒吃。

葛蕾絲若無其事地舉起了筷子。

五，九龍公園

㈠

水瓶座太害人了，珍妮花是這麼說的。

是的。我說，既然水瓶，翻臉無情。

好難過啊，哭了好久，珍妮花說。

珍愛生命，遠離水瓶。我說，尤其男瓶，賤男中的賤男。

他還說帶我去見他的父母呢。珍妮花說，騙我的吧。

可能他是真的想帶你見他爸媽。我說，可是水瓶滿嘴跑火車，跑到哪兒連他自己都不認得了。

我為甚麼要哭呢？珍妮花說。

你慢了一拍唄。我說，你要先甩他就好了。

水瓶男能做朋友嗎？珍妮花說。

不能，我說。

昨晚已經說做回朋友了，珍妮花說。

扯。我硬著心腸說，水瓶沒朋友。

他第一次牽我手的時候都緊張到發抖呢。珍妮花說，演都不演不出來。

戲精，我說。

他說我是最特別的女人。

你信不信我對每一個男人都說你是最特別的男人，我說。我真是豁出去了。

信。電話那頭傳來珍妮花幽幽的聲音，我想見你。

好。我說，我再補充一句，水瓶說個我愛你就跟說吃了嗎一樣，對他們來講這三個字都沒差。

大愛，珍妮花說。

我想罵人來著，但我忍住了。

㈡

九龍公園我來得也不多，最多一次二次三次，但是我還是熟門熟路地找到了游泳池，我在游泳池外面的鐵絲網旁邊站了一會兒，上面貼著禁止拍攝。

上一次來的時候我可完全沒有注意到這塊牌子，我在想為甚麼禁止拍攝。整個九龍公園只有這個游泳池不可以拍？因為那首我的小飛機場的歌嗎。

我喜歡九龍公園游泳池
那個戲水池有個瀑布位置
瀑布下站著能忘記煩惱事
每個星期我都會去一次

或者全香港的游泳池都不可以拍？不僅僅是九龍公園的游泳池？我這麼想來想去，頭都想痛了。

我把位置發給了珍妮花，她說她已到尖沙咀站。

我離開了游泳池，來到百鳥苑，一圈座椅，我坐了下來，打開小熊餅乾。

難得來一次尖沙咀，我必須買一盒小熊餅乾。如果全淘寶都在搶這種餅乾，那麼只要我來到尖沙咀，我必須也去搶一盒。

從來不喝咖啡的我，吃了一塊咖啡花，又吃了一塊，直到膝蓋上落滿了餅乾碎。餅乾凝固在整個口腔，如果我再掏出一個保溫杯，那麼我可真的像一個遊客了。可是我並沒有保溫杯，我也沒有黑枸杞。

我每天上班都坐一輛固定的特快巴士，一個固定的位置，但是一個月之中總會有那麼一個女的坐在我的旁邊，我從來沒有看過她的臉。但是我一直留意她的動靜。

坐好後從包裏掏出一個掛鉤，掛在橫杠的正中間，把包包掛上去，伸手，關冷氣，整理衣服的下擺，繫上安全帶，掏出一個紙袋，看了十五秒，開始吃，一口，一口，咀嚼，無數咀嚼，一個麵包吃半個鐘頭，最後，掏出保溫瓶，喝了一口，再喝一口，再喝一口。

反正我是快發瘋了，如果旁邊坐的是她。我再也不計較另一個用香水逼瘋過我的同座了，香水姐姐有時候趕得上我的這班車，有時候趕不上，要是趕上她就會坐在我的旁邊，接下來的一個小時我就會因為她的香水發瘋，或者我也可以中途下車，我試過一次，然後

遲到了，扣了二十三塊錢。如果香水和榴蓮都被判定是對其他人類的侵犯就好了，立法，必須立法。

我每天落座以後就禱告她趕不上，她也趕不上，她們都趕不上。那我的身邊就得出現一個宅男，背一個巨大的雙肩包，包上掛一個美少女人偶，他倒是會在十五秒內吃完他的早餐，但是叉燒包的氣味會彌漫整個車廂，而且他的二次元美少女不停地撞到我，不停地撞到我。

我為甚麼要去上班呢。

這麼想著，我就又吃了一塊咖啡花。

珍妮花還沒到，這十五分鐘，我都可以在海防道走三個來回了。

對面籠子裏面的鳥爪子鉤住網格，爬來爬去，為甚麼不飛來飛去呢？因為在籠子裏面啊。要是沒有籠子，他們就飛走了。

我蓋上了小熊餅乾的蓋子，站了起來，下臺階，那兒有個麥當奴甜品站，就是再過十年，它仍然會在那裏，我就是這麼相信的。

我在巧克力甜筒和阿華田甜筒之間猶豫了三秒，就好像我也時常因為檸蜜還是菜蜜猶豫一樣，最後我選擇了阿華田，麥當奴巧克力天天有，麥當奴阿華田可不是天天有的，我也有意在阿華田這一個方面也融入了香港。餐蛋麪反蛋華田唔該這一句，我已經說得張口就來，完全不需要經過大腦。

珍妮花還是沒有出現，我呆呆望住遠處的池塘，沒有白天鵝也沒有黑天鵝，只有一隻脖子是黑色身體是白色的鵝，我也不知道他是不是天鵝，我看了一會兒他，只有一個他，也沒有其他的他。我就再往前走了一段，我就看到了火烈鳥，一群火烈鳥。

我第一次看到火烈鳥還是在美國，舊金山的動物園，弗朗明哥，聽起來非常墨西哥，非常跳舞，非常熱烈，也有可能是因為我旁邊的人告訴我弗朗明哥可烈了，要是拔他一根羽毛，拔下來的瞬間，羽毛就是白色的了，不再是你想要的紅色。我說我幹嘛要拔他的羽毛。

住在美國的第一年，我還有去動物園的熱烈，住到第十年，我已經哪兒都不去了。

住在香港的第十年我會怎麼樣？我可真是有點猜不到，我還沒有去過何文田，我也沒有去過油街，《九龍公園游泳池》這首歌，我倒是聽了超過一百遍。

旁邊有個聲音問我，為甚麼有的是紅色的？有的是白色的？普通話。

一個小小的小女孩，穿著裙子，抱著一隻兔子，仰著頭看住我，確實是問我。我環顧了一下周圍，一個母親坐在後面的長椅，打電話，看起來像是打了很久，而且還會繼續打下去。

剛出生的都是紅色的，老了就變白了。我是這麼答的，越老越白。

可是這個小孩為甚麼要問我呢？這兒又不是只有我一個人。難道她看得出來我也會說普通話？小孩甚麼都看得出來。

珍妮花的微信來了，我到瀑布這兒了，你在哪兒呢。

㊂

甚麼瀑布？我回過去一條。

九龍公園有很多條瀑布嗎？珍妮花說。

九龍公園就沒有瀑布。我說，游泳池都不開，哪兒來的瀑布

可是我這兒確實有一條瀑布，珍妮花說。

那你站著別動，我去找你，我說。

我來回走了三遍九龍公園，甚至穿過一條天橋到達了皇家太平洋酒店，我都沒有見到

珍妮花。

這個期間她不停不停地微信我。

最後我站到游泳池的前面，給珍妮花發了一條短信：去找游泳池，找不到就問人，我在游泳池等你。

放下電話，我就看到了珍妮花，她站在一個噴泉的下面。

這叫瀑布嗎？我指了指那個正把水柱噴上天空的噴泉，問她。

這不是瀑布嗎？她反問。

吃餅乾嗎？我把餅乾盒伸向她。

不吃，她説。

給你買個冰淇淋吧，我説。

不要，她説。

那你要甚麼，我説。

我甚麼都不要，珍妮花説。

我請了一天公司假來陪你，你跟我急？我説。

我不急。珍妮花說，我看你挺急的。

你都眼睛腫成一條線了。我不急？我說。

我不急。珍妮花說，我就是難受。

難受甚麼？

不知道啊反正就是哭來哭去的。

哭甚麼？

不知道啊為甚麼哭。

哭了白哭。我說，就是個騙子。

如果真是個騙子，珍妮花說，我可能不會哭了吧。

就是就是騙子。我說，別不承認。

你又任性了吧。珍妮花說，你要少用「就是就是」這種任性的字眼。

我氣得快要昏過去了。

㊃

如果五點半去就不用等位，海底撈的接線員是這麼說的。

於是我和珍妮花來到了海底撈，五點半整。

尖沙咀到油麻地，一站，我還差點把珍妮花丟了。失魂落魄的珍妮花。如果我還有一個可用的男人，一定奉獻給珍妮花了。可是我們在香港，香港的單身男人比金子還貴。

我只好問海底撈的服務員要了一隻熊，坐在我和珍妮花的中間。

雖然是海底撈，也有熊，但是冷冰冰，我說不上來是為甚麼，也許是因為在香港。我接過了一塊擦眼鏡的布，珍妮花接過了一個塑料髮圈，黑色的，也就是郭晶晶用的那種，但她把髮圈放在桌上，她的頭髮還是落到油碟裏，尾梢蘸了一圈小米椒。

我默默地把我的手機套進一個塑料袋裏，也把她的套進塑料袋。

給她套圍裙的時候她拒絕了，我只好穿著圍裙走到外面，給我們倆拿了一盤西瓜，一邊拿西瓜，一邊想起了我做師奶的日子，圍裙，竈臺，碗和一堆調料，那種感覺可真是太壞了。

珍妮花一口不吃。我又去拿了第二盤西瓜。

但是菜上來的時候，珍妮花還是吃了不少，一邊吃一邊說，這一輩子吧，結不了婚，但也是一輩子伴著的。

不可能啊。我說，人都是個體，你的爸媽小孩都伴不了你一生。

他就是那麼說的，珍妮花說。

我重重放下了筷子，姐姐你快四十了知道不，就是韓劇也不這麼演了啊。二〇一九了啊，九〇後都三十了啊。

這跟我快四十了有甚麼關係？珍妮花說，這跟九〇後又有甚麼關係？

都四十了還跟顆水晶似的。我說，九〇後個個都比你精。

你又激動了吧，珍妮花說。

我埋頭吃西瓜，去火。

海底撈服務員出現在我們的桌旁，同時帶來一位戴著口罩也能看出來長相清秀的小哥，手裏捏著一團面團。

送的，職員笑容可掬。

為甚麼啊？珍妮花問。

因為你漂亮啊，我說。

珍妮花不笑，表演飛麵的小哥也不笑。我笑了一會兒也覺得沒甚麼好笑的。

我女朋友被騙色了，騙財有沒有我不知道，我也不打算問。但是被騙色，本身就不是一件很好笑的事情。

我還鼓掌了，在麵條飛到天花板的瞬間，珍妮花瞪了我一眼。

麵條放入鍋中，悄無聲息。

日子總要過下去的吧，我說。

珍妮花吃了兩盤肉。

要不我把我老板介紹給你吧。我說，你也介紹你老板給我？

珍妮花瞪了我第二眼。

他說的，你男朋友對你那麼好，要珍惜。

看把他能的，比我還會跑火車。我憤怒地說，又關你男朋友甚麼事嘛。

他說他對我不可能比我男朋友對我還好了，一定要好好珍惜我的男朋友。

我一定憤怒到臉到扭曲了。

他跟你睡的時候想到你男朋友了嗎？我低吼。

海底撈的服務員又出現在桌旁，熱毛巾兩條。我擦了擦眼睛，珍妮花擦了擦手。

坐下。珍妮花鎮靜地說，坐下說。

我想過了，我哭是因為睡的酒店太差了吧，珍妮花說。很平靜，很平靜。

又窮又挫，你圖他甚麼。我說，又性冷淡。

這你都知道？

我性冷淡。我說，水瓶個個性冷淡。

珍妮花笑了一聲，珍妮花居然笑了一聲，如果是為性，為甚麼要找他。

難道是情？我說，情這種東西，到底有沒有啊。

你又任性了，珍妮花說。腫著眼睛的珍妮花又招手要了第三盤肉。

我不吃甜的，珍妮花說，我吃辣的。而且一個半小時快要到了，如果再點點甚麼，我們可以再多坐一個半小時。

我站起來拿西瓜的時候看了一眼門外，等待區都坐滿了，每個人的手裏端著一盤薯片，還有人在下跳棋，我有了錯覺。我們不是在香港，我們不是在美國，我們不是在地球，我們在外太空吧。

㊄，小說之外的小說：《颱風》

如果你總是在凌晨三四點鐘醒過來，就說明你的心臟有問題。我媽就是這麼跟我說的。

颱風來的前夜，凌晨三點半，我又醒了。

看手機，珍妮花微信來一條，風聲。我看過電影《風聲》，那根半空中的繩索簡直成為我永遠的心理陰影。

聽了聽窗，一點聲音都沒有。我就又閉上了眼。

到了早上十點鐘的時候，風大得超出了我的想像。

我沒有開電視，肯定會讓我恐慌。我也不想上網亂看。而且樓也真的晃了，跟地震似的。

我決定下樓，又很擔心電梯突然往下墜，電影裏都是這樣的。如果真往下掉，怎麼彎曲膝蓋都沒用。

電梯門開了，我進了電梯，非常平穩，甚至比往常更快。

出到大堂，四個人坐在大堂，面無表情。

管理員解釋說他們家的窗飛走了，他們只好坐到大堂。也就是說，這四個人是一家人，爸爸和媽媽，哥哥和妹妹，可是他們坐在地上，一句話也沒有，他們的臉不著急也不悲傷，真的，完全沒有表情。他們的窗還飛走了。

我退回電梯，回房間。

珍妮花給我發了一張動圖，一個起重機 360 度旋轉，最後掉下去了，砸掉一個樓角。

我看了一眼窗外，對面那幾幢更老的屋苑，也有窗飛掉了，白花花一片。

我突然想起了《九龍公園游泳池》那首歌。

二百年後這裏甚麼也都不是

宇宙裏有甚麼不是暫時

替我報警吧。珍妮花又發來一條微信，我的窗飛走了，還有窗簾。

啊？我回過去一條，還窗簾？

就是那幅，藍底，小薔薇花，咱倆一起去旺角一起逛了一天窗簾店一起訂的嘛，珍妮花回覆。

我說窗都飛了你還在跟我講窗簾？你男朋友呢？

他說他不能過來，太危險了。珍妮花說，出門就會被窗砸死，而且外面一切交通工具都停了。

這才十號風。我說，要是外星人入侵地球，男人們可不是一早跑光了？

珍妮花大笑了起來，快替我報警，我打了十五分鐘999都打不進去。

我一打就通了，我也不知道是怎麼回事。接線員建議躲進洗手間，任何小空間，不要再呆在大房間。我聽不到更多更好的建議，於是告訴接線員，她一個人，非常驚慌，非常瘦，隨時可能被吸走。

她男朋友不肯過去。我又補充了一句，怕死。

電話那頭停頓了一下，然後說，我們現在就派人過去。

六，同鄉會

反正我是第一次參加同鄉會的春茗，之前我倒是去過一些僑團的聯歡會，不過都是十多年前了，而且在美國。而且去過一次我就不會再去第二次。

香港的同鄉會，這是第一次。

尖沙咀，我迷了路。我每次來尖沙咀都迷路，每一次，我也不知道是為甚麼。我用普通話問了三個人路，一個是金鋪的保安，一個是便利店的收銀員，還有一個正在掃街的工人，這三個人的答案都是不同的。

OpenRice 指示著我在尖沙咀兜了一個大圓圈，此前我從來沒有覺得尖沙咀會是這麼大的。

已經過了標明開席的時間，我還站在一間莎莎的門口找不到方向。我就進了莎莎，反正也遲到了，那就遲到吧。晚上七點尖沙咀的莎莎，人山人海，此前我從來沒有覺得莎莎也會是這麼擠的。

一個女的問我找甚麼？我遲疑地說，睫毛膏？她就領著我來到一堆睫毛膏的前面。我看著那堆睫毛膏，又看了一眼收銀臺，人山人海的收銀臺。

我幫你吧。她說，現金最快。

我就掏出錢包，兩張一百塊，問她，夠不夠？

她說夠了。

我看著她和睫毛膏還有兩百塊一起走向收銀臺，三秒鐘之內，她回來了。

我看著她。

她把睫毛膏和收據還有一堆零錢塞到我手裏。快吧，她說。

我拆開睫毛膏，對住旁邊陳列櫃的一線鏡子，給自己刷了一遍睫毛。

很好卸的，她在旁邊說。

多謝你，我說。

不用謝，她答。

你知道香港飯店在哪兒嗎？我又問。

不知道，她幹脆地答。

那你知道 Prat 街在哪兒嗎？

就在這兒。她說，這兒就是 Prat 街。

我走出莎莎的大門，果然一眼就看到了我要去的飯店。這可真是太神奇了。

我以為我遲到了，其實沒有，菜都沒開始上，所有的人都端著酒杯，寒暄。寒暄這個詞我也是很久沒有使用了。上個月我去了一個會，這些日子我開始去各種各樣的會，肯定是因為我開始老了。我一進去那個會，剛坐下，一個圓臉女孩就坐到我的旁邊，跟我說，你不應該去跟其他人寒暄一下嗎？我看著她。她說快去啊。我就站了起來，去跟其他人寒暄了。

所有的人都在寒暄。我找到一個面朝大門的空位，坐了下來。

然後我數了一下桌子，竟然有三十桌，也就是說，竟然有三百多個，我的同鄉，在香港。可是之前他們都在哪兒呢？要不是春茗，我一直以為整個香港只有我一個人。

我望著門口，所有進門的人。有的人竟然穿旗袍，還有人穿著一件好像要去跳拉丁舞的閃亮亮衣服，後來她真的去跳拉丁舞了。

我就又想起來了我住在美國的日子。我也是帶著旗袍去美國的，但是一次沒穿過，要是做到學生會的副主席，是不是就能穿著旗袍去領事館的小派對了呢？我不知道。我連學生會都沒入。

然後我就看到了一個男人，單獨的，一個男人。

我看了他一眼，他也看了我一眼。當然如果我不看他一眼的話是不會知道他也看了我一眼的。

他坐到了我對面桌的一個空位上。

抽第二輪獎的時候我走過去問他，加個微信好不好。

他說好。然後我回到自己的座位。

你是幹甚麼的？我用微信問他。

銀行，他答。

水瓶座？我問。

是，他答。

過去幾年我們都太艱難了。我說，但是去年年尾好起來了。

對哦，的確是去年四季度開始有起色了。他說，之前的數年還真是挺憋屈的。

今年的事業運會特別好。我說，十二年一遇。

有點暈。他說，我還在倒時差。

美國？

美國。

你有故事嗎？

你有酒嗎？他說。

我看了一下眼前的杯子，一杯橙汁，金黃色的。

坐我左邊的姑娘抽到了一千塊，蹦蹦跳跳地去領獎了。

我不喝酒，我說。

坐我右邊的姑娘抽到了五千塊，蹦蹦跳跳地去領獎了。

你要甚麼故事？他說。

你的，我說。

坐我對面的大叔抽到了一臺電視機。我就站了起來，離開了我的座位。

我經過他的時候沒有看他的臉，因為沒有看他一眼所以也不知道他有沒有看我一眼。

坐在過海的的士上，我想的是，我來幹嘛的呢，我是來抽電視機的嗎？

然後我看了一下手機，他點了我三天之內的所有朋友圈的讚。要是我把朋友圈開放到半年顯示，他會不會把那半年的讚都點了？

然後就是半年之後了。

我又來香港了。他突然發來一條微信。

我揣測了一下他的意思。

一九九七年的時候你在哪兒？我問他。

大學。他說，你呢？

中學，我答。

我住過香港。他說，十年前。

十年前啊。我說，我很快就要來香港住了。

見個面吧，他說。

好，我說。

然後我跟我的一起海歸到香港的最好女朋友珍妮花吃了個高樓午飯。

如果你前九次都沒有。珍妮花說，還是要試這個第十次，也許就有了呢。

如果九次都沒有。我說，第十次為甚麼會有？

我就是第十一個的時候有了的，珍妮花說。

要是沒有你是不是還要試下去？

那是當然。珍妮花說，有的女的太倒霉了，一百個了都沒有。

所以你覺得我跟他會有點甚麼？

不有點甚麼你來找我幹甚麼？珍妮花說，我的時間多是吧？跟你廢這麼多話。

你看看咱倆現在都只有性沒有愛了。我望了一眼窗外，叢林樓海，有時候會看到鷹。

因為香港嗎？要是還在美國還能戀個愛吧。

咱倆再老下去性都沒有了。珍妮花說，你還是抓緊時間吧。

下午四點的時候，我突然心亂如麻。

我打了個電話給珍妮花。

我不見他了，我說。

隔著電話我都感覺得到珍妮花白了我一眼。

不見就不見。她簡直在電話裏吼出來，要跟我說的嗎？我空是吧。

總得找個理由吧。我說，以後還要做人。

做甚麼人？珍妮花繼續吼，還理由，你真不想見你還需要一個理由嗎。

這就是我一直佩服珍妮花的地方。就好像我倆剛剛抵達美國的二十歲，我告訴珍妮花有個男人說他為我煮了一鍋小米粥，半夜爬起來煮的。

他愛我嗎？我問珍妮花，他是騙我的吧？

他要不愛你連騙都懶得騙你，珍妮花答。

那鍋粥肯定是真的。但是愛不愛的，我一直不能確定。我根本就不喜歡小米。

還是要抓緊時間。珍妮花說，一切都只是暫時。

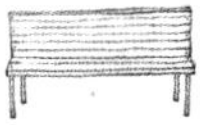

我想起來我十七歲時候認識的一個男人。

他說你對我沒有興趣是因為你還不知道我會給你甚麼樣的樂趣。

我說甚麼樣的樂趣。

他說我可以為你做一切。

我說，去死？

後來有個女的來找我。

她說你看我是不是比你好看？

我說是啊，你好看。

她說那我給你講個故事吧。

有一個女孩，父親插隊到邊疆，和當地人結了婚，生了兩個女兒一個兒子，這個女孩是最小的女兒。父親把女孩托付給朋友，請求他們做她的養父母，帶她回城市。女孩就跟著養父母離開了家，去城市。那年她十歲。學校放假，女孩一個人坐上火車，去邊疆看望自己的親生父母。中三的時候，母親去世，父親怕影響她中考瞞著她，瞞了很久。後來她痛哭三天三夜，不是因為母親的去世，而是父親的隱瞞。高中畢業，她離開養父母的家。

養父母也有一雙兒女，負擔不輕，這七年，盡了朋友的義務，沒有更多的義務。女孩找到一個工廠做工，第一個月的工資一百八十，她租了一個小屋，給自己的小家置辦了小桌小椅，窗簾，小碎花的牀單牀罩。還找了份散工，在同學介紹的一個小飯館洗碗。苦是苦的，但是她跟她自己講要活下去。有一個男人愛上這個女孩，她把第一次獻給他，在她的小碎花的牀單上面。寒冷冬天刺骨涼水，洗不掉處女的血。搓了好久都搓不掉，一團模糊的黃。那個男人很快拋棄她，去追求一個富家女。她只好睡在那團黃了的血跡上面，薄涼被子，一天，又一天，每一天。

我看著她，我說富家女？有多富。

這個女孩長得很好看，但是從來沒有利用過自己的美貌，她說。

我說為甚麼不用呢？如果我有美貌我肯定用。

他跟我說，富家女家裏有錢，跟她結了婚，會過比較安穩的生活，她說。

他沒有跟你說的是，他願意做一切，我說。

做甚麼？

一切。我是這麼說的，如果你沒有試過，應該讓他做一次。

這個女的果然長得很好看，眼睛是我的兩倍大。如果瞪著我就是三倍大。

你要問我我的感覺是怎麼樣的？我盯著她又黑又亮的大眼睛，說，太法克特噁心了。

你要跟你自己講你要活下去。我又補了一句。

我當然沒有跟這個女的做朋友，我的朋友只有珍妮花。

珍妮花絕對不會在十七歲的時候因愛失身，因為她爸在她十六歲半的時候被調查了，她一夜白頭，我說的是真的，後來她每隔一個月就染一次頭髮。

如果我得絕症死了。珍妮花是這麼跟我說的，一定是癌。

珍妮花的媽開始吃素，應該會有點用。珍妮花的十六歲半，就是跟著她的吃素的媽去敲她的世叔伯們的家門，冷臉或者熱臉，珍妮花沒有跟我討論過。珍妮花的失身，當然不是愛。

我倆倒是很仔細地討論了一下這個第一次，那一天好像還是珍妮花的十七歲生日。

你疼嗎？我問，倒抽了一口冷氣的疼嗎？

不疼。珍妮花是這麼說的，可是他們跟我說我爸也許過年的時候就能出來了可是都清明了我爸還沒出來，我就有點疼了。

你疼嗎？珍妮花反問。

我？我說有個男人帶我去了一個房子，他說我們以後就住在這兒了。

你爸媽會打死你的，珍妮花說。

那是當然。我說，我也是這麼跟他說的，我會被我爸媽打死的，今天早上的語文小測和數學小測我都沒及格。

我沒有跟珍妮花說的是，那個房子還是不錯的，那個男人也還是不錯的，可是有一天他說他要跟我分手，因為他跟他學姐睡了，他得負責。

我不是不愛你了。他是這麼說的，我實在是沒有辦法了。

我現在再跟你睡還來得及嗎？我問他。

他說來不及了。

有的事情我就是跟我的最好朋友也是不會說的。如果是很失體面的那種。

我後來察覺到一個男人似乎好像可能也許要跟我分手，就果斷跟他睡了，我的第一次。

不疼。果然就像珍妮花說的那樣，不僅不疼，血都沒有流一滴。

由於沒有血，也不覺得疼，只好做下去，下半夜終於見了血，顏色很深，不太像處女的血，像死了很久的，屍體的，血。這時候才疼起來，有多疼呢？如果這個世界上真有一種疼叫做二十根骨頭同時折斷，就是這麼疼。我後來跟珍妮花討論過，動物世界裏雄性為甚麼往往使用暴力，因為雄性的性器往往也是個兇器，交個配也血肉模糊的，有的時候直接就把雌性做死了。

珍妮花說也有雌性把雄性做死了的。

所以雄性做完就跑是吧。我說，跑慢了就死了。

所以男人也是做完就跑了是吧。我說，本能啊這是。

你計較甚麼呢？珍妮花說。你的第一個男人的反應？你指望他墊個潔白手帕在你身下？你指望他打一桶熱水，一點一點洗去你腿間的血跡？小說看多了吧你都沒血。

後來有了！我說，天知道為甚麼會晚幾個鐘頭。

每個女人都有第一個男人，每個男人也都有他的第一個女人，你肯定會成為哪個男人的第一個女人，你肯定也會成為哪個男人的最後一個女人。

我說珍妮花你這是繞口令吧。

將來的某一天，珍妮花說。

我倆就去美國了。那年過年前珍妮花的父親終於出來了。但是他出不出來的其實對誰來講也不是那麼重要了。

這位父親最好不需要知道他的太太開始吃素的全家上下都跟沒頭蒼蠅一樣亂轉的第一個月，他的女兒都幹了甚麼。

你要我帶你去見大人物？有個男人對珍妮花說，可是我為甚麼要帶你去？

我把我給你，珍妮花是這麼說的。

他帶珍妮花去見了他，一個有樂隊表演的露天花園，最多五分鐘。我並不知道他們說了些甚麼。然後珍妮花就跟著他走了。

我為甚麼知道？因為我陪著珍妮花去的，他帶走珍妮花的時候也給我買了一包薯條，蕃茄味兒的。我甚麼都不會忘掉。

我還問他為甚麼是蕃茄味兒的？他說你們這些小女孩不就是喜歡薯條？

我不會忘掉我問的是蕃茄他答的是薯條。

他的車是黑色的。

我們並沒有失去過甚麼。十七歲的珍妮花跟十七歲的我說過，如果我們甚麼都沒有過。我們再也沒有討論過細節。誰會去在乎過程呢，有時候結果都不重要。

所以後來我倆海歸來了香港，珍妮花也終於在第十一個的時候有了，我為她高興。就像她自己說的，有的女的太倒霉了，一百個了都沒有。

我一直沒有找到我自己的原因。可能是因為我一直都還在確定，一鍋小米粥到底是不是愛。

這跟我去同鄉會也沒有甚麼關係。我很缺電視機的嗎？

七，到小豆島去

我們到直島去，劉蕓說，我們把車也開到島上去。

我不要去直島。我說，我要去小豆島。

你都去過一次小豆島了，劉蕓說。

我還要去，我說。

小豆島不好玩，劉蕓說。

我覺得挺好玩的，我說。

劉蕓板著臉，那你自己去好了。

我就自己去了。小豆島。

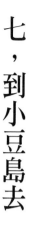

實際上我全忘光了，上一次去小豆島已經是三年以前。

所以我來到了一個一個人都沒有的售票處。半個小時以後我意識到這是一個錯誤的售票處。

我出了大門，穿過一疊疊得很高的碗和盤子，走到一個對的人很多的售票處。

土莊？或者草壁？我根本就忘了我三年之前去的是哪一個港口。

於是草壁，三分鐘後就開船。

我趕上了大船，但是沒有人向我鞠躬，我也許甚麼都忘了，但是日本人鞠躬鞠得一塌糊塗，我是記得很清楚的。

我問我的朋友們怎麼都不來香港買東西了？他們都是這麼回答我的，他們寧願去日本，日本人鞠躬鞠得一塌糊塗。現在他們只好回香港買了，日本人也不鞠躬了。

沒有了劉藝，我上了最上層，風把裙子吹成花，又下到最下層，一個人都沒有。來回數了好幾遍，整條船的乘客沒有超過五個。我坐到橙黃色的椅子上面，又坐到翠綠色的椅子上面，坐來坐去，小豆島就到了。

一輛旅遊巴等在碼頭，我走出了船艙，旅遊巴開進了船艙，船就開走了。

再去一下橄欖公園？我不知道。上一次去橄欖公園我全忘光了，到底是三年之前了。我只記得我和劉蕓都是失業婦女那個時候，三年之間，劉蕓倒成長為一個民宿老板娘了。

我打開手機，想要問一下我去哪兒才好，除了橄欖公園。

「親們如果都從一個港口往返的話，可以買往返票哦，返程票九折折扣哦。」劉蕓在她的民宿客人群組裏發了這麼一條。

上船前我加入了劉蕓的民宿客人群組。劉蕓是這麼說的，我空是吧，你要問自己進群在群組裏問，不要問我，我一個字都不會答的。

我都氣得渾身發抖了，她跟我一句都懶得說，倒跟她的客人們一口一個親的。要不是這條遲到的短信，我就可以有個九折了，可是我不知道，我買的是單程，原價。

我沿著路邊朝前走，走到一個巴士站下面。我是這麼想的，有巴士我就上，管它去哪。

半個小時以後，我懷疑這個巴士站是假的。

我走回港口查時刻表，發現巴士站不是假的，但是下一班車是一個小時以後。

如果想盡快去哪兒，就去對面的巴士站，有一趟車會帶你去一個映畫村。時刻表是這麼說的。

我去過那個映畫村，記得太清楚了，那個村裏甚麼都沒有。但是我趕上了巴士，坐到了最後一排。半個小時以後，巴士開到了一條小路上面，我懷疑這個巴士是假的，多大的島啊，它能開半個小時還開不到？

小路的正中間，巴士掉了個頭，往回開。

然後就到了。

我把一堆硬幣放在手心，司機迅速地挑選了幾個對的。我很抱歉。

好像在哪兒看到，日本人從來不麻煩別人，自殺都是走進深山老林掛在一棵樹上，很少很少跳樓跳海跳軌，能不麻煩別人就不麻煩別人。

香港經常有人跳軌，我是想不通的，因為一有人跳軌，火車就要停一個鐘。難道是為了讓搭火車的人記得？而且記得很牢？這個動機，很奇特。

映畫村。

跟上次一樣，我要了一個學生餐。一碗稀薄咖喱，土豆碎片，一個糖霜麪包，一杯牛奶和一個凍得硬梆梆的桔子。跟上次一樣，我把桔子還給了他們。

好像在哪兒看到，為了要窮人家的孩子也去上學，就許諾給他們麵包和牛奶，窮人只好把孩子送去上學，只是為了麵包。窮人又沒有別的選擇。

吃完麵包蕉咖喱，影畫村轉了三圈，又轉了三圈，跟上次一樣，甚麼都沒有。出大門一個碼頭，開過來一條船，船上一個船夫。

我看著那條船，還有那個船夫。根本就像是天上掉下來的。

橄欖公園？我問船夫。

他點頭。我就上了船。

上了船以後我發現他一句英語不會。

船開動了，而且開得飛快。

風不斷地灌到我的嘴裏，我想的全是劉芸，要不是劉芸要做那個甚麼民宿，現在就是我們倆一起坐在這條小船上了，我們倆一起凍得瑟瑟發抖，風灌到我們兩個人的嘴裏。可是她是一個民宿老板娘了，她得做一個民宿老板娘應該做的事情。如果沒有人花錢雇她來小豆島，她就不會來小豆島。

她為甚麼一定要去做民宿呢？

給你講個鬼故事吧。一年半前的一個半夜，劉蕓突然跟我說。
我說白天講行不？
她說不行，白天她要睡覺。
我只好說好吧。
她說我今天去看房子了。
我說看房子幹嘛。
她說買房子啊。
我說買房子幹嘛。
她說做民宿啊。
我說那我可以住在你的民宿裏嗎？
她說可以，但你不要在旺季人多的時候來。
我說甚麼時候人不多？
她說我怎麼知道。
我只好說好吧，房子看好了？多少錢？

五百八十萬。劉芸說，一戶建，樓上樓下四個房間呢，都挺寬敞的還附贈五個全新空調呢。

我說買啊。

她說是啊我還價五百五十萬，成了就要了。結果中介不緊不慢說，可以的，幫你問一下屋主，但在你買之前，有幾點說明：第一，這個房子一樓曾經進過水；第二，這個房子的女主人跳海死的，雖然不是死在這個房子裏，還是有必要說明一下。

我說你買了？五百五十萬？

我瞬間凝固了好不好。劉芸說，我趕緊跑了。

怕甚麼。我說，進水就是進財。

我這一輩子都發不了橫財。劉芸說，本來還要去買空調的，都看好了。因為約好時間看房，就先看了房，結果房沒看成，回頭去買空調，空調也賣光了，只好買了一臺又貴又不好用的。

這也叫鬼故事？我說。

當然啊。劉芸說，肯定有很多很多怨氣才會去死，不管死在哪裏，怨氣還在房子裏。

我還東看西看還爬上閣樓看，一定冒犯了啥。

這種房子在香港可好賣了，我說。

你買？

我不買。我說，我又沒錢。

船靠了岸，我把錢攤到手心，船夫挑了對的兩張。給別人造成了麻煩，我很抱歉。要不是嘴巴裏灌滿了風，我就用日語說阿裏阿多了，我只會這一句，還有一句撒油那啦，劉藝警告我那四個字不要隨便說，說了就是永別，所以我當我只會一句，阿裏阿多。

船開走了，整件事情都有點古怪，突然開來又開走的船。我沿著碼頭走了好遠，開始覺得橄欖公園肯定是真的，但是這個碼頭可能不是真的。

我後來能夠走到橄欖公園，我也覺得非常古怪。如果說這三年我還有甚麼記憶殘留，只是一個白色風車，風車前面很多人騎在掃把上跳了又跳。我連橄欖樹都忘光了。

劉藝說她收到過一個民宿客人的禮物，一片橄欖樹葉。那個女的還手寫了一封信：小豆島一位老爺爺送給我的分叉橄欖葉呢！老爺爺說這就是幸運！我把它轉送給你！希望你也得到幸運！……

劉蕓還把那封信和那片葉子拍給我看。如果一堆感嘆號加一片葉子都能夠超越我跟劉蕓三十年的友誼，我不說甚麼了，我又有點氣得渾身發抖了。

我看著男的和女的，老的和小的，騎在黑的和白的掃把上跳了又跳。我冷眼看了好一會兒。風車也不是那麼白了。三年。

我在橄欖公園的中心吃了一個淺綠色的橄欖冰淇淋，三年之前劉蕓喝過一瓶深綠色的橄欖汽水，我問過她滋味，她說就是橄欖油會冒泡。如果劉蕓問我橄欖冰淇淋的滋味，我只好說，就是一口橄欖油，不看一眼真不知道是冰淇淋。

然後我上了樓梯，劉蕓三年前說過一句，橄欖公園樓上餐廳的素麵很好吃的。

可是沒有素麵，可是我已經坐了下來。

菜單上只有三種，披薩，沙拉和素菜湯。

披薩上的肉可以拿掉嗎？

Sorry，服務員答。

沙拉上的肉可以拿掉嗎？

Sorry，服務員答。

菜湯套餐裏的溫泉蛋可以做成熟蛋嗎？我問。

Sorry，服務員答。

只要稍稍煮久一點就好，我說。

Sorry，服務員答。

那我不要蛋行嗎？我說，只給我湯。

Sorry，服務員答。

那把蛋和湯分開給我行嗎。

行，服務員答。

菜到了以後，我把蛋留在了桌上，如果我還給服務員她一定會說Sorry的。

我給劉芸發了一條微信，日本人是不是只會按照固定的模式做固定的東西？跟香港人似的。

劉芸回了一條，你是不是又給人家添麻煩了？香港人的臉都要被你丟光了。

我說我要投訴！作為一個香港客人，我要投訴！

劉蕓冷笑了一聲，你還投訴？你可真懂得香港人得怎麼投訴？

我有點心虛。這個這個投訴文化，我還沒有完全掌握好。

上個月有個香港客人。劉蕓說，給了我唯一的一個差評。

理由是甚麼？

她說晚上回民宿的路，路燈比較暗，又沒有行人，害怕被強暴，都害怕得哭了。

我一口素菜湯差點噴到桌子上，可是沒有，要不然香港人的臉真的要被我丟光了。

她還有個女伴的。劉蕓補了一句，她和女伴一起同行的。

我說這個不是香港人！肯定不是！香港人的臉都要被她丟光了。

劉蕓哼了一聲。

窗外的櫻花已經落得沒剩多少了。一群人在沒有甚麼櫻花的櫻花樹下面來來回回地拍。

秒速五厘米，那是櫻花飄落的速度。劉蕓是這麼說的。

當人們目睹一場美麗的盛宴消逝時，反而能找到安心感。村上春樹是這麼說的。

櫻花落得開開心心是因為知道明年還會再開。是枝裕和電影《花之武士》裏的傻子是這麼說的。

對我來講，櫻花落不落的跟我也沒有甚麼關係，我也不是來橄欖公園看櫻花的，我是來看橄欖樹的，不要問我從哪裏來的橄欖樹。

橄欖樹的真相就是每一棵樹都互相離得很遠，葉子與葉子之間都是疏離的。

我把溫泉蛋留在了桌上。管他的丟沒丟的臉。

就好像劉蕓的客人把衣服勾在她的衣櫥門上面。那個門好像還是昭和時代的。你這個民宿連個衣架都沒有。客人說，你得裝個衣架，要不我的衣服只好掛在門上，太不方便了。

客人發來一張照片，衣櫥門敞開著，門的左邊搭了一條褲子，門的右邊勾了一件夾克。衣櫥門不是掛衣架。劉蕓跟客人講，衣櫥門打開了您就會看到一個衣櫥，衣櫥是用來掛衣服的。

衣櫥裏有東西，我怎麼掛？客人答，當然只好掛在門上。

衣櫥裏是一牀為您額外準備的被子。劉蕓說，怕您晚上覺得冷。被子上方的空間可以掛衣服的。

我這是好意。客人生氣地說，你還是得弄個衣架，要不衣服就得掛在門上。

每個人都不是一座孤島。這是海明威說的。

每個人為甚麼都不是一座孤島？這是我想都想不通的問題。尤其在想問題的時候，根本就是孤島和孤島，一個二個三個，孤島。

武士的父親臨終前說的，要為我報仇啊。女人鼓起勇氣結結巴巴地勸說，您父親的本意也不是要您背負著報仇的使命過得這麼不開心吧。武士就去找人下棋了，下著下著覺悟了：父親教我下棋，那時我年紀還小，已忘了這回事，除了劍術他還教過我其他，我很感激。對方說真羨慕啊，我下棋可是自學的，又沒有人教我，但是我還沒有教我的兒子納鞋底呢，我還是不要去做那種報了仇又要切腹自殺的事了吧。

如果客人想要差評，永遠都找得到理由。劉芸說，比如牀上用品有線頭和褶皺。

褶皺這兩個字一出來。我只想說，現在的客人們都太有文化了。

如果我要給劉芸一個差評，只能夠是，你為甚麼要去做一個民宿老板娘？你就沒有別的選擇了？你都不是你了。

劉蕓一定會給回我一個差評，你就是你了？你四十三了知道不？你都不知道你不要做甚麼。

誰都沒有別的選擇。

我忘了置身瀕絕孤島，忘了眼淚不過失效藥。這是陳粒說的。

下山的路經過一個手工制麪所，麪條一根根豎掛在路邊，風吹過來，麪條們就動了。我停下來看了好一會兒動來動去的麪條。

如果素麪真的很好吃，為甚麼素麪會好吃？如果你也實在沒有別的東西可以吃。如果甚麼都沒有，只好做唯一有的，只做一個東西，盯著做，做幾十年，做成固定模式，少一粒鹽多一秒都是冒犯。又沒有選擇。

我趕上了去港口的巴士，一分鐘以後，回到了草壁。

下一班船是兩個小時以後。

一個人都沒有，賣票的人都沒有，要不是我就是從這個港口來的，我真的懷疑這個港口是不是假的。

「天使之路！」劉蕓發到群組裏一條，「親們親們，退潮前後，有六個小時呢，可以看得見連接到小島的沙路喲。」

我不生氣，我呆呆坐在沒有人也沒有東西賣的港口，如果現在去天使之路，下一班巴士是半個小時以後。可是我去天使之路做甚麼？看那條有時有有時沒有的沙路？

我沒見過嗎？有沒有的沙路，香港就有，去往橋頭島的路，隨潮水出沒，名字都沒有的一條路，路兩旁一堆菠蘿包亂石，真的很像很像菠蘿包的石頭。天使之路有菠蘿包石頭嗎？肯定沒有。我不知道天使之路有甚麼，我又沒有去過。我想起來三年之前我遇到過一對臺灣夫婦，因為我給他們帶了路，把他們從橄欖公園帶到了醬油工坊，天知道我怎麼會帶路的，第一次去的小豆島，他們送給我一塊鳳梨酥。為甚麼要帶鳳梨酥來日本？來日本不是吃吃吃的嗎？我不知道。我只知道鳳梨酥搭醬油冰淇淋還挺搭的。再把他們帶去港口的時候，我想起來是土莊，土莊港口，去往土莊的巴士，他們中途下了車。

我們要去天使之路了啦，他們是這麼說的。

他們就和一堆人一起下了車，一起去了天使之路。

我再也沒有見過他們，我當然再也不會見到他們，就算是見到，也許在臺灣，也許在

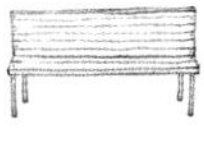

香港，我連他們的臉都忘光了。

如果在土莊，一定可以買點甚麼，橄欖油素麪，橄欖油汽水，橄欖油朱古力，橄欖油洗面奶，可是我在草壁，我只有錢。

路的對面有一間便利店，我買了一根香蕉。

沿著海灘走出去，一條路的盡頭，不是不想再往前走，實在是沒有路了。一條船開過來，不是我要搭的船，我看著那條船開過來，開過來，開過來，靠了岸，這才過去了十分鐘。

我沒有住劉蕓的民宿，我住在 JR 酒店。我的理由是我從來不住民宿，誰的民宿都不住。這個世界上就是有我這種人，我不要與任何人建立關係，我只要一個人呆著，入房退房都不要理我，就讓我一個人呆著。

你這種人真的不要住民宿了。劉蕓說，你這種人最好就不要出門。

怎麼就有人要住民宿的？這是我怎麼想都想不明白的問題，劉蕓去內地都住民宿。她的理由是要考察中國內地的民宿情況。

豪華啊。劉芸是這麼說的，裝修得跟七星級一樣。

你住過七星級？我問。

劉芸白了我一眼。

內地的民宿老板娘都叫我親親。劉芸是這麼說的。

你馬上就學會了？我說，你知道內地有個淘寶吧？全淘寶都是親親。

裝修七星。劉芸說，但是衛生間廚房的衛生真的一粒星都給不到。

你計較甚麼？我說，人家都叫你親親。

投影電影不好放吧，微信民宿老板娘。劉芸說，她說親親啊我也不會放啊，這樣吧給你一個淘寶鏈接，你自己聯繫賣投影儀給我的淘寶店吧親親。

你聯絡淘寶店了？

沒。劉芸說，我就算了，又不是一定要看。

所以我是不住民宿的，我說。

我做了民宿老板娘才體諒到別的民宿老板娘，劉芸說。

我要是辛辛苦苦的絕對不原諒其他人的不辛辛苦苦，我說。

你又怎麼知道其他人不辛苦。劉芸說，如果你自己從來就沒有辛苦過。你怎麼知道我不辛苦。我說，你又知道這些年我過成甚麼。有的人光是活著已經耗盡全部力氣，劉芸說。

我連連點頭。

說的就是我這種人。劉蕓又補了一句。

我只好閉嘴。幸好我沒有住她的民宿。

船來了。我上了船，這次真的是一個乘客都沒有，除了我。除了後來追上來的一個老太太。都下午四點了，也不知道她去高松幹甚麼。如果她就是從高松去小豆島又要回高松的，也不知道她為甚麼要去小豆島，這個島甚麼都沒有。我當然再也沒有見過她。

一個人站在岸邊揮手，飽含深情。

我想的是，每趟船都這麼用情？最後天黑了的尾班船，是不是就把情用盡了。

我可以看著他的身形越來越小，最後只剩下一個揮動著的深情的手，我真的被打動了。也許日本人是不鞠躬了，但是我的朋友們還是繼續不要來香港買東西了吧。香港又沒有人揮手。

可是他揮了一會兒也就轉身走了，日本人模式，肯定揮幾下都是計算好的。

趕緊挪回酒店躺倒。這是我現在想的，明天還要回東京。

劉蕓的民宿就在即將靠岸的港口，那個房子，我是一路看著的。我不住，如果一定要我住在那個房子裏，我會心痛痛死的。

劉蕓甚麼依靠都沒有。劉蕓的父母是這麼跟我講的，如果不給她買個房子，她老了以後怎麼辦哪。

我父母也是這麼跟我講的，你甚麼都不會，老了以後怎麼辦啊？要不給你留套房子吧，老了以後收租。

她還會寫小說啊。劉蕓的父母跟我的父母說，我家劉蕓可真的是連小說都不會寫啊。

寫小說能寫一輩子啊。我的父母跟劉蕓的父母說，連個工作都沒有。

要不就買房子吧。父母們都說，她們老了以後就讓她們收租。

劉蕓的父母就給她買了一個公寓房子，劉蕓用那個公寓房子做了一個半月民宿，直到有一天公寓的管理處叫來了兩個日本警察抓她。

日本警察都很矮吧？我問劉蕓。

矮不矮的不關你事。劉蕓說，你要是敢跟我爸媽說，我就殺了你。

香港警察都挺矮的你信不。我說，我有一天報警來著。

為甚麼？劉蕓問。

在樓下吃飯的時候旁桌的香港人跟我講大陸人滚。

你不是香港人嗎？劉蕓說。

我是不是的不關你事。我說，我報警啊，打了三遍911才反應過來香港打999的。

來了兩個挺不高興的警察。

我可以罵回嗎？我問警察。

是旦啦，警察說。

我可以打回嗎？我問警察。

唔得啦，警察說。

動嘴可以動手不可以？

係啊。警察說，唔該睇下身份證。

沒帶，我說。

身份證要隨身帶的嘛，其中一個說。

我上樓拿一下？我說。

好啊，我在樓下等你。另外一個說。

劉蕓說你寫小說啊？

你要是敢跟我爸媽講我在香港的處境，我也會殺了你的，我說。

殺了我吧。劉蕓說，我生無可戀。

接下來的一年我果然失去了她的所有消息，發微信給她她也不回。我也沒有甚麼好擔心的，之前她都消失過十年，我到現在也不知道那十年她過得是不是比我還辛苦。

這一年我爸突然生病，我們家賣了三套房子，一套剛夠一個月 ICU，給我收租的房也沒了，我老了以後可能只能靠自己寫小說了。

劉蕓突然出現了。

日本民宿法出臺了！劉蕓激動地說，我要做民宿！

你只能做民宿。我說，你又不會寫小說。

劉蕓到處看房子，各種房子，那個進了水又跳了海讓她買不到空調的房子真讓我印象深刻。

公寓賣了啊，我說。

賣不出價錢。劉蕓說，而且是我爸媽給我養老用的，留著吧。

那個港口的房子她只看了一眼，第一眼。

她站在大門口拍了一張照片發給我。

我說買。反正不是我的錢。

買，劉蕓咬著牙說。

買了。

劉蕓每隔幾天給我發一條微信，說的全是那個房子。我不用回覆她，她有發微信的空絕對沒有看微信的空。

昭和的地板風格，房主保存得那麼新，有點感動。把和室的窗框擦好了，還擦了窗和地。

一捅就破的障子紙，經過多天的努力完工，這次用的是捅不破的。

我是一個粉刷匠，刷刷刷。

房頂刷完啦。

爸媽培養我們成為文藝美少女是為了有一天變身無所不能的大嬸刷牆刷櫥櫃不求人嗎？

這燈恐怕是三十年沒擦過。我擦擦擦。

終於整理出來了一個二樓客廳。

修一條和鄰居共用的小院圍牆，鄰居出一半錢，一條圍牆五十七萬。

收拾了院子，買了一個小蘑菇，等它長出青苔我恐怕老了。

房頂粉刷中。

手工制作門牌。

裝煙霧報警器。

把一個空置的空調專線改成普通插座，多了一路專用電源。

二樓的熱水管道和一樓分開設置，水勢和熱量令我感動。

為了停大車去掉了車棚，工人人工費及車棚的廢材處理費三萬四千元，腳的斷面幫我用水泥抹平還要一萬，我說我自己抹！

二樓和室換了榻榻米。

種下兩棵蜜柑。

鑰匙圈做好啦！

約人來換鎖，五千元。

我說劉蕓這個房子我出錢了嗎？你連修個圍牆五十七萬換個鎖五千都跟我講？

榻榻米一塊一萬二，劉蕓說。

我肯定不住你那兒。我說，要弄壞了我沒錢賠。

劉蕓發來一張旅館業營業許可證。

我說我都瞬間凝固了劉蕓你現在是一個 365 天都合法的旅館老板娘了喲。

這一路走過來是不是一件行為藝術？劉蕓問。

遍路才是吧？我說。

那是修心。劉蕓說，絕對不是行為藝術。

做民宿也修心，我說。

跟遍路還是不能比的，劉蕓說。

不都是各種事情與身心碰撞的感受？我說，我看旅遊書看的，遍路即修行。

見過遍路人吧。

見過。我說，有一個人的草帽上還寫著「同行二人」，幹嘛？當我不會數數嗎？

草甚麼帽。劉蕓說，那是笠，笠笠笠。弘法大師的一個發願，只要有人走上遍路旅途，他便將陪伴守護，從始至終。

那麼到底幾個人？

我不跟你講了，我要去清掃我的民宿了，又有人留了一堆碗。劉蕓說，跟你都是廢話。

你當是修行好了，我說。

修甚麼行？劉蕓叫起來，燈火齊明！垃圾不分類！

你別再叫我洗你的牛奶盒子了行不？洗了還得剪好晾幹疊好。我説，為了不用洗我都忍著不喝了。

我不是為了我自己，有的資源弄髒了就不能回收了。你會於心不安的。

我不會不安。我説，我非常安。香港人最會分類了，藍色箱子放紙的，橙色箱子放金屬的，棕色箱子放塑膠的。

劉薈冷笑，高級化妝品買一箱？包裝全拆了跟一堆只嘗了一口就扔掉的食物一起扔進不可回收垃圾桶？

沒有一個人能夠成為一個代表。我説，就好像我能夠代表地球人嗎？

你不是地球人嗎？劉薈説，你火星來的？

氣得渾身發抖了我。

船靠了岸。我趕緊回酒店睡覺，明天還要回東京。

再次穿過那一疊疊得很高的碗和盤子，我想的是劉薈一定還在洗碗。

每個人都不是一座孤島。海明威的確説過這句。但他後面還有：一個人必須是這世界上最堅固的島嶼，然後才能成為大陸的一部份。

八，油麻地

對於阿珍來說，當然是現在的生活更好一些。一早出門工作，回家天都黑了，不用看到老公，更不用看到奶奶姑仔。

奶奶房子裝修，暫住在阿珍這裏，這一個多月，阿珍是快要瘋了。

幾十年家當塞在角角落落，洗手間都是滿的，腳都插不進去。

阿芳說租個迷你倉嘛，幹嘛非要放在家裏，要不阿珍你替他們把這迷你倉的錢出了好了。

阿珍笑笑。別說是甚麼倉，住到家裏老公都沒跟自己講，放工回家，奶奶姑仔已經在屋裏了。

餐桌前面，工人正端菜上桌，老公孩子，奶奶姑仔，一家人齊齊整整，好像也沒阿珍甚麼事。阿珍竟然有點恍惚。剛剛結婚的時候，跟老公一家六口擠住在一個兩房小單位，兩個姑仔那時還沒有嫁出去，叔仔也還沒有結婚。每天早上全家都跟打仗一樣，趕上學，趕上班，待到每個人都出了門，每個房間都被洗劫過一樣，阿珍開始工作，清掃，洗衣，煮食，阿珍就是家裏的工人。

有一天出外辦事，趕回家遲了，家裏按時開飯，沒有等她。阿珍把那一幕記了一萬遍，永遠都是忘不掉的。鑰匙扭開大門，飯廳裏一家人齊齊整整食餐飯，沒有人抬頭，只得奶奶扭頭看了她一眼，說，喲，工人返來了。奶奶只是說笑，臉是笑的。叔仔姑仔都沒有表情，繼續吃飯，當甚麼都沒有發生，甚麼也沒看見，老公的碗都沒有放下來。兒子只有幾個月，地板上坐著，專心玩玩具。

阿珍找到了工作，馬上就去上班了。隔了十年情況也沒有變化。叔仔還沒有結婚，姑仔還沒有嫁出去。變化的只有阿珍，阿珍買了房子，把自己和孩子還有老公搬了出去。

以前師奶的生活，阿珍一點都不要去回憶。老公每個月只給兩千塊家用，多一分都沒有。老公不是個壞人，他就是那樣的人。

阿珍找到工作上工的第一天，請老公代買了一次菜，老公拎了一袋生果回家，不出聲了，可真真體會到了兩千塊到底是甚麼。

兩千塊家用的日子，阿珍是用自己深圳一套房的房租撐過來的，弟弟幫手投資的小房子，結婚搬來香港前放租了出去，深圳房租救了阿珍的命。

貼補家用之外，也存夠了自己開鋪的本錢。當然也有阿珍替老板打工的十年人工，足足十年。說起來十年，也不過瞬間。有一天一個熟客突然嘆氣，說了一句，人生苦短，婚姻苦長。

阿芳莉莉都笑，阿珍可是笑不出來，可不就是？人生苦短，婚姻苦長。

按照阿芳的說法，阿珍存錢的本事，可是全世界第一的。出糧三萬，阿珍能存下三萬四。

朝九晚九，中間一個鐘吃飯休息，阿珍十分鐘就能吃完，馬上幹活，根本不需要休息。一個月四天休假，那四千，就是那四天裏掙下的。錢是掙出來的不是省出來的，對於阿珍來講，錢倒真是生生省出來的。

阿珍不求吃，不求穿，甚麼都無所謂的，阿珍只追求一個字，錢。

阿珍連島上都去，島上住了一群富太太，島上甚麼都有，高爾夫球場都有，所以太太們從來不出島。阿珍碰到好心的太太，除了入島出島的巴士交通費，每次也都叫上幾個鄰居幫襯。

來一次不容易。好心太太是這麼說的，多做幾個多掙點錢嘛。

不容易？阿芳冷笑，小費都不給的。越有錢的人越小氣。

阿珍不說話。阿珍的世界裏，世界就是這樣的。

阿芳有時候會去罵阿珍，阿珍你真是沒用啊，你甚麼都可以啊，你就沒有說過一個不字。阿珍也只是笑笑，真急了才回應一句，我不講了，我不想講了。

阿芳只服貼阿珍一件事情，十年同事，沒見過阿珍遲到一次，黃暴紅暴黑暴掛出來，阿珍都不遲到。

十號颱風那一天，天文臺訊號一掛出來，同事們個個立即回了家，只有阿珍留低店裏，執好所有東西才走。那時阿珍已買了房子，阿珍媽媽過來香港幫手帶外孫外孫女。是啊阿珍又生了一個，阿芳說不知道怎麼回事，不知道阿珍怎麼想的，阿芳也不想講了。

阿珍媽媽電話阿珍老公，十號風球哦，可不可以去接阿珍下班。

阿珍老公講，不接，她又不是自己不會回來。

阿珍媽媽去接阿珍，大風大雨裏，兩母女一把傘，抱頭痛哭。

阿珍媽媽也是苦的，家裏只得她一個獨女，又窮，就招了個上門女婿，可是這個女婿不爭氣，好賭錢，在賭桌上把阿珍輸給了村裏的富戶。

嫁過去了有吃有喝，過好日子哩。阿珍爸爸是這麼跟阿珍講的，有錢有廠，你弟也能去廠裏上班了哩。

阿珍偷跑了出來，對於十六歲的阿珍來講，那家的兒子太醜了，這一點實在不能忍。

阿珍到了深圳。

一下車，就被人販子拐了。

做批發。人販子是這麼跟阿珍講的，阿珍就跟著去做批發了。阿珍到現在還搞不懂批發這兩個字到底是甚麼。

黑屋子裏關了三天，阿珍不哭不鬧，低眉順目，該吃飯吃飯該睡覺睡覺，一點心事沒有。第四天低低提出來上街買點日用品，兩個人販子跟著，阿珍還是跑成功了。阿珍跑起來真的是很快的。

可是阿珍跑過了醜兒子，阿珍跑過了人販子，阿珍沒能跑過現在這個老公。

朋友的朋友的朋友，香港人。

訂好了婚期阿珍要反悔，阿珍已經覺得有點不對，阿珍不想結婚了。

阿珍爸爸不爭氣，阿珍弟弟爭氣，阿珍到深圳的第三年，弟弟也來了深圳，做房地產，只做房地產，阿珍深圳的小房子，就是弟弟拿的主意。阿珍兩千塊家用撐住了的命，還是弟弟救的。

阿珍在深圳有房子，阿珍是不需要找這個香港人的。

可是他天天來求，以死相逼，阿珍這個婚，就這麼結了。

嫁過去才知道真是香港人，水上人家，土生土長香港人。

奶奶姑仔大陸妹三個字，張口就來，完全不需要經過大腦。

阿芳七歲來的香港，阿芳從來不覺得自己是香港人。阿芳找的老公也是大陸人，阿芳老公八歲來的香港，兩公婆一直都是大陸人。怎麼會這麼覺得？有的人二三十歲才到香港工作學習，很快就是新香港人了嘛。阿芳說我又沒有受過香港的教育，我跟我老公都是，我們都是街上長大的，我們沒上過政府學校，港英政府不管你嘛，家裏又窮，就在街上上學囉。阿芳大笑起來，真的一點都不香港人。

阿芳跟老公一直好的，阿芳老公脾氣不好，在外面做事都給人臉色，但是一回家馬上就轉了好臉，所以阿芳從來就沒有見過老公的臉色。因為我們大陸人背景一樣的嘛，我們幾十年了，天天都有話講的，天天都講得來，阿芳是這麼說的。

可是大陸人老公在外面都是慫的，只在家裏面狠，打起老婆來往死裏打，莉莉突然說。

亂講，阿珍插了一句。

真的阿珍姐。莉莉說，聽人說啊，要是長得太好看，嫁過去第一天就要先打一頓，一頓就打服貼了。最好打斷一條腿，以後都不會出事。

聽誰說的？阿珍說。

莉莉不說話了。

不就是那個辛迪，阿芳說。看了莉莉一眼。

阿珍不說話了。一提到辛迪，阿珍馬上就閉嘴，一句話都沒有。

所以阿芳姐你老公又有點香港人的，香港男人就是在外面兇，對家裏好。莉莉說。我老公就是，脾氣也不好，街市上還會同人吵架，可是對我就百依百順。

莉莉二十歲結的婚，結婚的時候老公十九歲。吃了藥的，還是懷孕了，只好結婚。

莉莉不想結婚，莉莉還想玩，他也是天天來求，以死自逼，這一點很多香港男人們又都是一致的，求婚都是用命去求。莉莉結了婚。

奶奶頭一年也是大陸妹大陸妹的，第二年好言好語了，自己個仔以前從來不理人的，夜夜出街，家用都沒有給過，結了婚，上進了，轉了銀行工，人工也高了，日日返工，再也沒有出去蒲過，大陸妹有辦法。

莉莉女兒快上中學了，莉莉又生了一個小的。小的上了幼稚園，莉莉出來工作。

還是要工作。莉莉說，要不真跟社會脫節了，但我掙的錢就是我的錢，我老公也說對，我的辛苦錢就只給我用，養家是他的事。

一個家還是要兩公婆一起撐嘛。阿芳說，你女兒還不到花錢的時候。

阿芳一個女兒，中大畢業了，學的社工。

她自己選的，一定要去做社工啊。阿芳說，我不管她的。

社工幫到人。莉莉說，大功德來的。但是壓力肯定大，每天都要接觸有問題的人，實際上又做不到甚麼。

能做到多少就做多少，到底做一點事。阿芳說，她自己調節好就好。

阿珍從來沒有找過社工，阿珍的問題，都是自己解決的。至少在阿珍的世界裏，所有的問題最後都是解決了的。

直到奶奶姑仔要在自己家裏過渡，阿珍才發現，所有的問題從來都沒有解決過。

莉莉那個奶奶，雖然一口一個大陸妹，但是跟自己家的奶奶還是不一樣的，莉莉奶奶的爸爸，返福建鄉下娶的莉莉奶奶的媽媽，莉莉的奶奶在鄉下長到十幾歲，才去到香港，莉莉的奶奶，還是大陸長大的，至於為甚麼就能忘了自己的來路，每個人也是不一樣的。也有可能是住香港住得習慣了，就當自己是生在香港長在香港的香港本地人了。而且也是事實，早一天來香港的，就多當了一天香港人，也多了一天的底氣。

所以到底也能夠轉變思路，認同了這個後來來香港的兒媳婦，莉莉。

阿珍奶奶，臉色不那麼難看了，到底是住在阿珍名字的房子，也會對阿珍的工人好，甚至買衣服送給那個工人，如果說是為了讓阿珍的工人服服貼貼去收拾裝修的房子，但是能夠買一件衣服，已經是阿珍奶奶的極限。阿珍的奶奶一直笑嘻嘻的，可是阿珍一直說不出來，那種感覺。阿珍怎麼理解都理解不到。

阿珍只知道自己更要工作，拼命掙錢，只有一個字，錢。沒有了錢，馬上打回原形。奶奶飯廳裏的那一眼，呦，工人返來了。

錢是掙到了，阿珍對孩子，欠了。心掛兩頭，兩頭都沒有著落，阿珍顧得到工作，顧不到孩子。

阿珍忙，阿珍全付身心都撲在工作，這是外頭的說法，阿珍自己知道，工作，是逃避，逃避那個家，逃避一切。阿珍沒有跑贏婚姻，婚姻漫長起來，可比人生長得多了。

對於阿珍來說，當然是現在的生活更好一些。一早出門工作，回家天都黑了，不用看到老公，更不用看到奶奶姑仔。

可是連孩子也看不到，出門的時候孩子們還睡著，回到家，孩子也已經睡了。阿珍是心痛的。阿珍更加拚命地掙錢，掙錢給孩子買好東西。

阿芳罵過阿珍，孩子要甚麼好東西，孩子只要你陪著玩一天。阿珍笑笑，阿珍說，忙，忙。阿芳不說了。

雖然是自己的鋪頭，阿芳到點就走，一分鐘都不逗留，要是聽到阿珍在電話裏答應客人遲少少到，阿芳是要罵的，這個遲少少，可能就是遲到晚上八九點鐘，又不能讓客人看出來不高興，阿芳不管的，阿芳準時回家，阿芳每天都要跟老公一起吃晚飯。莉莉最多加一個兩個班，一邊做一邊提醒阿珍，不能再接單了，做不過來。可是阿珍，只要是客人的電話，都接，只要是客人提的要求，都答應。所以阿珍回家，天都黑了。

房東過來收租，莉莉都不讓他進門。只有女客人才能進來，這是莉莉的理由。但是阿珍要在的話，還是會請房東進來喝杯茶，阿珍說不好意思的嘛，阿珍真的不會說一個不字。

鋪頭是阿珍阿芳莉莉三個人一起的，只有阿珍最像老板娘。

之前是辛迪。不能提的一個名字。

阿珍曾經最關照辛迪，大公司裏大家都替老板打工的日子，辛迪每天都被投訴。各種匪夷所思的狀況，有客人投訴辛迪手勢輕，阿珍好聲好氣解釋有的客人就喜歡辛迪呢，有的客人就喜歡輕，您要是喜歡重，我下次叫她重一些，客人說不要了，我不要再看見她。阿珍是要替辛迪哭的，甚麼樣的客人都有，還是要忍，阿珍替辛迪忍。有客人投訴辛迪跳步驟，肩都不按的，阿珍說不好意思啊公司的手勢都是統一的不可能跳啊？阿珍叫來辛迪，辛迪講這次忘了，下次不會了，下次客人竟然又投訴，相同的理由。客人直接問阿珍，阿珍我跟你有仇的嗎你一定一定要安排給我辛迪？我在你手裏買的套票不夠多是吧？阿珍連連陪笑，阿珍覺得辛迪就是太可憐了。阿珍差點保不住辛迪那次是客人投訴辛迪臉都不按，做臉不按臉，我做的是甚麼？客人眼睛盯住阿珍，問。阿珍只慶幸大老板巡了鋪剛走，要在店裏，辛迪真的保不住了。阿珍說我來叫辛迪，客人說不用了，客人走了。阿珍問辛迪，辛迪講客人睡著了。阿珍說睡著了就不用按了？辛迪講睡著了為甚麼還要按？阿珍說客人沒睡著啊，客人醒著呢，甚麼都知道。辛迪講我怎麼知道她還醒著，我以為她睡著了。

最後一次是客人一臉面膜一脖子面膜水地找到經理室，阿珍都嚇了一跳，客人說都講了趕時間的，面膜十五分鐘就好，結果躺了三個十五分鐘沒人理。而且面膜調太稀，這三個十五分鐘面膜水一直往脖子裏灌，我數了第一個十五分鐘，數了第二個十五分鐘又數了第三個實在受不了了。

慶幸的是這個客人最好說話。這個事後來也就沒事了。

倒是辛迪不做了。

辛迪去同阿芳鬧，阿芳是按摩師，阿芳只做按摩，辛迪是美容師，辛迪只做美容，去同阿芳鬧，鬧甚麼？阿芳做了按摩，辛迪做了美容，兩人都落力勸客人買套票，買了的也要再買，買了美容的還沒買按摩吧？買了按摩的還沒買減肥吧？買了減肥的還沒買脫毛吧？我們還有刮痧耳燭漢方肚呢。公司規矩來的，每天都要交數。客人終於買了套票，這個數，該是阿芳的？辛迪的？

辛迪講是我的。

阿芳同阿珍也是要好的，所以阿芳忍了幾日，才把辛迪一同叫到阿珍的經理室。你想點？阿芳直接問辛迪。辛迪低了頭，眼淚都在眼眶裏。

我不做了。辛迪滿腹委屈，阿珍姐每次都是把好客人給阿芳，阿芳拿了不少數。

我怎麼知道哪個客人會買哪個客人不會買！阿芳嚷起來，嗓門大，嚷起來更大。

有病的難說話的客人都給我。辛迪的眼淚滾下來。

阿珍的眼淚也要滾下來。阿珍一直記得辛迪見工的第一天。

有孩子嗎？

辛迪說，一個。

哦。阿珍說，多大？

死了，辛迪說。

阿珍一時間說不出來話。

被我嫂子殺了。辛迪說，面無表情。

阿珍不知道如何接下去。

我嫂子生了個女兒，我生了個兒子，她嫉妒，就殺了我的兒子，辛迪又說。

報警啊。阿珍好不容易擠出來這一句。

辛迪竟然笑了一聲。

好不容易從鄉下出來。辛迪說，找了個香港人，來的香港。

店裏同事的事，阿珍知道的，莉莉最苦。

莉莉八歲不到，父親扔掉她，媽媽和弟弟，全家，一個人去了深圳，在深圳又找了個女人，還欠了三萬塊的債，二十年前的三萬塊。大年三十，債主上門要債，雞飛狗跳。大伯住在對門，當是看不見。媽抱著弟弟去了廟裏。莉莉被扔掉了，第二次。

莉莉只記得自己哭了一夜，別的都忘了。

跟著奶奶過活，也不要去上學，整天在家裏呆著，看陽光裏的灰塵。到了十二歲，大伯說，去打工吧。就去了鎮上，替人看孩子，一個月兩百塊。

媽媽把弟弟送到深圳，父親那裏。過了三年弟弟自己回來了，借讀費太貴，父親不養了。

弟弟回來以後睡在門口，睡在地上，睡在街上，就是不睡到牀上。

莉莉看著弟弟蜷曲的睡著的樣子，莉莉不知道那三年是甚麼樣的。父親跟那個深圳的女人又生了兩個兒子，那兩個兒子要不要借讀費，莉莉不知道。

莉莉十五歲去的深圳，甚麼都幹過，莉莉不覺得苦。只要在深圳，就能夠活下去。弟弟也來了，母親也來了，再沒有找過父親，可是二三十年了都放不下。到底做錯了甚麼？

為甚麼會被扔掉？莉莉母親想了二三十年，一直沒想明白。

莉莉說上一代女人啊，根本就不知道她們自己經歷了甚麼，她們自己的身上發生了甚麼。

莉莉在朋友的店裏碰到這個老公，香港人。玩了一個月，香港人說不想玩了，想結婚。

莉莉還想玩，又懷孕了，明明是吃了藥了，也只好結婚。

愛是甚麼。香港老公說的，就一點：從今往後掙到的錢，全部交給老婆，自己一分不留。

阿芳都要笑得倒過去。他要是掙不到錢呢？

莉莉說孩子出世，他也改頭換面啦，有一天看到女兒睡在他肚子上，他一動不敢動呢，就怕動一點點，女兒就醒啦。

阿珍看到的，莉莉苦過，最苦，但是莉莉現在不苦了，莉莉以後也不會苦了。

辛迪來了，辛迪最苦。

見工第一天，辛迪說找的香港人，來了香港。隔了好一會兒，又突然說，孩子死的時候滿嘴血，是被掐死的。

阿珍的眼淚也滾下來。

所以辛迪後來說不做了，做下去再做十年，永遠都是打工的，我們出來，開自己的鋪，我們自己做自己的老板。

阿珍認真了。阿珍爬了十年才爬到的經理也不做了，每月交數也是苦，再交下去阿珍真的要神經了，又總被別的香港人經理搶單，搶了還要笑她，阿珍啊，你又不懂英文，你也不懂電腦，怎麼可能做得到店長？再拼命可不是要把自己的命拼沒啦。

阿珍咬咬牙，辭職。和辛迪搭夥，開自己的鋪，

阿珍和辛迪的鋪，生意一直不怎麼好。

阿珍以為自己的客人總要跟著來的，十年感情投下去，可是那些客人，多數不來了。

說是不要再見到辛迪的客人，打了三通電話終於來了一回，做了個按摩就走了，果真是不再見辛迪。按摩又是阿珍親自做的，格外落力，也不知道客人糾結個啥。

一脖子面膜水的客人，來過一次也不來了。明明出手最闊綽的，破天荒的，只出了新店試做面護的錢，一分都不多出。

現在的客人，變心也是很快的。

以前在大公司，指著阿珍安排最好的師傅，最好的時間，就算是臨時起意要過去，阿珍也總能變出個位來，各種優惠，各種送，大家都做成了好朋友。現如今叫她們幫襯自己的小店，真面目也就露了出來。

阿珍比以前更累，辛迪不幹活，這不舒服，那不開心，家裏又常有事，三天兩頭不在鋪裏。

阿珍一天做下來，頭一回覺得人生是比婚姻還要漫長的。

撐了兩個月，終於被阿珍識破辛迪只管問客人收錢，現金，從不記帳。鋪子一天比一天賠錢，日做夜做做死了地做，可是一直在賠錢，阿珍真的連死的心都有了。原來是辛迪。

阿珍去問辛迪，辛迪嗓門竟然比阿芳還要大，辛迪說你滾。

阿珍只好滾。

阿芳莉莉跟住辭了大公司的工，阿芳也是做了十年的，說不做了就不做了，阿珍是說不出來一句感恩的話的，阿珍只知道不要讓眼淚真的掉下來。三個女人全部積蓄拿出來，重新租了個地庫，開了一間新鋪。

新鋪生意好起來。

阿芳有時候說起來，阿珍啊，跟你講過的，不要跟辛迪，半條命都要搭進去。

阿珍笑笑，不說甚麼。

那個辛迪，絕對有問題。阿芳說，一天到晚跟我講，前夜跟這個男朋友出去吃飯，再前夜又跟另一個男朋友出去吃飯，得意得不得了。

有老公的，怎麼可以。莉莉說，我以前多愛蒲啊，夜夜都去酒吧，現在我老公叫我去我都不去的。

她那個老公還管得了她？阿芳說，去學校接孩子，同學都問呢，這是爺爺還是爸爸啊？

辛迪有孩子的嗎？阿珍忍不住問。

當然啊。阿芳說，兩個呢，大的那個都中學了，不過不是這個香港老公的，鄉下帶出來的。

辛迪的話都不能當真。莉莉說，她都跟我講過，她是香港出生香港長大的正宗香港人。

普通話講得亂七八糟，廣東話也講得亂七八糟。阿芳說，根本就不知道她到底是哪裏人。

阿珍有些恍惚。

阿珍收到過一個不認識的女的發來的一條信息，說她也是做美容的，辛迪要轉讓鋪頭給她，十個月租約，以及鋪子裏所有的儀器，還有客人。她看到租房合同裏還有阿珍的名字，就想辦法找到阿珍。

阿珍只懂得回過去一句，不要接，不要跟辛迪打交道。

那個女人回過來，所以辛迪講你是有神經病的，自己做不了還非要硬霸著別人的鋪頭，就見不得別人的好。

阿珍哭不出來，她才是被趕走的那一個，鋪子裏的東西明明一人一半的，她也都放棄了，怎麼就成了見不得別人好的那一個。

那個女的後來又發過來一條，說要跟阿珍合作，告辛迪。

辛迪就是個騙子，她在短信裏是這麼講的。

阿珍沒有回。阿珍不怕辛迪就是個騙子，阿珍只怕辛迪跑來新鋪鬧，辛迪可是甚麼都幹得出來的。

不關我事。阿珍跟自己講，我就當不認識辛迪。

阿珍有些恍惚。

辛迪還是跟來了，一條信息，說要見阿珍。

房東只退了一個月按金！辛迪的信息說，那個惡霸房東，竟然只退一個月！難道不該是賠我三個月的嗎？我去要錢，我理直氣壯地，房東竟然夥同那個接盤的神經病女人把我告上法庭，商業欺詐！他們竟然告我商業欺詐！租房合同上可是也有你阿珍的名字的，你脫不了干係的，我們倆都是被告。

阿珍沒有回應，阿珍只想要逃避。

除了工作，阿珍逃避一切。

你家裏的問題，你跟你老公的問題，你要說的，你不能不說，阿芳說。

我有發火。阿珍說，把我逼急了，我會發火。

發火有甚麼用？阿芳說，你要去講清楚。

辛迪的事情，你也要去弄清楚，阿芳又說。

不要逃避，要面對。莉莉說，我也是這麼跟我媽說的，一定要放下，然後去面對。放得下嗎？阿珍說，面對得了嗎？

我媽放了快要三十年。莉莉說，可是她放下了。我們一直都在面對。

阿珍笑笑，搖搖頭。

都說性格決定命運。莉莉說，可是對我們三個來講，不是雙手決定的命運嗎？

阿珍你的命運是你這雙手撐住的。阿芳說，我們還有甚麼沒見過的我們還有甚麼要怕的？阿珍你爭氣一點啦，你給我爭這一口氣了啦。

阿珍回了辛迪的消息。我們法庭上見，阿珍。

然後阿珍給老公打了個電話，奶奶房子裝修要到我們家裏來過渡，你沒有同我講過一聲就拿了主意，你沒有當我是一個屋裏人，這是一個問題。

老公在電話那頭一句話沒說出來，大概是呆住了。

我六點準時下班，我們必須談一談。阿珍又跟了一句，油麻地站，A出口，你來接我下班。

九，四個

為甚麼你的女朋友們是四個，只能是四個，不能是五個也不能是三個。你失去了的，又會有新的來填補，其實也不是新的人，是一些離開了你很久後來又回來了的人。——寫在前面

㈠

禍不單行這個成語的存在一定有它的理由。你也一定經歷過，不斷地不斷地倒楣，只要你在早晨倒楣，你就會在中午又倒楣，在晚上再倒一個大大的楣。最簡單的例子，你被解僱了，然後接到女朋友打來的電話說她不要你了，然後在回家的公共汽車上，你的錢包又沒了，那裏面還裝著你所有的錢。這些事情互相並沒有甚麼關聯，它們只是選擇在同一

天發生。

現在蝴蝶就是那個不斷不斷倒楣的一個。蝴蝶的媽媽在日本摔了一跤，骨折了。王芳菲去機場接她們的時候，蝴蝶媽還只能一跳一跳的。然後我接到了蝴蝶的電話，那一天還沒有下雪，蝴蝶說她的小蝴蝶在追院子裏的狗和貓。蝴蝶說回到中國的日子真美好啊。我說是啊是啊，我們聚一聚吧，王芳菲還有劉小燕，我們四個要聚一聚。到了晚上，蝴蝶外婆也摔了一跤，也骨折了。這回蝴蝶再也出不了家門了，她得做家務並且照料三個女人，外婆，媽媽，還有一歲的女兒。

我們四個，蝴蝶，王芳菲和劉小燕，還有我，我們曾經是第一中學初一１班最要好的四個女同學。沒有原因的要好，不是成績最接近的四個也不是被安排坐在一起的四個。我選擇她們，因為第一眼的感覺。王芳菲像纖瘦的貓，二十年以後，她仍然像貓，劉小燕有最嫵媚的臉，我不好意思說她像狐狸，那是罵人的話，她埋頭讀怎麼也讀不好的書，如果有誰說她和男生講話了她就會跟你拼命。蝴蝶是我從有權勢的班長那裏搶來的，班長甚麼都有，說風就不會來雨，她還要霸佔著所有的女同學。我甚麼都沒有，所以我就要搶坐在她旁邊的女生，蝴蝶。我搶了一個月才搶到蝴蝶。我付出了慘重的代價，整整一年都沒有人理我，我被孤立了。一個班長的力量。

至於她們三個為甚麼會選擇我，我從來就沒有問過，大概是因為她們沒有選擇。很多人並不是那麼需要朋友，如果有人主動出現，她們只好接受。

㈡

我的自行車鑰匙不見了，上面掛著一個萬聖節南瓜的鑰匙，那個時候我還不知道這世界上有萬聖節。我到處找都找不到，我都要哭了。我站在我的自行車前面發呆，直到一個過路的男生把我的自行車扛到修車鋪，砸掉舊鎖再換新鎖，五塊錢。第二天有人把鑰匙還給我，她們說對不起她們只是開玩笑，她們只是想看看我著急的樣子，她們放學前就會還我，可是忘記了。我接過那個南瓜，然後扔出窗外，外面是另一幢樓的頂，黑色的瓦，南瓜落在上面，很醒目。鎖都沒有了，要鑰匙有甚麼用，我說。二十年了，我還記得我說的那句話，那一刻我一定特別冷靜。

㈢

那一年一直在下雨，我不知道為甚麼一下雨我就要望著窗子外面哭。我只可以哭十分鐘，因為每節課只間隔十分鐘。我哭得那麼明顯，可是沒有一個女生過來問我為甚麼。包括王芳菲和劉小燕，如果她們接近我，也會和我一樣被孤立。我只是覺得她們自私，在我們的十二歲，我有點恨她們，尤其是王芳菲和劉小燕。

課間的十分鐘，女生們玩的遊戲只有一種，四個麻將骨牌，一個小沙袋。沙袋在空中的時候，骨牌們必須按順序翻成正面的再翻成背面的然後是橫的然後是豎的最後全部抓住，還有沙袋。多數人經常失敗，因為不能兼顧兩頭，接住了沙袋就會抓不全骨牌，摟全了骨牌又會丟了沙袋。也有人成功，她們的方法是把骨牌豎成一條線，然後把沙袋扔得不那麼高，太高就碰到頂，碰到頂就會落得更快。她們總會成功。

下雨的日子裏，大家都圍著一張桌子，只有四個人參與，剩下的全部是觀眾，我和蝴蝶甚至做不了觀眾，只要我們試圖靠近，她們就停了手裏的一切，齊刷刷望過來。

我和蝴蝶開始玩兩個人的遊戲。在一張紙上寫下想說的話，遞給對方，看了對方寫的字再接下去，直到紙的兩面都寫滿。我們樂此不疲，甚至在課上交換紙條。我和蝴蝶因為別人給我們的孤立變得更親密，我們分享一切大大小小的秘密，直到沒有秘密，最後我們開始交換外套，這時王芳菲開始參與進來，已經是初中二年級了，過了一個暑假，很多人都忘記了。我，蝴蝶，還有王芳菲，我們表達親密的方式是互相交換外套，我特別喜歡那種感覺，就好像我們是真正的姐妹。劉小燕其實一直和蝴蝶要好，我不明白她們為甚麼那麼好，她們倆完全志趣不相投，要麼就是她們都住在郊區，如果考不上大學的話，戶口就會折磨死她們。而王芳菲和蝴蝶，她們從小學開始就是同學，那些印在她們身上的過去了的一模一樣的痕跡，我根本就不能理解。反正到最後，我們成為了最要好的四個。早晨，我們一到教室就交換外套，我穿蝴蝶的，蝴蝶穿王芳菲的，王芳菲穿我的，劉小燕除了不參加外套活動，其他的她都參加，劉小燕其實最溫和，但是只要有人認為她會和男生說話，她就會發瘋。我們在課堂上傳遞紙條，相視而笑。下午，我和蝴蝶輪流吃掉劉小燕的午飯，劉小燕每天中午只吃飯盒裏的一小部份，可是她媽每天都要給她帶滿滿一飯盒午飯。那些飯和菜都非常好吃，尤其是下午，冷了以後。直到一個夏天的下午，我和蝴蝶吃到了餿了的米粒。劉小燕說你們都沒有感覺的嗎。我的感覺是除了有點酸，仍然是那麼好吃。我相信蝴蝶的感覺和我一樣。

如果沒有我，她們也會是很要好的同學，但只是要好。她們肯定不會像現在這樣，還能聚在一起，輕鬆的，不為錢的，完全沒有目的的聚會。我是那根線的兩頭，粘起來，就是一個圓圈。

㈣

二十年以後，我們一起去看望我們的班主任，她還記得我們在課堂上互相對著笑，她還記得我們互相換衣服穿，她不好意思說那時她就覺得不正常。

我們參觀了班主任的每一個房間，包括她兒子的房間，那個小孩的書架上擺著一個透明的裝滿了星星的瓶子，班主任說是一個女孩子親手做了送給兒子的，大概是喜歡他。班主任看起來很開通的樣子，可是二十年以前，我是那麼害怕她，尤其害怕被她知道我喜歡文傑。是的是的，文傑當然是我們班的男生，最特別的那一個。二十年以前，只要被班主任察覺，就是世界末日。

我說老師您家布置得真不錯呢。班主任說其實我一直記得你的家，二十年前你家就用繡花的桌布了。

我有點吃驚，我拼命地回憶也沒回憶出那塊桌布。

是啊是啊，蝴蝶王芳菲還有劉小燕一起說，那個時候你最有錢了。

我真的吃驚了，因為我第一次聽到這樣的話，在此之前，整整二十年，我都不知道我有錢，很顯然那是我爸媽的錢不是我的。可是二十年以後的現在呢，我們四個的財富排名是，第一名，劉小燕，留在中國賣奢侈品的劉小燕，然後是留在中國賣藝術品的王芳菲，然後是去日本又回中國的蝴蝶，最後是晃來晃去不知道自己要住在哪裏的我。

我竟然沒有發現我當年暫時的有錢竟給她們留下了那麼深刻的印象。

㈤

我是唯一那個不認得窮也不認得富的人，大概是因為我從來沒有窮過，其實我是窮的，對於饑餓的回憶我從來就沒有忘掉過，如果我從來就是富的，我為甚麼會有餓的記憶呢。至於錢，我曾經有過一點錢，十塊還是二十塊，相當於現在的五百塊還是一千塊，但是全部被小學同學美英偷走了。那個下午她請大家吃好吃的，買貼花紙天女散花，甚至散給隔壁班的女生，唯獨沒有我的。如果她也請了我也給我了一張我就罷休，可是她沒有，她用眼白瞪我。我實在想不通這件事情我就在課間的十分鐘找她談了一下，她居然沒有抵賴一下，就像我不能想像的那樣，她承認她偷了錢，她說她會還我的錢，條件是不能說出去，然後她塞給我兩分錢，她說那是她全部的錢，她花光了所有的錢只剩下這點，她說她只能慢慢還。我接受了那兩分錢，我把它們放進鉛筆盒。直到一個月以後，直到每天都看著那兩分錢的我的同桌説我太笨了。

於是放了學以後我找到她家，我想和她再談一下，可是她不在家，她媽媽在啃一隻豬蹄膀。我説你的女兒偷了我的錢，她説知道了，可是她沒有放下那隻蹄膀，她的嘴根本就沒有離開過那隻蹄膀。

我就是那麼笨，美英本來不應該到我家來的，是我邀請她的。她的第一次出現是午飯時間，她走到我家裏，看著我們家吃午飯，她一邊看一邊説她家從來就沒有飯吃，然後我媽就站起來給她盛了一碗飯，她坐在我的對面，熱氣騰騰的米飯後面她的臉很模糊，她説你家的飯真好吃。顯然她是騙我的，她自己的媽不是在家裏吃蹄膀嗎。

可是我邀請她來吃飯，我想她做我最好的朋友，做我的姐妹，因為我從來就沒有兄弟姐妹。美英每天都到我家吃午飯，吃了整整一個學期，可是她偷了我藏在抽屜裏的錢，從幼兒園一直攢到五年級，我就攢了那二十塊錢，還被她偷了，一張都沒有給我剩下。

她斜著眼睛瞪我，她説她有錢就會還我，可是她就是沒有錢。我説不出話來，我找出鉛筆盒裏的兩分錢用力地扔給她。她高興地接受了。

早晨，大家都在讀少年報的時候，我舉手，站起來，我的聲音從來沒有那麼顫抖過，我說，報告老師，美英偷了我的錢。

我一定特別冷靜，因為我仍然記得美英的臉，她戴著黑框眼鏡的臉扭過來瞪著我，她是那麼吃驚，吃驚得臉都變形了。還有整個教室瞬間的安靜，就像時間被凝結住了，那麼安靜。我和美英都被老師叫到了教室外面，美英否認了她偷竊，她說了很多很多的話，她不停地不停地說話，而我激動又氣憤過了頭，說不出話來。但我一定特別冷靜，因為我仍然記得那結果，老師說，偷竊這麼嚴重的事情是不可以亂說的。於是美英的偷竊被合法了，我連一分錢的賠償都沒有得到。從此以後，我不再信任老師，他們在我的人生歷程中，不停地不停地令我失望。

㊅

我是在快速公交上看到美英的，已經是二十年以後了，我回到家，發現沒有輕軌，也沒有地鐵，只有快速公交，我就想坐一下。是的是的，星星決定的好奇，我不要上班也沒有事情要辦，我只是好奇，千萬不要指責我，我選擇的那一天和那個時間沒有下雨雪也不是上下班高峰。我排在隊伍的最後面，完全嶄新的快速公交，甚麼都是新的，站臺還有售票員，額外多出來的協管員和交警，我幾乎不知道我的腳應該放在哪裏了。

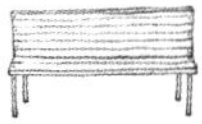

有一個男人在大聲抱怨，他說你們就不能把票價訂高一點嗎，這麼便宜，民工都上來了，擠得要死。沒有人對他的話作出反應，民工們仍然疲憊地蹲著，他們的臉無悲無喜，售票員冷冷地看著天，協管員冷冷地看著人，是的是的，所有的快速公交都在馬路的正中間，一定會有人為了三秒鐘搶紅燈和跨越橫欄，協管員不得不盯著。在坐快速公交之前我和一個做報紙的通過電話，他說他正在做一個正確引導群眾的專題，他說快速公交是國外的先進經驗，我說哪個國外。他說你是想說怎麼美國沒有嗎？這是歐洲城鄉結合部的先進經驗。

美英是站在我前面的那一個，她的臉，我這一輩子都不會忘記。我相信她也不會忘記我，可是她連眼白都沒有給我。上了車以後，她選擇了最後面的位置坐了下來，她扭曲著脖子，望著窗外，整整半個鐘頭，她的頭都沒有動一下。我遠遠地看著，我看著她化了妝的臉和長頭髮，社會的厚底鞋和社會的繡花亮片牛仔褲，她一定已經忘記了她曾經偷竊。半個鐘頭以後，她把頭扭向了另一邊，在從這邊到那邊的那一個瞬間，我相信她一定看到了我，可是她假裝不認識我。就像我所有的小學同學那樣，他們都假裝不認識我。我在書店的時候看到一個扛麻袋的男人，他是我們班最會打的男生，他扛著麻袋裏的書走來走去目不斜視，直到我拉住他的衣袖，我說嘿，是我。他才放下麻袋大聲地告訴我他和他弟弟已經不打架了，他失去了一個腳趾頭，而他弟弟死了。我看著他，我不明白他為甚麼要告訴我這些，小學的六年，我和他說過的話不超過六句。我不知道說甚麼好，我看著他。他接著說，這就是我在這裏扛大包的原因，我找不到好工作，因為我少了一個腳趾頭！我在電影院看到了一個掃地板的清潔工人，我在肯德基看到了一個發胖的部門經理，我在大街上看到了一個掛著向日葵花蹦蹦跳跳的女人，他們通通都是我的小學同學，可是他們通通假裝不認識我。即使我的變化最大，我完全變成了另外的一個人，可是他們為甚麼要假裝？

美英是在終點站下車的，她站在最後一級臺階上，給了我一個最久但是最熟悉的白眼。我竟然沒有發現當年我暫時的有錢竟令她的仇恨持續十年二十年直到永永遠遠。我還以為她還記得我媽盛給她的那碗米飯，我突然意識到，好吃的飯是用來深化仇恨而不是化解仇恨的。我都要控制不了我的憤怒了，而且是越來越多的憤怒。就像有人說過的，三十三歲也沒能讓你成熟起來。你們是想說二十年前的幾塊錢都會令你憤怒嗎？就像快速公交兩旁過低的橫欄，不是人性化的設計，是縱容加鼓勵的設計，只要你是正常的人你就會想，這麼低的橫欄，不跨的話就對不起它的低，於是跨欄杆被合法了。至於過高的橫欄，雖然完全沒有人性，但是多數人會放棄跨它，因為跨了也跨不過去。

㈦

初中畢業以後的十七年間，我們四個再也沒有見過面。蝴蝶在師範學校學習兒童心理，王芳菲在技工學校學習做電工，劉小燕在旅遊學校學習做導遊，我在職業學校學習做秘書。

就像你想的那樣，我們四個完全沒有未來，如果我們念高中的話，我們興許還有希望，可是出於種種複雜的原因，我們直接去念師範技校職校和中專了，我們的未來，就是工人。就像我在小學作文〈我的理想〉中描述的那樣，我要念到初中畢業，我要做一名光榮的工人。

至於我剛才提到的那些複雜的原因，其實並不複雜，她們的原因一模一樣，因為家庭的負擔，還有戶口，如果念高中但是沒有考上大學，她們就會變成鄉下人，而她們的分數是完全可以上高中的。至於我，我的原因就是分數低，高中不要我。

因為我愛上文傑了，我從第一名落到了倒數第一名。

我是從收到文傑的第一張明信片後就愛上他的，那是一張畫著梅花的明信片，文傑給它貼了郵票放進郵筒，等到郵差把明信片送到學校，他又跑到傳達室把那張明信片取來，親手送給我。明信片上有郵票還有郵戳，就像一張真正的明信片。

一個十二歲的不太正常的男生，做這樣的事情，對於一個十二歲的不太正常的女生來說，簡直是致命的吸引力。

我對文傑的愛，充滿了初級中學的整整三年，可是很顯然，文傑從來沒有愛過我，他送我明信片的舉動，直到現在我還沒有找到真正的答案。

㈧

蝴蝶和王芳菲，還有她們嘴裏總提到的男生文偉，還有文傑，他們都是一個小學的，那是一個神秘的小學，他們四個從小學一年級開始就是好朋友，兩男兩女，他們是最好的朋友。我的小學，男生女生被安排坐在一起但是絕對不可以接觸。桌子中間的三八線也是被鼓勵的，很多時候你得為了和其他人一樣劃上那麼一條線，我通常使用粉筆，儘管粉筆末會沾在我的袖管上，特別討厭，還有旁邊那個令我膽顫心驚的肘子，只要越線一點點，那肘子就會惡狠狠地撞過來，兇惡的肘子是男生女生不來往最有力的證明。你們也一定記得桌子中間小刀刻出來的深深的深深的線，只要你的年紀和我一樣。那個男生和女生可以做朋友的神秘的小學，令我迷惑又令我嫉妒得發狂。

㈨

我愛上了蝴蝶和王芳菲小學裏的好朋友，文傑。她們的另一個好朋友文偉，我至今沒有見過他，但是他活在我的生活裏，從來沒有離開過。他時時刻刻出現在蝴蝶和王芳菲的回憶裏，話語裏。直到現在，我們四個一起喝茶的時候，蝴蝶突然對王芳菲說，我生完寶寶以後文偉都沒有過來看我一下。是啊，太過份了。王芳菲回答。

劉小燕在打她的生意電話，我不動聲色地喝了一口茶，就像初中裏一樣，我假裝完全沒有注意到她們的對話。她們三個的婚禮還有孩子們的百日週歲，我一場也沒有參加，這十七年，我們根本就沒有任何來往。

除了我和蝴蝶。我給我們找到了最合適的兩個女朋友，我一直以為蝴蝶允許了我的選擇，直到我們在最後絕裂，蝴蝶說她們只是你的女朋友，並不是我的女朋友。蝴蝶的話令我吃驚。

後來我真的失去了她們，就像蝴蝶預知的那樣。可是我並沒有失去蝴蝶。蝴蝶去日本又回來又去日本又回來。每一步我都是看著的。

我們都是很獨立的人。

㈩

已經失去了的女朋友中的一個每隔兩年半就會和我一起吃頓飯。第一個兩年半，我請她吃火鍋，因為她窮困潦倒她的愛人比她更窮困潦倒。第二個兩年半，她的一群男上司請我們吃不斷上桌的好菜，那些菜沒有動過一筷就被撤掉，男人們的手緩慢地握住了我的女朋友的手，很久很久都不放開，她開一輛很破的普桑，沒有愛人。第三個兩年半，她變成了公務員，她請我在包廂裏吃我不認識的菜，餐廳經理哈著腰跟在後面，她有三套房開一輛我不認識的車，她的愛人也是公務員，他們忙得不能見面，只能每隔一個鐘頭就通一個電話。

每次她都會當著我的面打電話給另外那個失去了的女朋友，那個女朋友每次都說，我很忙，我在SHOPPING。

每次我都會當著她的面打電話給蝴蝶，蝴蝶每次都說，我不去。她們只是你的女朋友，不是我的。

然後我們就會不再說話，我們沉默地吃完飯，然後說再見，等待下一個兩年半。

⑪

我去了王芳菲的店，很冷清的店，店外面趴著王芳菲潔白的好車。即使沒有一個客人，王芳菲也坐在店裏，其實她並不需要坐在那裏她也並不需要客人，她只是坐在那裏。一單就可以吃一年的生意，還有那個比她還富有比她還愛她的丈夫，王芳菲為甚麼還要坐在那裏。

劉小燕的店不遠，可是她們從不來往，這十七年，她們甚至不打一個電話，她們只在我和蝴蝶回中國的時候才見面，我們一離開，她們就不再聯繫。

⑫

我再也沒有見過文傑。那個男人留給我的最後一句話是，你知道狗熊奶奶是怎麼死的嗎。

⑬

是的是的，我知道狗熊奶奶是笨死的，可是十七年前我假裝我沒有聽懂。

我差不多已經忘掉文傑的長相了，現在翻翻記憶的相冊，只有他的瘦和白襯衫。

文傑愛的是紅霞，用一句大家都用的話來說，紅霞唯一的缺點就是沒有缺點。就是有那麼一種女人，成績好，體育好，甚麼都好。除了，她的長相，誠實地說，她長得真的很難看，可是在文傑眼裏，她就是西施。

我問蝴蝶文傑難道是愛她的智慧嗎。

蝴蝶說你在說甚麼啊，文傑從來就沒有愛過紅霞。

那麼他為甚麼不愛我呢。蝴蝶說她不知道。王芳菲也說不知道。其實她們都知道。她們瞞著我。

過了二十年，我在班主任新裝修的房子裏承認了我從初中一年級就開始暗戀文傑，班主任吃驚的臉讓我後悔，很顯然，她始終沒有發現我的秘密，可是對於二十年前的我來說，她甚麼都知道，她通曉我的內心，她看我一眼，我就是透明的了。

文傑說因為你長得太恐怖了，蝴蝶說。是的是的。王芳菲說，是這樣的。

她們在快要退休的班主任面前才肯說出來，二十年前，文傑說，你長得太恐怖了。

班主任說她要找文傑談一談，因為文傑經常會打來電話，文傑是很少見的一直與老師保持聯繫的學生。這二十年，班主任送走了一屆又一屆學生，幾百個幾千個，可是最後只剩下一個，文傑。

您要跟他談甚麼呢？我說，有甚麼好談的。

狗熊奶奶是怎麼死的？他樂此不疲，每天都要問我一遍。我說是挑玉米挑死的，他就會笑，他就會直截了當地說，狗熊奶奶是笨死的。

十四

初中一年級，入學後的第一場考試，我是一年級的第十名，我們班的第一名。年級前十名發獎大會上我最後一個上臺領獎，獎品是蓋了章的軟面抄和一支玉米鋼筆。我站在水泥的司令臺上，和前九名一起，把軟面抄和玉米鋼筆舉過頭頂，用力地揮來揮去。我就是在那個時候被文傑盯上的。

我收到了他的梅花明信片，我就愛上了他。

還有一道目光是把我調換去一班的二班的班主任，為了把他分到一班的侄女調回自己身邊，他在自己班裏隨便找了個排中間的名字跟一班的班主任交換，現在他後悔了。這位別人的班主任在那三年中一直注視著我，直到我不再是前十名，直到我差一點進不了初中三年級的快班，直到我終於沒考上高中，他才終於鬆了那口氣。

初中三年級我們四個被分開了，蝴蝶和我進了快一班，王芳菲進了快二班，劉小燕進了剩餘的四個慢班中的任何一個。為了奇怪的利益，學校犧牲了六分之四的孩子。我一直懷疑我是開後門去快班的，但我媽一直否認這點，直到我們的班主任證實了我媽的話，她說我其實是快班的最後一名，可以在快班，也可以在慢班。她沒有告訴我她那麼努力把我留在了快班的原因，現在想起來，應該是那塊繡花的桌布。其實我並不想做快班的最後一名，我原本是可以做慢班的第一名的。那塊桌布毀了我最後一次做一個第一名的機會。

文傑和紅霞也在快一班，紅霞不再是我們的第一名了，就像蝴蝶說的，紅霞把每個人都扣死了，她怎麼就能考到那麼絕的分數。紅霞令人匪夷所思的一百分肯定是蝴蝶不願意再讀下去的主要原因。可是紅霞不再是我們的第一名了，現在的第一名是分班前隔壁班的第一名，他們叫他菜頭，後來他考到了南京。有一天我在大雨中去南京尋找我大學的夢想，我在東南大學一條人來人往的小路上碰到了他，我們就坐在食堂裏一起吃了飯，他的新同學們仍然叫他菜頭，從此以後，我再也沒有見過他。就是那麼兩個從頭到腳都不會有甚麼關係的男女，即使下雨，並且坐在一起吃飯，可還是一點關係都沒有。就像我的另外一個在高考時瘋了的同班同學，其實他住在我家的隔壁，我們一起長大，我借給他我所有的書，可是他只願意從他家的閣樓窗口扔給我一本長襪子皮皮。小學五年級的暑假，我讀完了所有我能夠找到的書，我特別渴望新的書，我就站在我們的樓下拼命地叫他的名字，可是他假裝他根本就沒有聽到，如果我再叫下去，他就很不高興地打開他的窗子，扔給我一本我肯定會厭惡的書，是的是的那樣忘不了的厭惡，那本書肯定是說一個紅頭髮臉上長雀斑的女孩子坐在樹上自言自語，可是她的自言自語全部變成了真的。他有那麼多的書，只是他從不願意與任何別人分享。其實我也沒有甚麼好抱怨的，是我先有了要的念頭，我只是在要前先給，好看一點，可是如果對方根本就不明白那到底是怎麼一回事兒，我就白給了。

文傑借給我紅樓夢，我還給他以後又問他再借了一遍，其實我的書架上有更好版本的紅樓夢，我只是特別迷戀那種歸還的漫長的過程，其實我把每一頁都翻過了，裏面甚麼都沒有。

㊟十五

即使你和一個男人已經很靠近了，他們仍然可能和你一點關係都沒有。那個有閣樓也有長襪子皮皮的男生，那個被我踢斷了胳膊於是被大人們禁止再接近我的男生，那個帶我混進只有好孩子才進得去的少年宮和文化站的男生，他們都是我事實上的青梅竹馬，可我還是記不得他們的臉和名字了。後來我遇到了更多的男人，除了做情人他們就是陌生人，沒有人願意跟我做朋友。即使我還有一兩個朋友，其中的一個發誓說他從不把我當女的看，即使我們兩個一起流落到了荒島十年，他和我也不會有任何關係。是的是的，也許真是這樣，可是為甚麼要發誓又要公告呢。就像我最後的一個朋友，無論我在世界的哪一邊都會在MSN找到他的那樣一個男人，他消失的那一天卻要和我吵架，他為甚麼不能正常地消失呢，至少我還可以擁有美好的十三年的回憶。

十六

我再也沒有單獨和文傑呆在一塊兒，最後一次是他拿出了一個裝滿了透明液體的玻璃瓶，他把那些液體倒在他家的水泥地上，然後點火，那道液體就會像龍一樣遊起來，短暫又突然。火著起來的時候，他的有點變形的眼睛在眼鏡片後面閃閃發光，特別興奮。文傑以為他肯定嚇著我了，他確實嚇著我了。後來我再也沒有被驚嚇過，即使有人拿著綁著紅布條的刀站在我的面前，即使有人花了三個鐘頭擦他的自行車。

我再也沒有看到文傑，我就去一個住他家隔壁的女生那裏聽幾分鐘磁帶，她有所有小虎隊的磁帶，但是她說她只愛王傑。其實她只喜歡一個人聽，如果我去找她，她就會關掉她的錄音機，和我一起發呆。我就去紅霞住的村莊晃來晃去，那個時候的鄉下真的不算太遠，如果蝴蝶知道二十年以後全部的村莊都會變成城市，她就不用過得那麼緊張了，可是誰會知道二十年以後的事情呢，誰都沒有前後眼。我會碰到一些同學，他們全部和紅霞住得很近，可是我從來碰不到紅霞，我和一群完全不認識的男生坐在一起看完了《A計劃》，戴帽子提花藍的張曼玉在裏面特別美。我跟著他們去找一個名字叫紅豔的女生，儘管我完全不知道他們為甚麼要去找她，我給最矮小的一個男生疊好了毛巾被，我蹲在在河邊洗衣服的靜霞旁邊，我說了幾句沒有意思的話就走了，後來靜霞每年都給我寄賀卡，她挑選的賀卡配上她獨特的斜體字，特別精緻。

我想紅霞是知道我在想甚麼的，她嘲諷的臉甚至出現在我的夢裏。體育課上我被安排和紅霞一起跑，她跑得就是那麼快，她為甚麼就能跑得那麼快，令人匪夷所思的快，我很努力地想跑過她，我想我終於可以很接近她了，可是她突然停了下來，她嘲諷的臉扭過來，她甚麼都沒有說，她只是突然停下來。我想我是可以在最後跑過她的，可是她的停止讓我覺得完全沒有意思。

蝴蝶的磁帶不多，可是她還有一盒千百惠，我去找她的時候，千百惠就一直唱來唱去，我沒有一盒流行歌曲磁帶也沒有一本所有女生都有的貼滿了黎美嫻抄滿了千千闕歌的小本子，我被嚴厲地禁止接觸那些，還有課外的閒書，可是過了份的嚴厲卻令我對被禁止的一切更瘋狂地迷戀。我說蝴蝶我終於不愛文傑了，他特別醜惡。蝴蝶說我才不相信呢。我說真的，他是一個真正的神經病。蝴蝶說，你怎麼這麼惡毒。千百惠在唱夏天夏天悄悄過去依然懷念你，可是蝴蝶說，你怎麼這麼惡毒。

⑰

那些初中的暑假，我一個人晃來晃去特別無聊。其實我很想念文傑，可是我不知道他在哪裏，我再也沒有和他單獨呆在一塊兒。我愛上他其實是在一個星期天的早晨，我站在百貨大樓的轉角處，另一個轉角有一個男生穿著白襯衫，特別高又特別瘦，他站在那裏，不動也不說話，戴著黑框的眼鏡，特別陰鬱。我想他可能是我嶄新的初一1班裏的一個同學，那個時候我還不大記得我的新同學們的臉，他們和我的小學同學們不太一樣。我就想再看他一眼，可是他消失了，人群都是灰色的，可是他是白的，我想我愛上他了。其實我並不確定那個早晨我看到的就是文傑，也許他們只是相像，白襯衫和瘦還有眼鏡。那樣的愛，應該在他消失時就結束了。

㈩八

春天，我的偏頭痛開始發作。我接到了劉小燕的電話，她說我們應該在她的新房子裏聚一聚。

王芳菲載著蝴蝶和小蝴蝶還有我，我們在郊區的別墅群裏轉來轉去，可是找不到屬於劉小燕的那幢。最後我們找到了劉小燕的車庫門，奇怪的事情是，這個門並不在正門的旁邊，真正的大門在房子的另一邊。我們下了車，繞過整幢大別墅，到達有臺階的前門。春天的風特別大，大得可以放風箏，可是令我頭痛欲裂。

王芳菲摸了摸牆和地面，王芳菲說這些劉小燕用來裝飾房子的石頭已經超過一百多萬了。蝴蝶說我好像看到一堆錢粘在牆上和地上了。我說我覺得電視有點太大了，可是我又看到了很遠的遠處的沙發，我說如果是這樣的話，電視就不是那麼大了。

王芳菲和蝴蝶開始幫助劉小燕做飯，她們三個圍繞著廚房裏巨大的料理臺忙碌，那張臺子就沒有一開始那麼巨大了。我走來走去好像很忙，可是完全沒有目的，我走到地下室又走到三樓，我走來走去，最後我找到了一張大太陽底下的扶手椅。和她們在一起，我從來就是這麼真實地無賴，我特別懷念這種心安理可是短暫的日子。我坐在椅子上，我看得到不遠處很破的農村房子的屋頂，我不明白劉小燕為甚麼要住到郊區，二十年以前，她們每一個人不都是想著離開農村住到城裏嗎。

直到她們叫我吃飯，她們做了一桌最家常的飯，三個女人，每一個都比我能幹。其實我也不是那麼笨，我只是懶惰，我住在哈德遜河旁邊的日子，要是把我逼急了我也會炒青菜。

我在公共汽車上看到紅霞了。劉小燕說，她看起來就是一個中年婦女。

難道你不是中年婦女嗎？我說。

我當然要比她年輕漂亮得多。劉小燕說。

你為甚麼會在公共汽車上。蝴蝶說，如果你要去坐公共汽車，你為甚麼要買三臺車，放在車庫裏看看的嗎？

很多時候公共汽車比自己的車快。劉小燕說，尤其是早晨送孩子上學的時候，我明天就去買一輛電瓶車，就更快了。

我不明白文傑看上紅霞哪一點了。我說。

她們三個一起笑。

(十九)

春天的風真的只是用來放風箏的，溫暖可是有毒，我的頭越來越痛，我是真的想去撞那些光滑的牆面了。我曾經在草地上放過一次風箏，我碰到了住在文傑隔壁的那個女生，我總是在各種各樣的地方碰到各種各樣我記得的人，我的記性就是這麼好，只要他們在我的生命裏呆過一分鐘，我就永遠都不會把他們忘掉了。她好像不再愛王傑了，她也不像傳說中的那樣得了內分泌失調的病，胖得沒了形狀，在我看起來，她比二十年前瘦得多了。她的風箏飛得很遠，她一個人，穿著毛衣，可是她的風箏飛出去那麼遠。其實我的風箏也飛上天了，那是一隻黑色的燕子，後來我把它帶來帶去，去了太多的地方它的翅膀就折斷了，後來它一直一直地呆在車後座上，有一天我捐車就把它一起捐掉了。

(二十)

劉小燕在說她和她丈夫的吵架，那一次她是真的生氣了，買再多的衣服都不能讓她好起來，她就開著車一直開到很鄉的鄉下，買了一幢房子。

蝴蝶說你們這場架吵得太昂貴了。王芳菲入神地看著窗外，她從不提起她的丈夫，她只是微笑。我真是太喜歡她們了，從我想到那個換外套的主意開始，我就以為我們四個一定是真正的姐妹。

你知道嗎？你從來就是這麼細緻。劉小燕說。

我怎麼細緻了？我說。

劉小燕突然笑得不能停止，劉小燕說我想起來了那一塊壓縮餅乾，你把一塊壓縮餅乾帶到學校。

是這樣的。蝴蝶說，你把那塊餅乾分成了平均的四份，還放在小碟子裏。

你說千萬不要吃太多啊，這種餅乾，只要一點點就會飽得要命。劉小燕笑得快要昏過去了。

我說你們一定記錯了，我的記憶中並沒有那塊壓縮餅乾，也沒有繡了花的桌布，你們確定是我嗎？

我們確定是你。蝴蝶說，你就是這麼細緻。

結果我們都被那塊餅乾餓得半死，劉小燕說。劉小燕的背後是一片粉紅色的梅花，設計師的設計，我還以為是桃花，蝴蝶卻說是櫻花，那些花真令我們眼花繚亂。

她們總是這樣，幫助我回憶我自己都回憶不起來的事情。就像我可能在某一個女生過生日時送給她一個會唱平安夜的聖誕節鈴鐺，她一直都記住那個鈴鐺，我在大街上晃來晃去的時候她就會走過來感謝那隻二十年前的鈴鐺。可是我並不相信我會在別人生日的時候送聖誕節禮物，那個時候我一定還不知道這個世界上有聖誕節。

我在大街上晃來晃去就會碰到初中裏的誰，可是我一次也沒有碰到過文傑，自從我離開第一中學，他也失蹤了。蝴蝶和王芳菲一定知道他在哪裏，可是她們不告訴我。直到蝴蝶問了王芳菲一句，你是參加了文傑的婚禮吧，文傑的父親在那一天回來沒有？

回來了。王芳菲回答，可是只呆了幾分鐘，又走了。

這是怎麼回事？我說，到底是怎麼回事？

也沒甚麼。王芳菲說，文傑的父親可能在他很小的時候就離開了，再也沒有回來過。

那麼他的母親和姐姐呢。

他的母親和姐姐怎麼了？蝴蝶奇怪地說。

他父親離開了的話，他家裏的人怎麼辦。

甚麼怎麼辦？蝴蝶說，就那麼過下去啊。

可是為甚麼？

可能沒有甚麼為甚麼。蝴蝶說，好像就是好好的一天，他就突然走了，甚至都沒有帶走一件衣服。此後的幾十年，他都沒有再出現。可是他一定還在哪個不遠的角落，文傑結婚，他就會出現一下，然後又離開。

我真不明白，你們為甚麼要向我隱瞞這麼多關於文傑的事情。我說，我還以為我們之間是沒有任何秘密的。

我為甚麼要跟你說呢？蝴蝶說，我覺得完全沒有必要。

你明明知道我是那麼迷戀他。我說。

是的我知道。蝴蝶說，可我就是覺得沒必要，像你這種出生在蜜糖裏的人，完整的家庭，還有繡花的牀單和桌布，你怎麼可能理解文傑。

你們為甚麼總是忘不掉那塊桌布？

你們是在為一個二十年前的男人吵架嗎？劉小燕說。

我看了劉小燕一眼，她的手裏拿著一個很圓的普洱茶餅。你們要喝點茶嗎？她說。

而且我根本就不記得我的牀單也是繡花的。我又說。

可是我確實還記得你經常跑到我的座位旁邊來，有事沒事都來，難道是因為我的後面坐著文傑？劉小燕說。

王芳菲仍然望著窗外。我們還是應該坐到陽臺上去，王芳菲說，房間裏面太冷了。

劉小燕開始整理餐桌，她的冰箱像我以前的冰箱那麼大，她為甚麼要買那麼巨大的冰箱，她又不需要一個星期才買一次菜。她的別墅周圍就是菜場，只要她願意，她每天都可以買到新鮮的剛從地底裏拔出來的菜。蝴蝶開始給小蝴蝶餵奶，她們穿著粉紅色的毛茸茸的衣服，一起坐在沙發上，蝴蝶看女兒的眼神特別溫柔，像一個真正的母親。

㈢

我和王芳菲都坐在太陽底下了，王芳菲從她的包包裏掏出一把小小的瓜子。我們還是開始嗑瓜子吧，王芳菲說。

你不覺得文傑很奇怪嗎？我說。

是啊，他很奇怪。

你不覺得文傑一直在給我錯覺讓我以為他是愛我的嗎？

我想是這樣的，他給了所有的人錯覺，其實他也給了我同樣的錯覺。他就是那樣的人。

我停頓了一下，我看到王芳菲閉上了眼睛。春天下午的太陽果真令我們昏昏欲睡。

我從來就沒有見過文偉，他長甚麼樣的？我說。

你從來就沒有見過他嗎？王芳菲說。

是的，一次都沒有。我說，只是你們經常地提到他，經常，他就像是我們中間的一個人，從來沒有離開過。

那你還是不要見他的好，王芳菲說。

為甚麼？

他是一個腫瘤科的醫生，你最好希望你這一輩子都不用去見他。王芳菲說。

十，花園

張英牽著女兒的手，面前是自己家那輛已經沒有了電瓶的電動車。除了沒電瓶，車看起來和平時也沒甚麼兩樣。張英又看了一眼，電瓶確確實實是沒有了。張英在心裏想，終於也輪到我自己了。前一天晚上張英坐在沙發上看到電視裏偷電瓶的新聞還笑嘻嘻地說了句，要過年了，這些電瓶賊真是最後的瘋狂了。原來這最後的瘋狂要到了自己頭上，到底是笑不出來了。

女兒靜靜地握著張英的手，不多說一句話，女兒從來都是很懂事的。張英突然意識到上班要遲到了，真的要遲到了。張英一把抓牽女兒的手，往馬路對面的幼兒園跑。三歲女孩也開始跑，細細的腿很努力地跟上，小臉漲得通紅。到幼兒園門口，七點五十九分，張英肯定是要遲到了。想過把孩子早一點送幼兒園，可是早一分鐘就沒有老師，也跟園長小心地提過一次，園長說，我們的老師也是人，也要休息也要吃飯的，說是八點上班就是八點上班。

園長的話也是有道理的，張英只恨自己一時衝動真去跟園長提，真的很蠢。這幼兒園是新的，孩子本來上的新村幼兒園，每個月加上餐費不過兩百多元，張英夫妻工作忙，又沒有老人幫忙，孩子兩歲不到就送幼兒園了，雖然那公家的幼兒園又小又舊，但是不貴離家又近，張英到底是滿意的。可是有一天突然就把新村幼兒園拆了，跟家長們說要在對面黃金花園開一個新的大的幼兒園出來了，是國外的老板投資的，這新村幼兒園還有另外一個美術幼兒園都是要併過去的。張英很是高興了幾天，新的幼兒園就意味著新的教室和新的操場，這是對孩子好的事情，而且既然是外國的投資，教材教具還有老師們的素質肯定也是很高的，也是對孩子好的事情。

張英唯一擔心的是學費，市裏已經有好幾間外國人投資的國際幼兒園了，聽說一學期的費用都是以萬計的。那也是值得的，張英對自己說，不管怎麼樣，用那句老話說，孩子不能輸在起跑線上。

新的幼兒園開幕了，場面很大，學費也終於公布了，每個月一千七百元。新村幼兒園和併過來的那間美術幼兒園的老生，只需要付最優惠價，七百元。這七百元，還是超出了張英的心理底線。直到八月的最後一個星期，張英還在猶豫，可是她也沒有別的選擇，如果像新村幼兒園其他家長建議的那樣，去河對面的另一個新村幼兒園，路上就要花一個小時，張英夫妻賠不起這個時間。交學費的那一天，張英沒有看到其他的家長，整個新村幼兒園轉過來的小孩，不超過五個。張英也沒有看到一個新村幼兒園的老師，儘管那幾個老師年紀大動作又慢，但是相處了一年多，也是有感情的。那些老師都去哪裏了呢，並沒有人給她答案，只是她們的不存在，卻是新幼兒園師資力量的證明。張英開始不確定自己的選擇了，給孩子去這個嶄新但是完全陌生的幼兒園，真的是對孩子好的事情嗎。

新園長是很厲害的園長，這是張英的第一感覺。聽愛米粒媽媽說，黃金明星園，是的，新幼兒園的名字叫做黃金明星園，這個幼兒園，從食堂的飯師傅到做帳的會計，都是很服這個園長的，都跟著這個園長好多年了，更不用說那些小老師了。愛米粒是美國出生的中國小孩，和女兒是一個班的同學，愛米粒媽媽知道的事情當然是要比張英多多了，但是張英不太願意和愛米粒媽媽多來往，接孩子的時候最多點個頭，那些開著寶馬奔馳來接送孩子的，張英更是沒有話，即使人家很客氣地跟她打招呼，她也只是矜持地一笑。不是太驕傲，而是意識不到也不願意承認的那一點點自卑。

張英差不多已經忘記新村幼兒園的味道了，那種味道，像是烘山芋的暖洋洋的淡黃色的味道，像一個窮但是溫暖的家。張英不是本地人，儘管嫁了個當地的丈夫，也會說了當地的話，但到底不是這裏的人，深不到這裏面去。張英也嘲笑過這個城市的人和風氣，不傷害的那種嘲笑，張英也笑嘻嘻地說過連幼兒園也是這個小城市的小市民的幼兒園，那些小小的心眼兒和沒有佔到的便宜，回憶起來竟也是很值得懷念的。

張英是在黃金明星園外面的臺階上第一次碰到小熊媽的，那個女人穿著很大的棉襖和棉鞋，面孔蠟黃，披頭散髮，再看那女人牽著的孩子，也是沒洗過的臉，衣服的袖口和領口，都油光光的了，而且還很不聽話的樣子，手裏掄著個奧特曼上竄下跳，沒一刻停的，女人喊了好幾聲都喊不住。張英不僅輕輕搖頭，自己再忙，女兒的頭髮都會梳得好好的，衣服不是名牌但都乾乾淨淨整整齊齊。更重要的是，孩子懂事，爭氣，又聽話，從沒有過喊不住的情況。管不住自己孩子的母親，應該不是合格的母親。張英在心裏想。

我們是新來的。那女人說，好像還想說下去的樣子。張英禮貌地笑了笑，走下了臺階。後面是那女人跟門衛對話的聲音，為甚麼？為甚麼八點前不可以送來幼兒園？為甚麼？

上班要遲到了。張英對自己說。

一個外地人，既沒有名牌大學的背景又無親無故，在單位裏站穩腳，並不是很容易的事情。張英從不遲到，遲到對張英來說，是天要塌下來的嚴重，尤其是來了新的主管以後，新主管很年輕，沒有結婚也沒有孩子，對於張英有時候以孩子病了為理由的請假，新主管表示理解，但是內心反感。所以張英更不能遲到，絕對不能。

孩子病了，對張英來說，是非常揪心非常煩惱的事情。只有到醫院裏掛水，好得快。女兒從小體質不好，老生病，到醫院掛水是經常的事情，女兒小時候就特別懂事，從不大吵大鬧，有時候護士找不到過於纖細的血管要多扎幾針，女兒痛極了也只是不出聲地流眼淚，只讓張英更揪心。別的孩子有外公外婆爺爺奶奶疼愛，女兒卻只能經常一個人坐著翻書，女兒也不會一直纏著爸爸媽媽要求講故事，女兒是知道的，爸爸媽媽忙。張英有時候也亂想，為甚麼要離開家鄉離開父母來這裏呢，這個別人的城市，唯一的原因只是這裏比家鄉富裕，如果不離開家，如果還和父母生活在一起，孩子就有外公外婆，這空氣一樣的富裕又哪裏重要過親情。

愛米粒媽媽說她們家愛米粒從小到大沒有掛過水，更是很少吃藥。物理治療，愛米粒媽媽說，愛米粒的美國醫生說的，不要抗生素，只要物理降溫。張英耐心地聽著那些六小時一次泰諾四小時一次退熱浴缸的水不能太熱甚至可以嘗試冰淇淋的奇怪的廢話。張英把冷笑掩藏起來，張英其實並沒有聽進去多少，張英在心裏面說，你們那是美國，可這裏是中國，這是中國。

如果你接連兩個月看到有一個女人每天都穿同一件衣服同一雙鞋，你一定會很深地記得她。小熊媽就是那樣的一個女人。張英總是會碰到小熊媽，因為她們的孩子總是第一或者第二個到幼兒園。有時候是張英第一個，有時候是小熊媽第一個。張英還是不大和小熊媽說話，直到有一天晚上女兒回來說，小熊吐了，吐得很多，所有吃下去的東西都吐光了。女兒很聰明，已經可以很清楚地講述她看到的一切了。這樣的年紀，有的孩子還不會說完整的句子。張英想起來女兒兩歲不到就被放進幼兒園小小班，好像就是那一年，女兒突然懂事了。可是有這樣的才能，並不是值得誇耀的，不是才能，更像是要努力生存下去的本能。張英不禁心酸。

張英想起來接孩子的時候，小熊媽也在旁邊，小熊媽和老師說了半天話，問小熊怎麼樣，老師只是說，很好，很好，小熊吃飯吃了好多呢。老師們笑咪咪的，並沒有告訴小熊媽小熊吐的事情，大概是忘了。小熊媽高高興興地牽著小熊的手走了，那個小熊，看起來應該是不會為自己幼兒園的一天說一句話的。

不會或者不願意表達的孩子，在張英看來，並不是完全壞的事情。女兒很多時候是過於會表達了，女兒會說，今天放學前老師不讓我用洗手巾了，因為手巾已經全部洗好了，老師不想洗第二次手巾。女兒會說，老師說的，只有愛米粒可以在任何想喝水的時候喝水。女兒會說，愛米粒可以得到兩顆糖。很多時候張英只希望自己從來沒有聽到過這些話，因為她並不知道怎麼回應。很多時候她不回應，很多時候她會像所有的母親那樣說，寶寶要乖，要聽老師的話，如果寶寶的表現也像愛米粒那麼好的話，老師也會獎勵寶寶兩顆糖。

張英洗好了碗收好了衣服，進房間看女兒，女兒已經睡著了。張英輕輕地拿走了女兒蓋到臉上的書，把女兒的小手放進了被窩。和往常一樣，丈夫去上夜校了，丈夫本是懶惰的人，丈夫說，都三十好幾快四十了，還讀甚麼書。張英是硬生生把他逼去的，張英說，家裏我來，再忙再累都是我，你只管讀你的。這還需要講甚麼道理？將來的路，還有改變，都在自己手心裏。

張英變成了這城市裏所有精力旺盛的女人們中的一個，上班，做家務，帶孩子，日復一日的忙碌。有了對未來的希望，甚麼樣的苦難，都微不足道了。

張英看著女兒熟睡的臉，那是世界上最美麗的小天使的臉。張英在心裏面輕輕地說，媽媽和爸爸一定會竭盡全力給你最好的，不讓你受半點委屈，我們做不到也不能做的，你一定要自己爭氣。

張英早晨看到小熊媽的時候很想要告訴她，要給孩子吃藥，因為那個粗心的母親顯然還沒有意識到自己的孩子已經病了，她只是向所有她看到的人抱怨。小熊昨晚沒睡好，小熊媽一看見張英就說，一晚上，一直哭。小熊媽很煩惱的樣子，搖晃著那頭永遠亂糟糟的頭髮。張英張了張嘴，還是甚麼都沒有說。

張英像往常一樣，很快地走下臺階。要遲到了。她自言自語。

張英終於在三點半前趕到了幼兒園，今天是週末，要比平時早半個小時接小孩。接了孩子，天還沒暗，家長們都會讓孩子們在幼兒園的滑梯上再玩一會兒，大人們就聚在旁邊說說話。張英一般是不參加的，已經上了一天班了，累得不行，早一點回家就可以早一點做晚飯，女兒又是從不要大人操心的，大人做飯，女兒可以自己玩一會兒。可是這天，看著女兒眼睛緊盯著她班裏的同學，腳都挪不動了，張英有點心軟。去吧，張英輕聲地說，鬆開了女兒的手。女兒飛快地跑到那堆孩子們中間去了，女兒笑得很大聲。張英只能嘆氣，想著家裏面一堆亂七八糟的事，眉頭不知不覺有點皺起來。張英沒有進入家長們的圈，她遠遠地站在外面，她聽得見他們說話，她只是沒有精力參與進去了，說話也是要花力氣的。自從電瓶車的電瓶被偷掉以後，張英就改走路上下班了，再買個電瓶要五六百，那輛舊電動車都不值這個價呢。可是一天走下來，確實很累。

張英站在了家長圈的最外圍，旁邊就是小熊媽和愛米粒媽，她們倆似乎沒有任何交流。還有一個塗了鮮紅口紅的女人，也不與任何人說話，只緊盯著孩子們。那是一辰的家長。張英記得她，因為那張嘴上每天都是重複的鮮紅，襯得那張四方的臉上再沒有別的了。張英已經精疲力盡。

小熊竟還是跳來跳去調皮得可怕。張英聽到小熊媽對愛米粒媽說，我們小熊在家是從不睡午覺的，晚上也睡得很少，醒了就是玩。小熊媽的聲音疲憊又沙啞。然後張英聽到了一辰的聲音，一辰說，我要殺死你。張英吃了一驚，張英看著那個名字叫做一辰的孩子，那孩子要比女兒大半歲，但是很矮小，一直是坐在女兒旁邊的，聽老師說是很聽話很好的孩子。

我要殺死你。一辰又說，那話是對著小熊說的。小熊若無其事地走開了。張英看了眼女兒，女兒正從滑梯上滑下來，玩得很開心。張英鬆了口氣。然後又去看小熊媽和愛米粒媽，她們都在發呆，連發呆的表情都一模一樣。張英再望了望旁邊那雙紅嘴唇，很顯然她也是聽到了那句話，可是她居然笑了。

張英閉了閉眼睛，今天實在是太累了，張英以為她一定是有了錯覺。

接下來發生的真令張英吃驚。小熊在滑梯旁邊的沙坑裏抓了一把沙子，向滑梯上的一辰揚了過去。小熊的動作太快，沒有人能夠阻止，只是沙坑和滑梯間隔還有好大一段，小

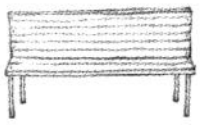

熊的行為在張英看來其實很笨而且沒有意義。

可是接下來的事情令所有人都吃驚了。一個女人披頭散髮向小熊撲去，張英以為那是小熊媽，可是小熊媽正在原地目瞪口呆地望著這一切。小熊開始跑，女人在後面追，那女人有著最鮮紅的嘴。小熊摔在了地上，一辰的聲音仍然很響亮，我要殺死你，我要殺死你。大班的一個女孩也開始笑著跟著喊，殺死你，殺死你。女孩的外婆跑了過去，女孩住了嘴。張英看到小熊的手指開始流血，可是小熊沒有哭。

張英看到的最後一幕是小熊媽一把拎起了小熊，那身俗氣又笨拙的花棉襖，居然也開始靈活地奔跑起來。

沒有人知道是怎麼回事，所有的家長都在說話，沒有人能夠說清楚這事情是怎麼開始的。只有一辰媽尖利的聲音，那個叫小熊的小孩一天到晚打人，整個班的小孩都被他打過了，打我們家一辰，連續打了三天，第一天打頭第二天打腳，打的是頭啊，我們家一辰回家告訴我了，也告訴老師了。別人都不敢講，我敢講，我是臺灣人，王一辰的爸爸是在臺灣的。

家長們面面相覷。張英皺了皺眉，張英是聽過一辰媽講當地話的，現在又突然聽到她說她其實是臺灣人，張英只覺得不可思議。想起有幾次看到一辰媽媽罵小熊，讓小熊離一辰遠點兒，甚至推拉小熊的胳膊，把那孩子從滑梯上扯下來，那時的沒理由現在看起來原來全部是有理由的。可是回憶女兒每天回來講的話，並沒有小熊打人的記錄。即使小熊真的打了人，張英也並不期望一辰媽媽出來做全班家長的代表。

小孩子打打鬧鬧的。旁邊有家長來勸。今天打了明天又好了，小孩子嘛。

一辰媽不理他，小熊他媽從來都是不管她兒子的，由著她兒子打人，你看你看，她兒子打人她還笑的。

她只會站在旁邊，慫恿她兒子打人，她從來不管的，只要她兒子打人她就會笑。

剛才你們都看到了吧，她兒子抓起石頭砸我們啊，還有一塊石頭扔到我嘴裏了。

這個小孩就是這麼兇惡，跟他媽一樣。

不是這樣的。張英終於說出了她的第一句話，那聲音猶豫又低微像是自言自語，我剛才聽到你兒子說了句我要殺死你，然後小熊就……張英突然很後悔，因為那張鮮紅的嘴唇在瞬間就放大了，張英看到了真正的張牙舞爪。幾個父親和母親正拼命地拖住那個明顯已經發了狂的女人。

我兒子？我兒子的表現不知道多好呢，老師天天表揚我兒子的，他會說那樣的話，他要是敢說那樣的話，我一個大耳光就扇過去，他要是敢說那樣的話，我殺了他。

張英笑不出來，張英只恨自己一時衝動多了嘴。不知道甚麼時候女兒已經靠在了身邊，女兒的手緊緊地抓住了母親的衣角，竟像母親一樣發抖，是害怕嗎，還是別的。

紅嘴唇的女人仍然在尖叫，張英已經不知道她在喊甚麼了。難道她看不到這裏都是孩子嗎？看不到別人的孩子，至少也應該看一眼自己的孩子。張英想。那個名字叫做一辰的孩子是會得意還是羞愧呢，太小的孩子，應該還不太懂得。

愛米粒媽媽在旁邊很輕地說，這個幼兒園的投資方是臺灣老板，她敢這麼說，怕也是認得投資方的。

張英終於笑出了聲，原來這就是他們說的國外的投資，臺灣原來是外國。

已經過去兩個月了，張英再也沒有見過小熊媽和愛米粒媽，她們和她們的孩子像是失蹤了，沒有人知道真相。如果單是小熊，那是想得通的。可是小熊的以後怎麼辦呢，他可以去哪個幼兒園呢，每個人都以為那是一個會打人的小孩。張英唯一不能面對的是小熊媽，張英內疚她不能給小熊媽媽一個真相，她可以給但是她沒有給，女兒還要在這個幼兒園呆下去，很多時候真相也是不需要的。可是愛米粒媽呢，她家的是美國小孩，難道也害怕臺灣人嗎。張英搖了搖頭，最近她經常胡思亂想，像是憂鬱症的前兆。難道經過了這樣的事情，我們也必須要換幼兒園嗎，要換的話一開始就換了，又何必等到現在。有一個認識的人是在機關幼兒園的，可是她那樣有錢的人，住別墅開甲殼蟲，經常是要頭痛發熱的，一不高興就要請假，孩子當然不能放在她的班裏，即使是老著臉皮去找她就能進得去的機關幼兒園。還有和女兒小時候一起玩的一個男孩，這個月也開始送幼兒園的，大前天中午在街上看到那男孩的母親，那個母親只是笑啊笑啊激動得說不出話來，原來剛才她在吃自助餐的時候碰到了兒子班上的老師，她說她要到了老師的手機號碼，她說老師還答應有空一起出來吃飯。她激動得說不出更多的話來，她甚至說她的整整一天唯一的收穫就是認得了孩子的老師，她甚至說一定是上天安排她去那個餐廳的，她那麼激動。

張英覺得自己最近想得特別多，真的是憂鬱症嗎。她也會變得像她們那樣嗎。為了孩子不顧一切。發了瘋似的。

張英站在黃金明星園的大廳裏，離放學還有兩分鐘，今天是情人節，每個家長都抱著一捆送老師的鮮紅的玫瑰花，每一捆花看起來都沒甚麼兩樣。張英沒有買花，不完全是出於錢的考慮，如果多送一支花就能讓老師多關心一下自己的小孩，就算把全世界的玫瑰花都買下來也是值得的。那些花有多少真正的心意呢，她安慰自己。每個人都是存著私心的。

廳周圍的牆上貼著孩子們和明星同臺表演的照片，每一張小臉都塗著紅努力地笑著，張英有了錯覺，那些照片裏有了自己女兒的臉，鮮紅的嘴，爭著搶著把臉伸到最前面，三歲兒童笑著的臉，卻寫滿了我要活下去。張英以為自己看錯了。張英突然想哭。

十一，201

凌晨三點到停車場，擦好車，搞好衛生，三點半出車。美英確實已經習慣了這樣的生活，整整十年。之前的五年是售票員，直到一夜之間公共汽車全部變成了無人售票車，前門上，後門下，上車一元，投幣入箱。公共汽車駕駛員變成了駕駛員加上售票員，開車的時候要仔細開車，乘客上車的時候要仔細盯著投幣箱。以前的售票員多數下崗，或者變成更多的駕駛員。美英肯定是幸運的那一個，美英從售票員變成了駕駛員。十年了，美英做公共汽車駕駛員整整十年了。這十年來的每一天幾乎都一樣，凌晨三點到停車場，擦好車，搞好衛生，三點半出車。

三點半的這第一班車，經常是一個乘客都沒有的，空蕩蕩的街面，除了幾個同行和他們同樣空蕩蕩的車。美英確實也習慣了這樣短暫的空蕩蕩，因為乘客馬上就會多起來，越來越多。

下午兩點半交了班，再坐公共汽車回家。在公交公司上班唯一的福利就是可以無限制地免費地乘坐所有的公共汽車。可是有誰要這樣的福利呢？除了公司的領導。美英這樣的駕駛員，下了班，多一秒都不想在車上呆，即使是無限制地完全免費地。

如果是日班，就是零點以後下班，把車送回停車場加油檢查，再走回家，因為那個時候已經一輛公共汽車都沒有了。美英一般不上日班，美英不想半夜三更一個人在大街上走。

美英每天都是這麼過的，美英從不抱怨，像她們一樣，一邊開車一邊嘴裏嘀咕。美英上班的時候嘴總是抿得很緊，美英的嘴角就有了兩道很深的豎紋。美英對自己說，每一個人不都是這麼過著嗎。

有時候美英會碰到中學裏的女同學，她們好像都不認識她了，她們的目光冷冷地飄過來，又冷冷地飄走。美英就會把頭扭回來，輕舒一口氣。如果被認出來的話，那樣的次數很少，她們會靠在旁邊喋喋不休，她們說，美英你怎麼還不結婚啊？不結婚總有男朋友的吧？美英我家樂樂都上三年級了你還沒有結婚啊？那個叫做樂樂的孩子就會被推到最靠近的地方，響亮地喊，阿姨好。美英就會笑呵呵地應，哎，這孩子可真懂事。美英倒寧願她們沒認出自己來。

要到夜深了，美英下班了，美英才會又想起那個女同學還有孩子，美英就會發一會兒呆。

但是不管怎麼樣，美英從來都不會把情緒帶到工作中去。公共汽車駕駛員這個職業，美英已經忠實得近乎麻木了。對於那些從後門鑽上車的，讓孩子縮著脖子就會低於一米二的，甚至往投幣箱裏投冒險樂園遊戲幣的，美英只會很深地皺著眉頭，美英的眉頭也有了很深的豎紋，美英知道那條紋，美英對自己說，我再也不能皺眉頭了。可是美英還是做不出來，關掉車門去夾那個後門鑽上來的扛著大米的農民工，美英也做不出來，叫住那個背著書包背著零食又把座位讓給孫子然後吊在那裏快要倒過去的老頭兒，一定要給他的已經小學五年級的孫子補上那一票。美英不大做這些。美英只是在大肚子和抱孩子的上車以後，按下那個發出「請發揚中華民族優良傳統美德」聲音的鍵。那個鍵，不是每一個同行都高興去按一下的。

儘管很多時候鍵並沒有作用，作為一個公共汽車駕駛員，美英確實也不能做點更實際的甚麼，難道把自己的座位讓出來給那個大肚子嗎？就像五公司46路的那個同行那樣，他站起來說，如果沒有人讓座的話，大肚子只好坐到我的位置上來了。可是他被扣掉了一百塊錢，一個投訴電話，說他威脅乘客，不照他說的做他就會不開車。美英覺得他到底還是幸運，很多時候，一個投訴電話就會讓你下崗，沒有車開，沒有工資獎金加班費，每天早晨還要去公司報到，坐著不好亂動，只給你生活費，每個月三百二十塊。

美英開了十年201路了，美英從來沒有被投訴過，但是美英心裏面是有一點點內疚的。前門上後門下，身高超過一米二就要投幣買票，這些都是公司的明文規定，誰都得按照規章辦事，可是美英做不到乘客上車就睜大眼睛盯牢了投幣箱，美英更做不到豎起耳朵聽好了感應器過IC卡時嘀的一聲，美英心裏面也明白，有的壞小子是用嘴巴發出那個聲音的，經過練習，那個短音簡直可以被模仿得維妙維肖。比起公司裏那些認真負責的駕駛員，冒著與人爭吵被人投訴的風險，少投了的每一分錢都盯得回來，從後門上車的全部趕下去前門再上一次，美英是要內疚，而且是要深深的內疚才對。儘管乘客投一塊投兩塊即使投一百塊，那些錢也不是落到自己腰包裏的，但是公司也是一個企業，全靠這個給員工發工資的。

美英有時候也拒絕沒有及時趕到站牌下面的乘客，不經常，儘管他們會跑過來攔住車頭，甚至拼命地拍打已經關閉的車門，美英不會停下來。美英假裝自己聽不到外面的聲音，感覺不到外面的憤怒，這完全也是公司的規定，如果為了這些人再停一次，再開一次門，可以做到，但是違反了規定。很多時候美英也是會煩燥的，美英也是人。

可是這麼說的話，再開一次門又有甚麼問題？這世界上的一切都必須倒過來又倒過去想，才不會想不開，想不開眉頭的中心就會有一條很深的線。

美英經常地告訴自己我是對的，一直是對的，美英從來就是這麼堅決，如果結果是失望，就絕不會給他們希望。美英不能理解的是，有的同行會在看到有人奔跑過來的時候故意放慢速度，甚至停下等待，給他希望，然後在那個人跑得上氣不接下氣快要接近的時候，啪地關掉門，飛快地開走。那個人充滿了感激並且笑著的臉就可以定格在那裏，定很久。做了這樣的事，是為了好笑嗎？可是他們也不笑。

美英發現302路又跟在自己的後面了，這些天都是這樣，本來只是照例的各走各的，可是只要一看到美英，他就唰地一下貼過來，貼得很緊，美英特別討厭這種貼法。美英知道，再下一個紅綠燈，他就會從旁邊的車道超上來，趁著紅燈的那幾分鐘，隔著他的車也隔著美英的車，不顧一切地喊，嘿，是你啊。兩臺車的乘客就會全部整整齊齊看過來，看他也看自己。美英實在是不能接受這種方式，還有使用這種方式的這個比自己小太多了的男人。美英見過太多的他們了，沒有人會呆滿一年。公司裏的男人們都快要逃光了，如果外面的物流公司也要女人，女人們大概也是要逃光了的。這個職業到底無趣，乏味，工資低，慢性病，還有危險，尤其是302路，城郊線，這一個月駕駛員已經被乘客打了兩回了。他們都在打報告，如果報告不被批准，他們寧願辭職。這個月都走了三個了，美英是真的不明白這個小男人怎麼還笑得出來。

美英一下車就打電話叫了快餐盒飯，十二分鐘的吃飯時間，等待的時間是六分鐘，還有六分鐘用來急急忙忙地吃，再美味的食物要是必須急忙地吃，也就不是那麼美味了。美英也不是天天吃快餐的，八塊錢的糖醋小排骨盒飯，到底也是奢侈。美英一般是自己帶飯，在站上的微波爐熱一下，快，衛生，合算，吃完了飯洗完了碗筷還有多的時間喝口茶和調度説幾句話。至於快餐，其實也只有一家快餐公司送美英這裏了，所有的快餐公司都說他們做不下去了，肉和米都在漲價，他們的盒飯又不能漲價，一漲價客人們就會怨聲載道，不吃他們家的盒飯了，不能漲價就只能動盒飯，少放一塊肉，或者把隔了幾夜的青菜炒成不隔夜的樣子，脾氣不好的客人就會在電話裏罵他們的接線小姐，把接線小姐罵得再也不要在快餐公司打工了。而且又禁摩了，沒有摩托車他們就送不了快餐，做不了生意，反正也不是他們一家，一禁摩，小一點的快遞公司也做不下去了，但是快遞公司還可以用腳踏車送貨，快餐公司用腳踏車的話，快餐送到了，飯也涼透了，客人會給錢嗎？

那家唯一剩下的快餐公司是用電瓶車送餐的，雖然常出問題，但還在經營。政府禁的是摩托車又不是電瓶車，而且電瓶車快起來就是摩托車了。美英打去電話，電話那邊的訂餐小姐聲音甜絲絲的，好像漲價，禁摩，都與她的公司沒有甚麼關係，她說這次是一定不會遲到的了，他們是有信譽的公司。美英放下電話，因為有著這甜絲絲的承諾，十二分鐘的午餐加上休息，發自內心地笑了一下。

美英最近一次叫快餐還是一個多月前了，送快餐的說遲到了是因為剛才送二十盒快餐去那邊一個棉織廠的廠長室，工人們都坐在裏面，風卷殘雲吃完了他的快餐，可是沒有人付錢。

他就說，你們吃了飯怎麼不給錢啊？

工人們說我們沒錢給啊，我們是坐在這裏等廠長發工資的，我們都坐了一天了。

送快餐的說，不管怎麼樣，你們吃了飯，不給錢不行的。

工人們說，為甚麼啊，既然你快餐是送到廠長室，就應該廠長給錢。

送快餐的就去旁邊的辦公室找人，一個人都沒有，只有一個會計，急急忙忙地收拾東西。會計說，我又沒有吃你的飯，找我幹嘛。

送快餐的急了，說，一個女的打的電話，要的二十盒十塊錢的快餐。又不是我，會計說。鎖上抽屜，要走。工人們馬上又察覺，圍上去揪住了，七嘴八舌地說工資不發不好走。會計就尖尖地叫，說她也是打工的。工人們不放手，像是抓住了最後的稻草。

送快餐的只能走了，到底沒有人付錢。

下午還要再去一下那個廠，怎麼辦呢？送快餐的說，沒有人給錢，二十盒就是兩百塊，就要我來賠，我怎麼有錢賠出來呢？說得眼淚都出來了。

美英埋著頭咽下了蓋在飯上面的一隻蛋，還有半分鐘就要出車了，都快要噎死了，可是喝口水的時間都沒有。美英在心裏面誠實地想，不管怎麼樣自己到底比這個送快餐的要好一點，送快餐的人，天天風裏來雨裏去，送一盒飯才一塊五。

可是今天，那盒快餐終於沒有等到。美英空著肚子出了車，早上三點鐘吃的早飯，現在已經快十點了，馬上都要吃下午三點多鐘的晚飯了，美英對自己說我是要去投訴的，我是真的有點火了。

車到黃金花苑那一站的時候，上來一個女人帶著一個五六歲小孩，女人投了一塊錢，牽著小孩的手走進車廂。美英車已經開出去了一段，突然就大聲地說，喂，那個小孩要買票的。女人不理她，直往車廂後面走。美英更大聲地說，說你呢，小孩那麼高要買票了。女人說我家小孩身高不到一米二，不要買票。美英不說話，又往前開了一段，突然停下來，說，你不買票我就不開了。

坐在車裏的人都叫起來，去買票去買票，停在這裏算甚麼事情，我們都不好走了。

女人不動。

就有人過來勸美英，司機師傅啊，就為了一塊錢，你也太認真了嘛。

美英也不動。

坐在美英後面的一男一女就開始偷偷摸摸地說，昨天也是這站，上來一個老頭兒帶一個學生，就刷了一張老年卡，司機叫他幫小孩買票，老頭說孩子才一年級，買甚麼買，那孩子至少一米五了。司機也沒理他們，繼續開車了。

女的就說，這種事情多了，又沒甚麼。

女人恨恨地走過去，又投了一塊錢。車廂裏的聲音都沒有了。

美英開始發動汽車，可是美英不覺得自己勝利了，美英又餓又疲憊，心裏面真是糟透了。

我要投訴你。女人把臉湊得離美英很近，說，我要投訴你。

美英看了看那張突然放大的臉，似乎是笑的。美英幾乎也要笑出來了。

投這一塊錢不是我的小孩真的超過一米二了，而是不影響別人。女人又說。

美英不理她，繼續開車。美英的眉頭皺成了一條線。

第一小學是真正令美英頭疼的那一站，每一個中午和傍晚那裏都會水洩不通，所有接小孩的車都橫在馬路中間，一輛都不動。小孩們就在不動的車和車的間隙遊來遊去，像魚，有一些遊到站牌下面，嘰嘰喳喳地，又變成了小麻雀。

沒有人會來疏導，做點甚麼，每天都一樣，大家都習慣了，車上面的人習慣了，車外面的人也習慣了，所有的人都習慣了，如果有人抱怨，只要一句，所有的人就會齊齊地看過去，因為這個人肯定是從鄉下來的，一點耐心都沒有。又不是一直堵下去，甚麼都是有規則的，接到了小孩的車就會努力地鑽出去，然後是第二輛，第三輛，然後就是公共汽車，公共汽車很多時候比出租車還要橫，並沒有法律規定給予公共汽車特權，公共汽車只好自己想辦法，唯一的辦法就是橫，比你橫，老實人逼急了也會殺人，不是嗎？

美英理想中的特權就是公共汽車有公共汽車的道，沒有任何一輛車可以佔用公共汽車的道，消防車和救護車是可以的，在緊急的情況下。警車呢？美英晃了晃腦袋，馬尾辮有點鬆了，美英抓住辮子的末梢，分成兩半，往兩邊拉了一下，辮子緊了。美英奇怪地笑了一笑，美英又不是沒有見過執行任務的警車，車裏的人悠閒地吸著煙，臉上的肌肉鬆馳著，可是車頂上的燈光在旋轉，並且發出非常響亮的聲音。不過他們執行不執行任務也是看不出來的，美英最後也給了警車一個機會，但一定是要在緊急和必須的情況下。

美英是頂不要見到新聞採訪車的，那些車太多了，每一個區每一個鄉每一個鎮都有報紙和電臺，還有電視臺，電視臺又分成一臺兩臺，三臺四臺，電臺又分成經濟臺交通臺，人民臺音樂臺，報紙又分成早報快報，日報晚報，這些車每一輛都掛著新聞採訪的牌子，它們多得把美英都搞亂了，它們甚至會停在美英的站臺上，從裏面鑽出一些眼珠轉來轉去的人，肩上都長了一個攝像機，筆直地站在美英的車頭前，攝像機的鏡頭直挺挺迎著美英的臉。今天夜裏的新聞！是的！是今天夜裏！幾秒鐘以後他們會大聲地喊，像是喊給全世界聽的，你會在電視機裏看到你的！他們一定要喊出你的反應來，一定要是受寵若驚的反應。可是對於美英來說，只要自己的車沒有準確地停靠在離站臺一米遠的地方，就是違反了公司的規章制度，這一趟車的工時和公里就沒有了，這一趟，就白跑了。

攝像機，記者，領導，在晚新聞裏出現三秒都不能平息的憤怒，更何況每一天的晚新聞，晚飯桌上的一家團聚，對於美英來說更是奢侈，那個時候，美英一定是在馬路上跑的，美英的晚飯，是下午三點，而不是大家的六點半。可是十年了，美英的憤怒越來越淡。美英是這麼想的，如果他們的手夠得著，他們就會伸過來握一握公交車司機美英的手，可是連那握一握都是施捨的。美英的嘴角又抿了起來，很緊地笑了一笑。

凡是新聞採訪車都不可以佔用公共汽車的道，只要有一個輪子過界，就是違法。美英狠狠地想，很快又回到了現實。其實美英是很少走神的，即使是在長時間的堵車中，美英從不走神，走神了一次，就會有第二次，在堵車中走神，就會在紅綠燈前面走神。經常地走神，注意力不集中，和疲勞駕駛又有甚麼兩樣？雖然已經是事實的疲勞駕駛了，公司要求每天完成的工作量，就是連續開十個小時。美英嘆氣。

不能走神，不能打瞌睡，不能有事故，千萬不能有事故，事故的賠款，幾百幾萬，都是由駕駛員負擔的。公司做這樣的規定，就是要讓員工注意力集中，安全駕駛，公司嚴厲的考核考扣，到底就是為了四個字，安全第一。

注意力不集中的公共汽車駕駛員，是不配做公共汽車駕駛員的。

車一到站，嘰嘰喳喳的小孩們全部擠上車，美英的頭更疼了，他們的嘴裏全部是滿的，炸雞腿，爆米花，麵包，還有冰淇淋，雖然家裏面沒有車來接送他們，只好坐公共汽車，可到底也是家裏面唯一的寶貝。

並不會有人讓座位給他們，他們也習慣地抓牽了扶手，晃來晃去，他們已經不是孩子了，他們得到了座位也不會讓給老人和嬰兒，就是這樣了，大家都習慣了。美英有時候從監視器裏看到他們的腳，擠在後門的臺階那裏，小小的，吵吵鬧鬧的。

阿姨！他們中間最像中隊長的那個會脆生生地叫美英阿姨。阿姨，實在擠不上了，讓我們從後門上吧，我在前面給他們刷卡。

美英繃著臉，不說好也不說不好，美英沒有一個字。那孩子後面的孩子們馬上就奔到後門去，爭先恐後擠上車，他們都是很聰明的孩子。美英心裏一動，如果自己結婚，如果自己結了婚，有了孩子，孩子也該上小學一年級了。美英又走神了，那真是太危險了，簡直致命。

車到總站，還沒有停穩，就聽到302路小男人爆炸掉的聲音。一年做到頭，年終金一千塊，也只有你們這個所謂事業單位發得出來。扣掉三金，吃飯，每年兩萬多塊。我只有二十歲哦，我還要結婚，我還要買房子的哦。

然後是黃副經理壓得很深沉的聲音。毛頭小夥子火氣不要太盛嘛，這也是公司的規定嘛，在路上拋錨的車又不止你一輛，你也不是第一個要被扣掉一趟跑車的，公司規定嘛，大家都規規矩矩的，你倒要來鬧。

你們當我現代駱駝祥子啊。小男人說，你們是把女人當男人使，男人當牲口使哦。

黃副經理說，也不好這麼說嘛，難聽嘛。

你們是大老爺，坐坐辦公室，上班一份報紙一杯茶，你們只顧自己，又不要管我們死活的。看看我們，頸椎炎，腰椎間盤突出，胃竇炎，胃潰瘍。小男人說。年年喊著加工資，你們的工資倒真是實實在在到位了，比起我們，你們過的是天上的日子哦。

美英傾著身子，聽得入神。一隻手伸去腹部，那裏已經開始隱隱作痛。

減輕你們的工作強度又不是我一個人說了算的。黃副經理有點不耐煩了，我又不是建設局的領導。

美英搖搖頭，脫掉手套，下車，關掉車門，許是下得急，腰眼裏一陣刺痛，額上的冷汗馬上就冒了出來。再加上胃的痛，美英都要昏過去了。之前也痛，不過不是這麼合著來的，要麼單是胃痛，要麼單是腰痛，兩樣痛一起來，真是要了命了。

然後美英就看到了302路小男人鐵青的臉，不笑，也不說嘿，是你啊了。他的眼圈烏黑，嘴唇也是紫的，眼珠子直直地望著前方，繞過美英的車，就這麼走了，好像從來就不認識美英一樣。這副畫面，美英見得實在是太多了，可是這一次美英的心裏面竟有些難過，大概是因為這個男人到底是說過那麼一句，嘿，是你啊吧。

美英輕輕嘆氣，黃副經理人其實並不壞，一直是做員工思想工作的，可是工作的難度越來越大，多數駕駛員都不來跟他講思想了，直接就走掉了。

美英慢慢地推開玻璃的門，玻璃的反光裏她也看到了自己的臉，眼圈烏黑，嘴唇也是紫的。美英看不到自己的眼珠子，直直的嗎？美英看不到。

然後美英就看到了那個女人。那個女人，美英竟是把她忘了，在之前的三十分鐘裏。

我要投訴你。女人說。

美英只是坐在那裏，沉默地，一隻手按著自己的肚子，胃不是那麼痛了，大概是餓過了頭，胃也是知道的，就死了心。

她講我垃圾。女人說，她以為我聽不懂，我聽得懂，她講我垃圾。我已經跟她講過了，小孩不滿一米二，不要買票，可是她講，垃圾。

她居然就把車停下了，滿滿一車人，她就不開了。

好多人把閒話扔出來，都是住在黃金花苑的，抬頭不見低頭不見的，我的臉面都沒有了。

我家孩子不滿一米二，為甚麼要買票呢？我真是想不通啊，可是我投了，現在把投幣箱開開，裏面還有我多投的一塊錢呢。我是不要投那一塊錢的，我也想過的，不要投，不開就不開，直接打電話投訴，讓你們公交公司的人到現場處理，可是我考慮到別人了啊，我想不能為了我一個人，影響別人啊。我就投了。

我考慮到別人了，你考慮到別人了嗎？

女人的手指點過來。

美英還是沉默，黃副經理也是沉默。美英抬起頭，看了一眼黃副經理，黃副經理喝了一口茶，並不看她，美英又把頭垂下，另一隻手去按腰眼。按按就好了，按按就不痛了，美英對自己說。

真是侮辱我的人格啊！垃圾？罵得多難聽?!女人面對著黃副經理，後者正在頻頻點頭。女人說，她竟然還說你怎麼面對你的孩子呢？為了省那一塊錢車錢你怎麼去教育你的

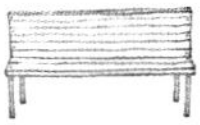

孩子呢?真是一個大笑話，她竟然還教育我呢。

她還真是比她的長相聰明呢，她不開車，就是讓全車的乘客給我壓力。車上也有附和了說風涼話的，但也有說公道話的，我是很感激那幾個說公道話的人的，但是在當時的情況我又能怎麼辦呢?我只好買票！說著，女人把身邊那一直沉默的孩子拉到黃副經理面前。來量量，當著你的面量量，有沒有一米二?到底有沒有?你們看看你們看看！是不是只有一點一五?是吧?有一米二嗎?有嗎?有嗎?沒有吧！

對不起對不起。黃副經理站起來，臉上堆滿笑，真是很對不起，我們一定會好好處理這件事情的，該處分處分，該批評批評。說著，嚴肅地望了一眼還垂著頭的美英。

你們是窗口行業，多幾個這樣的司機，城市的形象不就要被你們全毀了嗎?女人說，痛心疾首地。你們公交公司對身高的限制為甚麼不改改呢?幹嘛不學學飛機?坐飛機是只看年齡不看身高的，現在的小孩營養都好的，普遍長得高，我一個同事的孩子，才五歲，都一米四了，照這麼說，五歲的孩子不也要買票了?

是啊是啊。黃副經理說，您說得太對了。您放心，請您一定放心，我們一定嚴肅處理。

看你也三四十歲了，你就沒有孩子嗎?女人轉過頭瞪著美英，如果說你是有甚麼煩心的事情，你就可以把氣撒在乘客身上嗎？你以為我好欺負嗎？你以為你是司機你就威風了嗎？你以為乘客就應該怕你？我可以到公交公司投訴你，我還可以通過新聞媒體聲討你。你剛才很開心吧？你現在還開心得起來嗎？

對於美英來說，最難的是這第一步。就像黃副經理那深深的一聲嘆息，美英啊，幸好今天受理投訴的是我，如果章經理沒有出去開會，也坐在辦公室裏，你直接就是下崗哦，十年又算是甚麼呢？就算是一百年，也幫不了你哦。

美英啊，我想啊，這次是嚴重了，這個人像是新聞單位的呢，照這情勢，她是不會讓事情這麼容易過去的，她是真的要在媒體曝光的樣子呢。我們是窗口行業，黃副經理說，哎，美英，你要笑，是的，一定要笑，我們是窗口行業。

美英的眼淚已經滾滾地下來了，美英的眼睛裏都迷霧了，甚麼都看不見了。

對於美英來說，最難的是這第一步。黃金花苑，天天經過，卻從來沒有走進去一步。天都黑了，矮胖的黃副經理，搖搖晃晃地走在前面，影子也是一團一團的。

甚麼都沒有了。美英對自己說，調動，辦公室，都沒有了，美英是日日夜夜想著調動的，美英理想中的工作就是坐辦公室，辦公室裏有空調，冬暖夏涼，按時吃飯，按時睡覺，有熱茶喝，腰痛了可以按一按，是的，按一按，按一按就不痛了。

我們是來登門道歉的，黃副經理很誠懇的聲音。又很快地回頭望了美英一眼，焦慮的眼神。美英站得離門很遠，黃副經理的眼神沒能讓她站得更近一點。

門裏面的人絮絮地說著話，美英聽不到她說甚麼，但好像是不嚴重了，就快要沒事了。至少美英心裏面是這麼希望的，於是像泡沫一樣的調動的夢想就又變回來了，甚至更結實了一點。美英遠遠地看了黃副經理一眼，黃副經理的身體在門外面，頭卻在門裏面，看起來是很滑稽，但是美英笑不出來，美英眼睛不眨地看著，黃副經理還在不停地點頭，彎著腰，弓著背，花白的頭髮。

那一個瞬間，美英竟以為那是父親了。父親小學三年級的時候就過世了，美英記不大真切他的樣子了，好像是很淡的臉，還有淡淡的高高的身材，好像風一吹就會飄走了似的。父親果真是飄走了。

有用嗎？門裏面的聲音又清晰起來，以後，還有以後？我再坐她的車，她會在車上為我澄清事實？有用嗎？難道她把那趟車的乘客全部再召集起來，恢復我的名譽？毀人清譽容易！恢復難！！

美英竟是笑出聲來了，這末一句，在美英聽來是不通的，可是到底怎麼不通，美英也說不大上來，美英只念到初中畢業，美英沒有多少文化，美英心裏面也是很清楚的。

黃副經理搖搖晃晃地走在前面，大概是夜深了，影子都碎了，美英跟在後面，眼睛裏只有那團動著的碎了的影子。直到影子不動了，美英抬起頭，眼前就是一張突然放大了的臉，那張臉真的很老了，眼珠子真的都發黃了。美英啊，那張臉笑嘻嘻地，美英啊。美英的手心突然變得冰涼，就像是被一條蛇纏住了。美英看看自己的手，果真是蛇，青筋畢露的，很老了的蛇。

不知道誰說過的，黃經理人很好呢，有一天中午，他看到我沒有吃飯，還幫我買麵包和水呢。美英笑了一笑，仰起頭看天，一絲風都沒有，圓滿的月亮，月光很乾淨，好像這世界都是這麼乾淨了。

十二，火車頭

火車頭小時候的理想是做一個火車司機。可是火車頭沒有能夠成為火車司機，火車頭成為了一個業餘的火車票販子。

火車頭總是醒得很早，刷牙洗臉，套一條牛仔褲就去火車站，加上書包和腳踏車，他就像一個學生，他很喜歡自己學生的樣子。有時候他也穿帶拉鏈的夾克，打扮成四十歲的樣子，點一根煙，也沒有癮。

火車頭的工作其實簡單，收購退票，簽轉，賺中間的差價。有時候也幫人買票，火車頭買得到別人買不到的票，並不是火車頭認得窗口裏面的人，即使火車頭天天去，天天跟她們說話，她們也不認得他，她們不煩他，只是她們不認得他。火車頭買得到別人買不到的票，因為火車頭把火車和所有與火車有關的一切都刻在自己的腦子裏，睡前溫習，越來越深刻。

可是火車頭並不認為自己也是一個票販子，票販子是另外的一群人，火車頭管他們叫牛牛，牛牛們的智商普遍低一點，或者也不是智商的問題，很多人在做自己沒興趣的事情的時候都沒甚麼智商，他們又不得不做這些事情，用來活下去。如果人不吃飯也能活就好了，很多人就不用做事情了，尤其是沒興趣的事情。火車頭有興趣，真的興趣，火車頭不靠販火車票活著，所以火車頭不大做那種轉賣車票的事情，火車頭只是在漏洞百出的簽轉中得到樂趣，能賺到一塊錢他就有樂趣了。

火車頭也沒有養家糊口的壓力，火車頭三十歲了，不結婚也沒有孩子。火車頭一年前的女朋友來找過他，說要嫁給他。他欣然又有點懷疑地接受了，可是他在睡前溫習了火車時刻表以後又隱約不安，他就去尋找答案，答案當然是前女友懷孕了，找他做爸爸。

火車頭就說，你還是去找你肚子裏孩子的爸爸吧，他娶你你就去嫁他，你實在沒退路了再來找我。

前女友就流著淚說，可是我只要嫁給你。

火車頭就想不通這個問題了，這個女人只要嫁給他，肚子裏的孩子又不是他的，這算是個甚麼事情。

火車頭就坐著火車去了山裏，山裏很窮，女人們都願意跟他睡，他有一百塊又有紅塔山，他給男人十塊錢讓他去山下買一包紅塔山，女人就在牀上等他。他偶爾也做，做完也不太悲傷，這個時候他就是四十歲了，他蒼老又孤單。

一個月以後火車頭回來，前女友結婚了，帶著她肚子裏的孩子。

火車頭繼續每天醒得很早，去火車站，火車頭得靠販火車票活著了。火車頭就是在販火車票的時候搭到王麗娜的。

王麗娜站在火車站，空曠的廣場中央，五分鐘以後她就足夠引人注意了。牛牛們不招惹她，這個女人顯然不是來買火車票的，這個女人兩隻手空的，眼睛也是空的，找火車一頭撞死的可能都有的。

火車頭也看女人，女人的小腿和腰身，火車頭不大看臉，都是畫出來的，火車頭一直沒有長久固定的女人，火車頭也看得穿。

火車頭倒是一眼看出來這個女人值十塊，火車頭賣給她兩張往返短途動車票，一張票賺五塊。天黑了，這個女人又出現在火車站前面的廣場上面了。火車頭就肯定這個女人不是要尋死，即使想死，她也死不掉。

火車頭躺在王麗娜的牀上以後覺得她的牀比她溫暖得多。這個女人冰涼，沒有人愛的女人都冰涼，做愛也冰涼。火車頭嘗試擁抱她，火車頭總還有一點情感，至少在做了愛以後。火車頭的這點情感真是要了他的命了，前女友才會再來找他，別的女人們都會要怕他，怕甩不掉他，煩得要死。

火車頭上班的時候就有點魂不守舍，不知道是做了愛的原因，還是愛的原因。火車頭把腳架上售票廳的鐵欄杆，火車頭想，這個世界到底變了，女人都不怕，男人怕。

第二次的時候火車頭聽到她喊別人的名字，她是睜著眼睛的，她看著火車頭，她的手臂還挽著火車頭的脖子，可是嘴裏喊另一個人的名字。火車頭也沒有停下來，火車頭不難過，心裏都不難過，火車頭對自己說如果她要喊那個名字就讓她喊好了。

可是火車頭還真的忘不掉這個女人了。火車頭忍不住打電話給她，發短信給她，她不接電話，也不回任何短信，火車頭會中止幾天，然後繼續做這樣的事情，打電話給她，發短信給她。或者直接去找她，開了門就做愛。火車頭總想與她說點甚麼，可是很顯然她甚麼都不想說，她冷淡地請他穿上衣服離開，如果火車頭要求洗一下，她也同意，可是洗完要離開，如果火車頭要求再做一次，她也同意，可是仍然看著火車頭的臉喊別的男人的名字。

火車頭總還要一點尊嚴，可是慾望上來的時候，也就顧不得尊嚴了。

火車頭不難過，火車頭只是有一點掙脱不了了，也厭煩，可是掙脱不了。火車頭就和蝸牛坐著火車去了山裏，蝸牛也愛火車，可是蝸牛不愛女人，蝸牛笑嘻嘻地説山裏的女人到底乾淨，火車頭就説蝸牛這樣的話你不要説出來，説出來就沒意思了。蝸牛説我叉。火車頭就在第二天早晨自己離開了，沒有等蝸牛，唯一的一次。火車頭跟蝸牛也十幾年了，到底沒意思。

火車頭直接去了王麗娜那裏，火車頭站在門口，並不進去，説，我們還是應該吃一頓飯，説點話。王麗娜一手扶門，仰著臉，茫然地看著他。王麗娜説，説甚麼？火車頭説，説點甚麼吧。王麗娜就轉身進房間了，火車頭等在門口，只把頭伸過去看，王麗娜站在牀邊，正往睡衣的外面套外套，這樣回家的時候直接脱掉外套就好了，連睡衣都不用換掉。

王麗娜問了火車頭三遍，你看到我鎖門沒有？火車頭説你有強迫症啊？王麗娜才閉了嘴。

火車頭走在路上就想，這個女人總呆在屋子裏，不工作，沒樂趣，也不知道怎麼活下去的。王麗娜跟在火車頭後面，拖鞋，也沒有襪子，很拖拉地跟著，也沒有話。遠遠地看過去，好像這兩個男女各走各的，也沒有甚麼關係。火車頭想起來王麗娜靠走廊的窗碎了扇玻璃，馬上就入冬了，會冷。再回過頭看看女人冷淡的甚麼都無所謂的臉，又覺得為這樣的女人想一想玻璃都是不值得的。火車頭的心裏面就充滿了厭惡，真的厭惡。

火車頭不問她想吃甚麼，王麗娜肯定是說隨便。火車頭停在一間火鍋店門口，火車頭堅定地說，就在這兒吧。

那男人是誰？這是火車頭這頓飯的第一句話。

丈夫。這是王麗娜的第一句話。

火車頭就不知道說甚麼好了。

有了外遇，住到外面去了。這是王麗娜的第二句話。

離吧。這是火車頭的第二句話。

離甚麼離？王麗娜說，為甚麼離？

你愛他？火車頭說。

愛甚麼愛？王麗娜說，愛這個東西這麼奢侈。

這頓飯到底吃得沉悶，只好回去做愛。火車頭注意到王麗娜牀頭空著的掛結婚照的地方還有一根釘子，黑色彎曲的釘子，火車頭看著那根釘子，看了好一會兒。

你總得有點樂趣，你得看看韓劇，打打牌，畫畫臉甚麼的，火車頭說。

王麗娜仍然背對著他，赤裸瘦削的後背。火車頭不再試圖板回她的臉，甚至擁抱她，火車頭由著她背對著他，但是他幾乎看得到她茫然的臉，她說，為甚麼？

蝸牛回來以後在車迷群裏發了一組照片，山裏的樹，小火車站，姑娘們笑得露出牙齒，張張照片乾淨。群裏召集了宵夜，城郊結合部的夜排擋，一是啤酒便宜，二是氣氛，背吉他的小姐妹只在那兒賣唱。火車頭也去了，可是喝酒喝得節制。與蝸牛到底尷尬，也沒甚麼話。

蝸牛們情緒高漲，小姐妹唱十八摸一遍又一遍，火車頭到底也是要和他們一起混的，都是火車迷，火車頭也一直為自己是個車迷驕傲，如果沒有火車，火車頭就甚麼都不是了。

桌邊的小姑娘世故又有點笑地望著他們，這些十四五歲，紫美瞳，厚流海，胸前嵌滿劣質水鑽的小姑娘。火車頭不看她們的臉，火車頭看她們裸露的小腿和腰身，還沒有受過硬傷的腰身，洛麗塔的鞋。蝸牛說，我手一揮就能上火車，我在火車上還跟乘務員聊天，聊到哪站就下哪站。火車頭不說話，笑一聲，喝酒。

火車頭喝了酒，突然很想念王麗娜。火車頭竟是有一個月沒有找她了，甚至一個電話。火車頭想要控制他的想念，喝更多的酒，或者幹別的，可是又控制不了，越來越厭煩。火車頭就掏出電話，夜排檔昏黃的燈光下面打過去，火車頭明明又是知道王麗娜從來不接電話的，可是王麗娜接了。王麗娜說，你那裏怎麼那麼吵？你喝酒了？別喝了，回去睡覺吧。火車頭就說，你來，你來我就回去睡覺。

王麗娜站在十字路口，兩排白色排檔帳蓬前面東張西望的時候，火車頭都要承受不住這樣的傷感了，如果火車頭是女人，這個傷感的女人幾乎都要說出那三個從來說不出來的我愛你了。可是火車頭是男人，火車頭向王麗娜張開雙臂，火車頭臉上堆滿厚顏無恥的微笑。王麗娜敏捷地從火車頭張開的手臂下面鑽了過去，火車頭竟是不知道王麗娜也會是這麼敏捷的。

王麗娜坐下來，沒有人注意到她。王麗娜說，喝光你杯裏的酒，然後回去睡覺。火車頭也坐下來，火車頭也聽不見小姐妹在唱甚麼了，火車頭的耳朵有點膨脹，火車頭只聽得見王麗娜說，走吧走吧。火車頭遲鈍地向王麗娜湊過臉去，他還從沒有這麼仔細地看過一個女人的臉，這個女人長了一個最尖的下巴，襯得眼窩都凹進去，眼角有碎細紋，鼻翼兩側淺淺的雀斑，蒼白單薄的嘴唇。按照蝸牛的說法，這是一個命薄無福的面相。蝸牛已經拉了一個洛麗塔的手，攤開她的手心，蝸牛似乎在說，你怎麼長了一掌斷紋呢？小姑娘都要被他說得哭出來了。火車頭就朝著那稀薄的嘴唇親下去，火車頭竟是被那樣的滋味嚇著了，柔軟又溫暖的滋味，不知道是酒的原因，還是用了情的原因。

火車頭睜不開眼睛，火車頭知道他只看得到王麗娜茫然又冷淡的眼睛，火車頭這麼想的時候心底裏的厭惡就又沖上來，越來越厭惡。火車頭不睜開眼睛，就覺得王麗娜也是愛他的，離不開他的。

火車頭聽到王麗娜說，你何必呢？難道我要為你負責任嗎？火車頭就睜開了眼睛。王麗娜又說，難道你還要我給你一個名份？王麗娜說完，響亮地笑起來，站起來，說，走吧。火車頭也站起來，火車頭只是不知道說甚麼好了。

王麗娜橫穿馬路去街對面，有點小雨了，王麗娜怕冷地縮著脖子。火車頭看著她光著的小腿，快起來的時候，都有點發光了。可是一輛豬血紅的普桑突然橫在了那雙發光的腿的旁邊，火車頭一驚，趕上去。只是差了一點點，三厘米半的距離。王麗娜停在馬路中間，左手掌撐在了車蓋上面，車頭是濕的，加上泥灰，王麗娜的手就黑了，王麗娜抬起手，看了看自己的手心，小心地繞過了那輛車，王麗娜甚至笑了一下。

火車頭叫了一聲，開車子不看看的啊？火車頭不一定是心疼女人，火車頭只是需要這麼叫一聲，火車頭就是男人了。

可是車上下來了一個女人兩個男人，女人的小腿粗壯，裹一層跳了絲的黑色絲襪，兩個男人都在打電話，一邊打電話一邊下車。

火車頭只覺得不好，拉著王麗娜往街邊去，雨大起來，一輛出租車都沒有。王麗娜也沒有聲音，只是由著火車頭拉。黑絲襪女人叫起來，又沒有撞到你！撞到你了嗎？撞到了嗎？兩個男人繼續打著電話。王麗娜往那車望過去，皺了皺眉頭。火車頭說別看別看，看甚麼，趕緊走。

還是沒有一輛出租車，打電話的男人已經打完了電話，往火車頭這邊走過來。

火車頭急起來，火車頭叫，蝸牛蝸牛。街對面的蝸牛轉過臉，到處看，看到了火車頭，還有王麗娜，蝸牛笑起來，朝火車頭揮手，搖搖晃晃站起來。蝸牛頓時被人圍了起來，都不是群裏的人。火車頭攥緊了王麗娜的手，王麗娜的手冰涼，王麗娜說，為甚麼？

一輛出租車停了下來，火車頭很用力地拉開車門，把王麗娜塞進去，可是王麗娜不鬆開他的手，王麗娜說一起走。火車頭回頭看蝸牛，已經看不到了，只是一群人，黑乎乎的。火車頭在火車站幾年，也是甚麼都見過的，刀和血，有過幾次已經很接近了，只是從來沒有這麼近過。

火車頭甩開了王麗娜的手，火車頭說，走吧走吧。火車頭關上了門。

車開出去，火車頭的肩上就搭上了一雙手。火車頭也沒有回頭，火車頭說，我身上只帶了兩百塊，你們兄弟買包煙抽。那手就突然變作了拳頭，一拳頭揮過來，火車頭的下巴馬上就脹起來了，火車頭竟也不覺著痛，火車頭努力往蝸牛那邊看，蝸牛的眼鏡都到了地上了。吉他小姐妹，群裏的哥們，哥們帶過來的洛麗塔都不知道哪裏去了，亂得一塌糊塗了。

豬紅普桑一直停在那裏，後面又停了三四輛，幾乎一模一樣的車。火車頭知道他們來得快，火車頭只是想不通他們為甚麼要叫過來這麼多人。

不就是錢嗎，火車頭對自己說，我出兩千塊也足夠叫二十個外地人過來了。可是火車頭沒有兩千塊，火車頭的手腳都被牽制住了，沒有兩千塊的火車頭竟是連自己都保護不了了。

不要錢。拳頭又變成了手，捏住了火車頭的肩胛骨，像是捏住了蛇的七寸，說，你打電話把那個女的叫過來。

火車頭也不知道自己的手機甚麼時候到了別人的手裏了，那隻手搖晃著他的手機，說，你打電話叫她過來。

火車頭說不。火車頭可以拖延下去的，事情總能解決，火車頭又是有經驗的，可是火車頭說不。

於是第二拳就過來了，火車頭只是想不通這件事情解決得沒那麼快，火車頭吃了拳，說，你們到底要多少錢？

說了不要錢，只要她過來。還是這樣的一句話。火車頭接過了手機。火車頭瞥到一輛亮著空車燈的出租車過來了，火車頭就開始按手機上的鍵，火車頭往旁邊挪了幾步，手機放到了耳朵上，火車頭說了一聲喂，突然就撥開了面前的人，衝到了出租車旁邊，火車頭打開前車門，把自己扔了進去。火車頭說快開快開，火車頭還沒有顧得上打 110，火車頭相信蝸牛吃了拳酒也就醒了，就會去打 110，蝸牛也是有經驗的。火車頭喘著氣說快開，可是出租車不動，火車頭往駕駛座看，位置是空的，司機已經跳出去了。

透明的窗玻璃，火車頭看得到外面，清清楚楚地，竟是一把白晃晃的菜刀，火車頭只是笑不出來。火車頭的手機開始響，持續不斷地響，這是王麗娜第一次打來電話，可是火車頭沒有接。

十三，你們

你是在中國銀行門口盯上他的吧，那個時候，他的手正和一個女人的手糾纏在一起。你離他最多一米遠，他停下來的時候你不好也停下來，你要是也停下來，別人就會看出來，你在盯著他。你只好繼續往前走，你走得很慢，你只回了一次頭。他的手已經和女人的手分開來了，如果不是你盯了他好幾個星期了，你就會和別人一樣，以為他是在和女人調情，看起來也真的很像，因為那個女人的手又追了過去。可是如果你再仔細一點，你就會看出來，那個女人的臉是仇恨的，很深很深的仇恨，除了仇恨，都看不出別的來了。你再仔細一點，你就會看出來，他也是不會和這樣的女人調情的。那是一個窮女人，誰都看得出來，像枯草一樣的頭髮，寬腳掌，指節粗大，高顴骨，兩塊紅斑，在山裏田裏露天露地裏風吹日曬才有的斑。你已經不從衣服看女人了，你看手，看手指甲，那個女人的手指

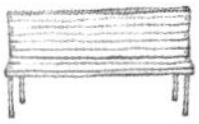

甲，像乾海魚的鱗片一樣，都翻起來了。

他是不會和這樣的女人調情的，他不過是個初中生。他們的手糾纏在一起，看起來是那樣，其實是一場小戰爭，事先都定好了輸贏的。

對於他來說，這樣的女人又不是女人。他走過去，其實不是完全停下地，他只是一邊走，一邊伸出了手，緩慢但是有力地奪走了她手裏的一個做生意的工具，小小的，彈簧秤，或者口哨。女人的手追過去，他緩慢地撥開，女人又追上，直到他的怒氣的眼睛瞪過來，手才會罷休，可是不甘心地，壓低了頭，仇恨慢慢地升上來。

你的眉頭糾結在一起。你是從甚麼時候開始盯上他的呢？你都有點說不清了。不是那一次吧，那次，你帶毛毛去利民小吃店吃宵夜的那次。天氣真是有點熱的，小吃店的攤都擺到外面來了。你們也是剛剛坐下，四周圍卻亂了，每一個人都在收東西，劈哩啪啦的，也許並沒有甚麼聲音，每一個人都是沉默的，只是空氣中的恐懼，如果恐懼真的是這樣的，氣化的，會越來越濃的話，恐懼也會讓你把沉默都聽得裏劈哩啪啦的。你聽到了自己的聲音，怕甚麼，繼續吃，跟我們又是沒有甚麼關係的。

毛毛又坐了下來，儘管是猶豫地，可是坐了下來。你最喜歡這個女朋友，不是沒有道理的，這個女朋友，最大的好就是聽話。

你就看到了他，他很瘦，如果不是那身淺綠的制服，他瘦得就像一個初中生。他的帽子遮住了他的半張臉，眼睛還有鼻子，只有嘴還在外面，薄的，無情無義的。

其實他也不是衝著你們來的，你的毛毛，只是坐在了一個不對的地方。他也不是想這樣的，他只是稱手，拿了那條最近的板凳。就算不是毛毛，任何一個人坐在那裏，都會被掄到的，只是毛毛傷到的是肚子，真是匪夷所思。怎麼會是肚子呢，難道是他掄起板凳的時候，毛毛突然站了起來，挺在了小吃店的前面，然後就是肚子？肯定不是這樣的，你也是甚麼都看見了，你並沒有走神，可是，毛毛的肚子就是傷了，然後是血，你都傻了。

你竟是不知道，毛毛的肚子是會流血的。

他不見了，像是一下子變成空氣了，消失了。只有別的淺綠色，一團一團地，亂亂地圍著。可是你探出頭去，你不相信，還有甚麼是會消失了找不到的，你一定找得到他，一定。

也許並不需要找，你也不要找，他是自動出現在你面前的，中國銀行的門口，石獅子

的下面，他靠著那隻母獅子，打著哈欠，他還戴著他的帽子，可是歪了，你就看到了他的眼睛，也是薄的，無情無義的。

他的皮帶很鬆，褲子，還有淺綠的短袖襯衫都塞在皮帶的裏面，還是很鬆，他真是瘦得太可憐了。

你好像都看到一年前的你了，也是這麼瘦的。他們說有兩千塊錢，就巴巴地去了。然後就是加班，連續地加班，在街上晃，最初的幾天，你是不敢一個人的，你心裏面也是清楚的，會挨打。

你的第一個任務是遮雨蓬，你還記得，是遮雨蓬。你和大明，你們兩個都穿著制服，還帶著紙筆，你們禮貌地敲敲門，大明說，有人在嗎？

裏面的人說，門沒鎖，進來吧。

你和大明進了門，一個露了半邊天的院子，另一半被遮雨蓬遮住了，遮雨蓬的下面，一家人正在吃午飯，公公和婆婆，兄弟和姐妹，還有抱在手裏的嬰兒，都抬頭看你們。

大明說，你們這個遮雨蓬是違章搭建，三天之內自己拆掉。你的眼睛遠遠地望去，方的桌，桌上有豆角和絲瓜，蒸魚和鹹肉，女人的筷頭正懸在鹹肉上面，猶豫地，不知道要落下去好還是收回去好。

這是遮雨蓬哇，小孩和老人落雨天會摔跤的，搭蓬的時候村委又沒有意見哇，桌子中間的一個男人說。旁邊的人都附和，家裏有老有小，有老有小。

就是遮雨蓬哇。大明不耐煩地搖頭，筆在紙上很快地劃來劃去，說，就是要拆，有規定的。你伸頭過去，你只看到大明在紙上畫了一堆誰都看不懂的圈圈，你把頭縮回去，拉了拉制服的一個角，有些皺，拉一拉就平了。

男人放下飯碗，騰一下站起來，說，要拆也去找村委拆，要給我們一個說法的，搭蓬的時候不反對，現在來拆？村委也在村上搭了好多臨時房子出租給外來打工的，村委有手續嗎？

大明一笑，村委是可以搭的，不要手續，你們退休工人過年過節要錢要福利嗎？就是靠那些臨時房子收租金來的。

大明把通知書往門上輕輕一拍，轉身就出了門。你的眼睛遠遠地望去，女人的筷頭終於落了下去，但是嬰兒響亮地哭起來了。

大明已經不做了，大明是正式的，可是大明不做了。大明那麼會講的人，都不做了，你是協助大明工作的，你為甚麼還要做呢。

你說你是被騙來的，你說靠。一個月兩千塊錢？如果工資資金加班費全部到手超過一千塊，你就不說你是被騙來的了。你說靠，你說你比低保都低了。

你說靠的時候，大明已經不做了，大明走了以後，你突然心如明鏡了。

你站在市中心的十字路口的時候，人和車流動起來的時候，你突然就覺得，你是連要飯的都不如了。

可是，脫下這層皮，你就被尊重了？你就重新做人了？你就脫掉了。你現在不能執法了，你本來就不能執法，你是配合大明工作的，大明下命令，你做事情，大明沒有了，你就甚麼都不用做了。大明是隊裏的怪胎，大明不打人，大明只下命令。

他是自動出現的，他靠著中國銀行的石獅子，虛弱但是惡狠狠地，他真是太醒目了，主要是瘦，他瘦得像女人了。你盯著他，他的手在擺攤女人們的手心裏遊了一圈，他從不停留。你看不大清楚他取走了甚麼，又放下了甚麼，他幾乎不停下。他扭來扭去地，手臂和腰身，竟像是女人，他就這麼扭來扭去地走著，飛快地，加上瘦，他是一個女人了。

他趕上了前面的兩個隊員，他們是那種很普通的人，不胖不瘦的人，帽子是正的，褲腰也是不鬆不緊的。他就走在他們兩個的中間了，他的手臂揮來揮去，又揮來揮去，他旁邊的人側了側身，繼續走著，像是習慣了。他們都沉默著。除了，他的手臂揮來揮去。

他的手裏已經空了，甚麼都沒有了。

要不是毛毛的肚子流血了，你竟是不知道你也是會做父親的，那肚子裏孩子的父親的，可是那孩子沒有了，孩子變成血，流走了。

你其實是鬆了口氣的，你是這麼想的，你只想了一句，我連奶粉都買不起。

可是你要找到他。你是這麼對毛毛說的，你說我一定要找到他，一定。

你是從甚麼時候開始盯上他的呢？你都有點說不清了。你盯了他好幾天了，你心裏想甚麼？這幾天他做的事情你都做過，你盯著他，就好像他是你一樣，你又回去了。

他像你一樣加班，星期六和星期天，夜班，輪值，他像你。可是他的胸口連工號都沒

有，他和你還不是完全一樣，他還不是協管，他大概是街道招的，他連工號都沒有，他的旁邊甚至沒有協管，一個都沒有。他協助誰配合誰呢？他都不是協管。

他總是一個人，有時候他會追趕那兩個協管。更多的時候他是一個人。難道他不害怕嗎？

他不怕。

你也不怕，你後來甚麼都不怕了。可是你脫了制服，你有了尊嚴，你就買得起奶粉了？

你又找不到工作，有尊嚴的工作沒尊嚴的工作，你都找不到，你說你會後悔嗎？你又不好再混了，你年紀大了，你看女人只看女人的手了，毛毛的手也是窮女人的手，毛毛的手濕乎乎的，總是濕乎乎的，客人的頭髮在毛毛的手底下總會變成一座山，男的女的，長的短的，都變成山，積滿雲的山。你在玻璃窗的外面等毛毛下班，毛毛總在那些山後面輕輕地笑，毛毛笑起來的時候就沒心沒肝了，你最喜歡這個女朋友不是沒有道理的。毛毛不留指甲，十個手指頭都光禿禿的，毛毛在連鎖店上班，毛毛不能留指甲。毛毛二十歲，毛毛的手五十歲了。

你說你要帶毛毛吃宵夜，毛毛就高興了。毛毛甚麼都沒有，戒指，像樣的鞋，甚麼都沒有，你帶著兩百塊錢，你帶著毛毛去吃宵夜，毛毛就很高興，毛毛這個甚麼都沒有的女人。毛毛真的甚麼都沒有了，連肚子裏的小孩都沒有了。

我不知道怎麼回事啊。小老板說，我有營業執照的，如果不是熱，攤子不會擺到外面來。

我真的不知道怎麼回事。小老板又說，以前都是事先打招呼的，他們要來，我就提早收攤，我是真的不知道怎麼回事啊，他們下了班也在我店裏吃宵夜的。

你讓小老板不要再說了，你看見了沿著毛毛大腿爬下來的血蚯蚓，你只想了一句，掛個號就要三塊五。你就想了這麼一句。

你找到他做甚麼呢？你自己也清楚得很，你不能做甚麼。打他一頓嗎？賠錢？他又沒有錢，跟你一樣。

你是有點想不通這個世界的，你們挨了打，就去狠一倍地打回來，可是你們又挨打的時候竟是狠了三倍的，你們再去打的時候要使出四倍的狠來？狠還真是可以無限的嗎？

你心裏面也清楚的，你不知道你為甚麼要找他。

他們罵你，你知道，你也挨打，在你打人之前或者之後。他們打你是沒有理由的，無緣無故的。大明說，就像你打他們一樣，你有理由嗎？大明是隊裏唯一給你尊嚴和平等的人了。大明不下命令，大明沒有事情給你做。可是大明走了。

大明走之前說的，大明那麼會說的人，大明說，現在城市管理的要求是越來越高了，我們的工作越來越難做了。大明說了這樣的話再走就好像他的走是因為工作難做，你知道的，只有你知道，他走是因為他再也不願意別人操他的祖宗多少代了。大明說呸呸呸。

你為甚麼走呢？除了巡邏，你們總是十幾個人一起執行任務的，你們從來不分開，他們又給了你DV，不是每一個人都有資格拿DV的，你能拿DV，因為你的表現比別人好，你聽話。可是你再好你也不能和大明一樣，你還是協管，你不過是一個可以拿DV的協管。

你們也不是第一次管理他們了，要死要活的他們，他們都令你們麻木了。沒有一次是順利的，像往常一樣，你們挨打了，你們也打人了。後來你回看 DV 的時候，你都不認識你們了。你們竟是手執盾牌的，你們穿著迷彩服，戴著頭盔，你們就像是防暴警察了。你竟是不認識 DV 裏面的你們了。

你的第一個鏡頭是一個女人的臉，年輕的女人，這個女人沒有一句話，她旁邊的人都在叫喊，可是她沒有一句話，她抱著她的黑色塑料布包起來的一團，裏面是假的拎包，有包掉下來，她就去撿，她撿得忘了逃跑。她就站在那兒，她比她懷裏的塑料布包小很多，她是白色的，塑料布是黑色的，她就變成了一個分明的靶子，她站在那兒。

你的鏡頭轉去別處是因為有一個男人在說你們要文明執法，你把鏡頭給那個男人，他長得猥瑣，可是他說，文明執法。

你的鏡頭再轉回去，那女人的嘴已經在一個迷彩服男人的手腕上了，那男人叫起來，可是他沒有放手，他用另一隻手，一個耳光掄過去，那女人的嘴角就開始流血，女人也沒有鬆開她的嘴，她死命地咬著那隻手，頭髮全亂了，她也不顧她的頭尾了，她張牙舞爪地，可是仍然沒有一句話，她就像是一隻母老虎，沉默的母老虎。

那樣的女人，都是哭的，叫罵的，在地上滾來滾去的，也有兇得不要命的，可是像她這樣，沉默的兇女人，令你奇怪。

你持續地拍著她，直到她被淹沒，你都找不到她了。

你是協管，你的制服是淺綠色的，和正式的隊員一模一樣，可是你的胸口寫著XG，你和大明唯一不一樣的，是大明的胸口寫著SD，你的胸口寫著XG，你們的區別，只是SD和XG，XG後面還有一長串數字，那些數字把字母都沖淡了，很多人的眼睛就從那一長串字母和數字旁邊溜過去了，他們看到了你的制服，淺綠色的，他們就垂下了眼睛。

你在這個時候的工作是記錄證據，文明執法的證據。你要拍下當事人的臉，事件，細節和特寫，你要公正地拍，因為他們會去投訴，他們會投訴了，投訴會被受理。你要提供證據。

你最後的鏡頭是一把彎刀，插在淺綠色制服的腰部，插得很深，都沒有血了，只是刀柄，在動，也許只是你的DV在動，因為你的手抖得有點厲害了。

你往那把刀走近了一步，你幾乎走不動那一步，你的腿真的軟了。

我們是協管。暗暗的聲音，認清自己的身份，不要拼命，出了事情要回老家的。

你往旁邊看，看不出是誰，全部淺綠的制服，一團一團地。

要打就打SD，往死裏面打。暗暗的聲音，又狠狠地。

然後是第二刀，很快地，像長在了淺綠制服上面，是這樣的，有了第一刀就會有第二刀，是這樣的了。你往那刀走去，那確實不是XG，是一個SD，可是你走過去。

給自己留條後路。你看到了抓住自己衣角的一隻手，青筋畢露的手，那手說，給你自己留條後路。

你就停住了。

你就走了。

你後來去博物館做保安了，也不是每一個人都可以去做博物館的保安的，你家裏也是給你走了一點關係的。你從來都沒有跟人說過，你之前的做協管的六個月，就像你從來都沒有跟人說過，在做協管之前，你從傳銷的村子跑了出來。

你竟也是經歷豐富的人了呢。可是你從來都沒有跟人說過，甚至毛毛，你不說。

現在你穿著保安的制服了，灰色的。你坐在博物館的皮沙發上，這個冷清但是豪華的博物館，你們無聊，你們打哈欠，打完一個，再打一個。

後來博物館免費了，不收門票費了，還是沒有人來，你們還是無聊，你們全部呆在二樓，那兒有更多的皮沙發。

你坐在那裏，聽著他們把一個笑話說了一遍又一遍，今天說一遍，明天又說一遍。這就是有尊嚴的工作了？你就找不到有尊嚴的工作了。

在你的中專同學打電話給你之前，你是想要一個好工作的。可是你的同學打電話給你了，他說我這兒有錢賺，好多好多錢，快來吧。你就去了。你去了你就發現你的同學瘋了，他給所有的同學打電話，可是只有你去了。

你的身份證和銀行卡在一個抽屜裏，他們在打牌，你的表現好，從一開始就好，好了好幾天了，他們不嚴厲你。你看了會兒牌，你說你不看了，你去裏面看電視，你就去看電視了。你知道你的東西放在電視機下面的抽屜裏，很多人的東西都在那兒。你只拿了你的。

你去鎮上，兩個人跟著你，你是跑步甩掉他們的，你竟是用跑步的，你竟是跑出去了。

現在你坐在皮沙發上，你聽著昨天，前天和大前天的笑話，你看見玻璃窗的外面，嶄新的開發區的花園，還有別墅，別墅區的門口，插著的那些旗，你數過來又數過去，很多旗你都是不認得的。

一個人都沒有的博物館，你轉回頭看另外四個保安，有一個年紀最大，他說過的話，要不斷重複才不會忘記。

你脫了保安的制服你就有了毛毛，毛毛不知道你做過保安，不知道你做過協管，不知道你跑得很快。毛毛跟著你，因為你是這裏的人。毛毛跟著你，毛毛就可以一直在這裏了。你再也沒有見過這麼死心塌地的女人，這個女人是要跟你結婚的，不管你肯不肯跟這個女人結婚，這個女人都是要跟你的，這個女人是想把她的第一次命托付給你的，可是這個女人流血了。

你是在中國銀行旁邊的那條小巷子裏把他堵住的，他平時不往那兒去。巷子是死的，巷子裏只有一間紋身館。他從不往那兒去，可是他去了。你就把他堵住了。

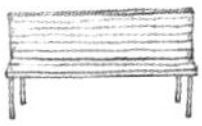

你為甚麼不睜隻眼閉隻眼呢？你是笑著對他說的。他驚恐的眼睛瞪著你。

你是執法者嗎？你還是笑著，你都看不出來你的笑都是假的了。你說你是執法者嗎？

你把自己當成執法者了？

他仍然沉默著，但是他的眼珠開始溜溜地轉。你知道他想要幹甚麼，他只是一個初中生，他還是嫩的。

你總是衝在最前面？你又說，你給誰賣命呢？

我給自己賣命。他突然說，像一個真正的初中生一樣，他的整個頭都橫過來，咬著牙說。

你就真的大笑起來了。你說，因為你簽了一年合同？你還交了違約金？

你的第一拳下去的時候，血珠子就蹦出來了。

你為甚麼不給你自己留條後路呢？你又說。你的話真是有點太多了。

你揪住他的前胸，你不是怕他倒下去的，一定不是，你看到了他的胸口，更近的，你沒有看到 XG 也沒有看到 SD，字母和數字，甚麼都沒有，你可以肯定他是哪個街道招的了。你想停手的，可是停不了了。他的血，也讓你傻了。你竟是不知道，人都是會流血的。他的血，竟也是熱的。

於是你的第二拳又下去了，你竟是不知道你是這麼恨他的。

那個很瘦的身體橫在街沿上的時候，筆直地，都像是你自己的身體在那裏了，筆直地，卻又像一團爛泥一樣。你就變成他了。

十四，幸福

這個手術做了不止三分鐘。就像電視廣告上的那樣，一分鐘，兩分鐘，三分鐘。親愛的我來晚了。不要緊，我都做完了。疼嗎？一點兒也不疼。

如果不是這個廣告，毛毛也許會去別的醫院，老一點的，婦產醫院那種。可是毛毛看廣告了，電視臺每隔五分鐘就播一次，毛毛這種看電視多過走路的女人，那個廣告就刻在毛毛心裏面了。

我接到電話的時候，毛毛已經在急診室了，老的婦產醫院的急診室。毛毛的手術是在電視明星醫院做的，五天以前。如果不是她開始流血，血止也不止住，她是不打算讓我知道這件事情了。

給我帶點錢。毛毛說，我現在一分錢都沒有了。

我到了婦產醫院可是找不到毛毛，她的手機都停了，欠費停機。我去了所有的門診，找不到她，我甚至去掛鹽水的地方找過了，她不在那兒。我就站到婦產醫院的大門口去了，我站了一會兒，其實我特別討厭站在這兒，我又沒有懷孕，我又不要生孩子，我為甚麼站在這兒，我看起來就像毛毛一樣，毛毛懷孕了，我又沒有，我為甚麼在這兒？我站了一會兒，我就去窗口掛了個號，我總得給自己找點事兒幹是吧。我說掛號。窗裏面的人說，甚麼科？我遲疑了一下，我說婦科。窗裏面的人給了我一個最持久的白眼。

我說不可以嗎，不可以是婦科嗎？難道婦產醫院有牙科嗎？窗子裏就扔出來一張處方箋，上面印著，牙科。

我就接到了毛毛的電話，毛毛說，你怎麼回事啊你讓我等這麼久。我抬起頭，我就看到二樓的露臺上，很多假綠植的中間，毛毛站在那兒，包著頭巾，就像一個產婦。

我以為毛毛會哭，可是沒有，她看起來比我冷靜多了。我說我掛了號了，我給她看我手裏的紙，她冷冷地說她已經看完了。

帶錢沒有？她說，現在我要去拿藥。

我就看到了毛毛的後面，毛毛的外婆，愁苦的皺臉。我掏錢掏得不是很爽快，一個星期前，毛毛問我借過一次錢，她說她要去旅遊，現在我有點明白了，她去明星醫院做手術了。

這到底是怎麼回事？我說。

手術很成功，他們說的，很成功。毛毛說，可是我肚子疼，我疼了三天，到第四天我好像昏過去了，現在好了，我是腹腔炎了，我以後都不用生孩子了。

魏斌呢。我往毛毛的外婆後面看，甚麼人都沒有。

又不是魏斌的。毛毛說，他怎麼會在這兒。

那麼是景鵬的了，現在怎麼辦？我說。

也不是景鵬的。毛毛說，我不想跟你說是誰的，我不想說。

我也甚麼都不想說了，我往婦產醫院外面走，我一定是有點火了，可是我走了一半我就停下來了，我對我自己說你不要火了你不要火了，你能跟毛毛生氣嗎？我回過頭，毛毛慢吞吞地跟著我，毛毛還包著她的頭巾，我就哭了。

上午我還在中醫院和蝴蝶一起接受推拿。我的脖子和蝴蝶的腰，它們都出了問題，簡直要了我們的命了。

我和蝴蝶，我們都找了剛剛畢業的實習醫生，他們沒經驗，可是他們空。

一分鐘以後蝴蝶就在我的旁邊尖叫起來。

你別叫了行不行。我說，我能忍你不能忍？

蝴蝶繼續叫。我的腰我的腰，蝴蝶是這麼叫的。

就是這樣，我坐著，因為這一次只是脖子出問題，我坐著，醫生的手在我的後脖子上，可是蝴蝶躺著，醫生的手在她的後背上。

那不是腰。醫生糾正她，那是你的尾椎骨。

蝴蝶仍然沒有停止發出聲音，如果我閉上眼睛，那個聲音就會比我睜著眼睛聽還要強烈，我就閉上了眼睛。

現在我更緊張了，發病前我的脖子就像一塊石頭，發病的脖子就變成了一塊更硬的石頭，再加上緊張，脖子就是一塊梆梆響的硬石頭。我咬著牙，沒有一個人的手能讓我放鬆下來。

蝴蝶不再叫，她確實也不能再叫了，牀的旁邊就是醫生的桌子，桌子旁邊就是更多的病人。其實那不是牀，我不知道它叫甚麼，它是木頭的，鋪著不算白的白色牀單，還有枕頭，枕頭上印著紅字——中醫院，如果把它翻過來，仍然是那三個字——中醫院，其實那也不是牀單和枕頭，我不知道它叫甚麼。總之，人躺在上面，即使只有一分鐘，它就是牀。如果你指望你躺著的這張牀在另一個小房間，或者牀的周圍能夠圍一圈布簾子，那就不是中醫院了，那是洗頭房。

我坐在木頭的方凳上，凳腿是綠色的。我離那些病人們更近，他們都站著，看著我。醫生在我的後面，我看不到他，我看他的桌子，桌上很空，一個小木板上有一根刺，用來戳掛號紙的，很顯然，上面沒戳著幾張，而且肯定還有昨天的前天的。病歷翻開著，嶄新的病歷本，一個字都沒有。每次去醫院我都買一本新病歷，每次我得都為那本只寫一頁的新病歷本付三塊錢。

躺在牀上的蝴蝶笑了一下，她讓我覺得她的腰或者尾椎骨沒有那麼痛了。

我說你在曬你的幸福嗎？我說你有這麼幸福嗎？

這是幸福嗎？蝴蝶說，如果你知道有人跟我曬的甚麼樣的幸福。

甚麼幸福？

問題出在女人，是女人認為那是幸福。蝴蝶說，

甚麼幸福？

前天我們幾個同事一起吃飯，一圈中年婦女，如果一個女人說她男人幫她洗碗就是幸福，另外一個女人就會給她家裏面的男人加上洗衣服和擦地板。直到一個女人說這些都不足於證明男人愛你們，這個女人就說，他主動戴套，他犧牲了他的快感，為了不讓我有懷孕的危險。

她為甚麼不吃藥呢？或者別的。我說。

現在你也有問題了。蝴蝶說，為甚麼要女人吃藥？女人吃藥不會發胖嗎？

我閉嘴。很顯然我後脖子上的手掌在用力。

難道這不是應該的嗎？男人就應該這樣，這是理所當然的，這還有甚麼可炫耀的。蝴蝶說，蝴蝶說完又響亮地叫了一聲，因為二十分鐘的推拿治療好像結束了。

現在我的頭被一個會移動的長手臂的東西吊住了，如果只看頭而忽略頭下面，你就會看到一個晃來晃去的頭，蝴蝶站在我的旁邊。這就是男人們應該做的，蝴蝶說，為甚麼不呢，甚麼世界。

我是真的有點厭煩了。

如果我沒有看那兩個實習醫生，我就可以假裝他們根本就沒有聽到我們的對話，他們是在假裝，他們的臉都不會紅一下，這些小孩。現在都沒有小孩了。

對於毛毛來說，這一輩子都過完了。她這一輩子都毀在那個男人手裏了。

我是毛毛的親姨媽，我比毛毛大四歲，可是我是姨媽，八〇後的毛毛見面就得叫我姨媽，如果她心情好。如果我活在舊社會而且沒有藥吃，我肯定也做了九〇後的媽。

我是看著毛毛長大的，我上小學的時候毛毛上幼兒園，我上初中了，毛毛還在上小學三年級，我就以一個初中生姨媽的身份給小學生毛毛寫信，我在每一封信裏教導毛毛要好好學習。我是看著毛毛長大的。

毛毛的事兒說起來就是一〇二集的電視連續劇了，所以我不說，我又不是寫電視劇的。總之，對於毛毛來說，這一輩子都過完了。毛毛二十八歲，毛毛的這一輩子都過完了。毛毛是在飛機上認識那個男人的，那個男人坐在她的旁邊，一個半小時，那個男人就毀了毛毛這一輩子。這是毛毛媽說的話，毛毛媽已經失蹤了，那是另外的一部電視連續劇，我不說，我怎麼能說自己親姊妹的事呢，我不幹那種事兒。

毛毛和那個男人，沒有人知道究竟是怎麼回事。之前的毛毛，和一個從小一起長大的百萬富翁同居，只要再過一年，最多一年，等毛毛二十一歲，他們就可以結婚了。是的是的，我們家的毛毛，長相是極好的。我們家的女人，長相都是好的。二十一歲的毛毛，在飛機上遇到了一個男人，這個男人貧窮，低賤，一無是處。是的是的，這是毛毛媽說的話，可是毛毛媽說的話，就是我說的話。這個男人貧窮，低賤，一無是處，可是毛毛愛上了他。

其實孩子也不是景鵬的，我不知道我為甚麼還在這裏說景鵬。毛毛和景鵬早就分手了，可是，如果不是景鵬，毛毛的現在怎麼會是這樣的。

毛毛的長相是好的，可是毛毛甚麼都不會，我們家的女人，好像都是這樣的。我們家的女人，也都會嫁給不對的男人，然後這一輩子都完了。

我一直以為毛毛會是我們家那個唯一嫁對了的女孩，即使毛毛甚麼都不會，只要嫁對了，甚麼都不用想了。

那個和毛毛青梅竹馬的富孩子，叫魏斌，是的，魏斌，現在一說起他的名字，我耳朵旁邊都會響起他的聲音，特別溫和的，特別懂事的。姨媽你好。魏斌總是這麼叫我，不管心情好還是心情不好，他總是比毛毛還親近。他比我小兩歲，可是他喊起姨媽來，他就真的是小輩了，他低著頭，背也彎著一點點，他的眼睛也誠實地，帶著一點兒笑意的。

我們家的人都喜歡他。

毛毛媽沒有失蹤前，兩個家族是有一點生意上的往來的。不過都說了不能說姊妹的事兒，我就不說了。總之事情不是這麼簡單的，毛毛家的生意在八年前出了那個大事情的時候，魏斌家是拿了一半的錢出來應付的，對於魏斌家來說這是應該的，兒媳婦的事就是自己家的事，因為魏斌是獨生子。可是毛毛拋棄了魏斌以後，魏斌家就得來要回這筆錢，毛毛媽還了錢，然後失蹤了，毛毛就是一個人了，除了我這個姨媽，毛毛就是一個人了。我是不是從來沒有提到一句毛毛的爸爸？不用提了，我的話真是有點太多了。

魏斌時時回來找毛毛，我是知道的。有時候我們會一起吃頓飯，毛毛還是會拉著他的手，叫他親愛的。好像他們之間甚麼都沒有發生過，好像魏斌從來就沒有把她和景鵬捉奸在牀。我只是笑不出來，真的笑不出來。

每一次魏斌都會告訴我和毛毛，他們家又給他找了新的女朋友，有時候我們一起看那些女孩子的照片，一起笑。那些女孩子，都是比毛毛學歷高的，比毛毛漂亮的，比毛毛年輕的，家裏都有錢，一次比一次好。

魏斌只有在毛毛去洗手間的時候才會飛快地告訴我，那些女孩子都問他要新車，要包包，要鑽石。魏斌說我又不傻，我幹嘛要那些愛錢的女孩子。

魏斌就笑著說，毛毛在這上面就是傻的，毛毛不認識錢，毛毛過得稀裏糊塗的。

毛毛就笑著走過來，一屁股坐下來，摟著魏斌的脖子叫他親愛的。魏斌總在離開的時候給她錢，有時候多有時候少。多了少了毛毛都會全部用光，魏斌是這麼說的，魏斌笑嘻嘻的，我看不出來，這個男人，在看到毛毛和景鵬在牀上的時候，會淚流滿面。

魏斌走了以後毛毛就說，我又不愛他，一點兒也不愛。

蝴蝶是一個非常兇的女人，別人都這麼說。我的和我一起長大的朋友蝴蝶，她以前不兇的，她是最溫和的女人。她結婚以後，她真的兇了。

我們在看電影前吃肯德基，他們少了我們一袋薯條，她去要回來，他們說對不起，他們還賠給她兩杯冰淇淋，我們看完了電影去拍照，照片不好，她把老板叫出來，已經付出去的錢，她要回來。在我們的青春期，這樣的事情時時發生，可是我們只能逆來順受，我們是在吃虧，我們吃了很多年虧，我們終於不用再吃虧了。蝴蝶真的越來越兇了，也許是結婚讓她變得兇。

蝴蝶對電影也挑剔，如果電影票是我買的，電影又不好看，她就會罵我，她會說我浪費了她的時間。我的蝴蝶，我的陪伴著我一起長大的蝴蝶。我的印滿了我們青春期印記的蝴蝶，一定是男人改變了她，可是她的男人都怕她，如果她的男人再一次跟我提起如何積攢信用卡的積分，蝴蝶就會直截了當地讓他一邊兒去。沒見過你這種婆媽的男人，蝴蝶眼珠子一瞪，兇惡地說。我還記得他們談戀愛的時候，她的男人打電話來，她的男人在電話裏跟我說，你是蝴蝶最好的好朋友，你帶著我們家蝴蝶好好玩啊，她特別小，特別不懂事，又特別善良，你們要做最好的朋友啊。那一個瞬間，我和蝴蝶都是笑彎了腰的。可是他們結婚了，蝴蝶說，你給我一邊兒去。

蝴蝶不是兇了，蝴蝶是變成女人了，我們的女孩子的日子，結束了。

魏斌對毛毛說，我原諒你。我們重新開始，只要你跟那個男人不再往來。可是毛毛拋棄了他。毛毛跟著那個名字叫做景鵬的男人去了隔壁的城市。

其實他們並不需要離開，沒有人要他們離開，魏斌沒有給他們壓力，我們也沒有給他們壓力，可是他們離開了。景鵬找到一份還不錯的工作，一個月一千八百塊錢，毛毛還是甚麼都不會，但是至少毛毛在學做飯和洗衣服，如果毛毛連這個都學不會，她跟景鵬就得過真正的窮日子了。

他們租了一個舊房子，房子裏甚麼都沒有。我們家的一些在那個城市裏有點生意的親戚就給她送去一些家用電器，洗衣機，電冰箱，空調，電腦，後來景鵬和毛毛分手的時候，這些電器都被砸碎了，毛毛帶不走那些東西，我們家的人也不在乎那些東西，但是沒有人想把一分錢留給景鵬，他們就砸碎了它們。

房租是七百元，很快他們就覺得他們是負擔不起房租了，他們兩個都要上網，只有一臺電腦，白天是毛毛的，晚上是景鵬的，晚上毛毛也想上網，就把景鵬趕到外面的網吧去上網，再加上毛毛不會做飯，他們就得在外面吃，他們很快就沒有一分錢了。景鵬每個月十五號發工資，那一天，他們兩個就吃得特別好，毛毛還會給自己買新鞋子，是的是的，我剛才一定是忘了說了，毛毛有鞋子癮，毛毛喜歡買鞋子，毛毛的房間裏全部是鞋子。過了十六號，他們就一貧如洗，連當月的房租都交不起。

景鵬把房間分租給了他的同學，景鵬的那些同學都是很奇怪的，他們有時候是兩個，有時候是四個，有時候他們住在那兒，有時候他們消失了，不見了。那個時候毛毛已經學會了做飯，毛毛給所有的人做飯，晚飯後他們會打牌，毛毛不會，毛毛在這一點上是非常奇怪的，毛毛不會打牌，學也學不會，即使景鵬罵她笨，她也學不會。他們打牌，毛毛就在旁邊看，毛毛一邊看，一邊甜蜜地笑，毛毛的笑全部是給景鵬的。可是，這樣的日子能有多久。

景鵬讓毛毛出去找工作，毛毛去了。毛毛活了二十二年，毛毛沒有幹過一天活，可是毛毛去了。毛毛的長相好，我說過。毛毛長得好，找工作就不難，毛毛的第一份工作是售樓小姐，可是她只幹了一天，她的第二份工作是售車小姐，她怎麼總是在賣東西呢？除了賣東西，好像她都幹不了別的了。售車是她幹得最長久的一件事情，她肯定幹了不止一天。

景鵬開始加班，每天都加班，加到過了凌晨景鵬就睡在公司了，毛毛開始看不到景鵬，一天又一天。

景鵬也回來，不加班的時候景鵬就回來，叫了人打牌。他們的同屋換了好幾批，連他們自己也搞不清楚了，可是沒有一個人給錢，他們都是窮人，一個比一個窮。

景鵬的同學來玩的時候，毛毛是不可以說話的。景鵬說的，你不開口還好，一張嘴就不行了，你沒文化。我們談的，你都不懂。你還是不要說話了，你會讓我在我的同學面前抬不起頭的。我的臉面都給你丟盡了。

毛毛就不說話了，毛毛沉默地笑著，笑都給景鵬。

你不覺得我們根本就是兩個世界的人嗎。景鵬說，我是大學生，你不過是個中專生，你說我們有甚麼共同語言？

他們唯一的共同語言只有在牀上。景鵬和毛毛分手以後，還時時回來找她，他們一般是以互相指責開頭，然後做愛，做完愛他們不會更愛對方一點，他們繼續互相指責，直到景鵬趕不上回去的火車。

他們都會回去找毛毛，毛毛的那些男人們。這一點我們家的女人又是不同的，我就不能和男人們這麼友好。我和所有好過的男人們都是仇人，很多時候那種仇恨強烈得讓他們忘記了真相，那些男人們有的忘了跟我上過牀，有的忘了我的名字，有的誇大了他的痛苦，把我沒有幹過的事情說成是我幹的，然後他就可以成為一個真正的受害者。

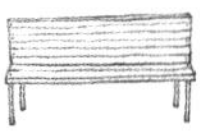

我為甚麼要跟你結婚呢？景鵬說，毛毛你都沒有工作，你沒錢，沒文化，毛毛你甚麼都沒有，我不和你結婚。

毛毛說可是你說過要跟我結婚的。

景鵬就說，牀上說的話也要負責任嗎？我還說過把命都給你呢。

毛毛開始哭的時候景鵬又過來安慰她，景鵬說他其實還是愛毛毛的，他只是不和她結婚。他們還是可以做愛，於是他們做愛，除了做愛，他們確實也沒有甚麼別的可做的了。

我打電話給那個陪毛毛去醫院的女孩子，她是毛毛小學裏就要好的同學。毛毛甚麼都不說，我只好打電話給她，我說是不是手術有問題。

毛毛的女同學說她甚麼都不知道，她只是陪著她去。

我說三分鐘？

她說甚麼三分鐘，三個鐘頭都不止，我上班都遲到了。

我說你最好把你知道的都告訴我。

阿姨，那個女孩子說，我不知道怎麼說。

我說我在聽。我接受了阿姨的稱呼，過了三十歲，我對甚麼稱呼都不計較了。

阿姨我勸過她了。女孩子說，我叫她不要去的，她偏要去。我說就婦產醫院好了，又專業又便宜，她偏要去那個明星女子醫院，她說這是她自己的身體，一定不能出錯。跟我們談的是一個專家，她給我們兩種選擇，一種是便宜的一種是貴的。你知道的，毛毛肯定是要選貴的那種的，你也知道她的，她就是很愛她自己。可是我們沒有錢，我們沒有帶那麼多錢，我就勸毛毛選便宜的那種，毛毛就在那裏問，會不會有危險？會不會有後遺症？會不會傷害子宮？會不會以後都不能生小孩了？

毛毛問了半個多鐘頭，專家都厭煩了，專家就說，你要做就做，不做就不做。阿姨你知道毛毛的，毛毛就是那種，她一定以為人家是看不起她了，她就賭著那口氣了，毛毛就說她做，毛毛說你以為我沒有錢嗎？我就做你們醫院最貴的。

那個時候我都是在旁邊拉她的，我說五千塊錢，做一個這樣的手術，你才兩個月，你有意思嗎？

毛毛甩掉我的手了。阿姨是真的，毛毛甩掉我的手，毛毛說關你甚麼事兒，又不是你的肚子。

毛毛以前不是這樣的，真的，毛毛以前是特別清醒的人，可是這些年，阿姨你不在的

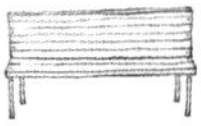

這些年，毛毛生病了，毛毛不正常了。

接下來的事情你們都知道了，毛毛到我這兒來，她看起來一點異常都沒有，她還吃了一片西瓜，她説她要出去玩兒，問我拿點錢。

毛毛這幾年來都是沒有一分錢的，甚至沒有吃飯和洗澡的地方。毛毛回來以後，不能再住到以前住的地方了。她和魏斌的房子，魏斌家拿去賣了，錢平均地分給他們兩個，這一點，魏斌家做得並不難看，房子是魏斌家買的，裝修和家具都是魏斌家的，可是賣了的錢，魏斌和毛毛平分。車魏斌還開著，魏斌一直都不換新車。

毛毛拿到手的錢，全部用光了。毛毛身上不能放錢，我們都知道，給她一百塊她就用掉一百塊，給她一萬塊她就用掉一萬塊，你也可以只給她十塊錢，她就用掉十塊錢，她又不抱怨，就是這麼一個女人。

魏斌時時回來找她，吃頓飯，給她錢，有時多有時少。每隔一段時間魏斌就再次向她求婚，被拒絕以後魏斌就等待下一次，魏斌又不急，他們這些小孩，有的就是時間。景鵬也時時回來找她，景鵬不給她錢，他們做愛，不知道是毛毛得到了，還是景鵬得到了。

景鵬和毛毛分手的那個晚上，很多人都去了，公安局的人也去了，可是景鵬還是挨了一頓揍。人們最後讓毛毛過去補一腳，毛毛走過去，毛毛從沒有那麼恨過一個男人，毛毛就給了那個可恨的男人狠狠的一腳，在那個令她欲死欲仙又令她痛苦的地方。

我們家的人允許毛毛和景鵬在一起，就是接受了景鵬，就是要景鵬給毛毛好日子。可是景鵬辜負了我們。我們家的人，一定是想把景鵬往死裏打的。

說到底，景鵬和毛毛的分手，是一定會發生的，可是我都沒有想到，會來得那麼快，他們倆怎麼就沒有堅持得再久一會兒呢。

毛毛那次回來，直接就來我這兒，她好像也沒有別的地方可去，她有點失魂落魄，我問她怎麼了，她說她剛從景鵬那兒來，她說這次打牌的人換了個女的，是景鵬一個同學的女朋友，她說他們一邊打牌一邊笑景鵬，他們說景鵬找了一個傻逼女人，景鵬就笑著說我就是找了一個傻逼女人我有甚麼辦法呢。

我的血就沖到腦門上來了，我會有高血壓，我老了一定會高血壓，我知道我不能這麼衝，可是不能抑制地，血沖上來了。

我說為甚麼呢？可是為甚麼呢？

沒有甚麼為甚麼。毛毛說，也許我就是一個傻逼女人。

接下來的十分鐘，毛毛把她最近的十個月的生活簡短地給我匯報了一下。那十分鐘，我的行李箱還都堆在門口沒有打開，毛毛總是能在對的時間找到我。

我把毛毛的雜亂無緒的話記錄下來，整理成十個點，每一個點都是景鵬辜負了她，我仔細地讀了讀那些點，我都有點讀不下去了。我説毛毛，這個男人是不想和你結婚還是根本就不想結婚？

毛毛想了一下，毛毛説，景鵬還是要結婚的，景鵬説他要找個富婆結婚，他就可以過上好日子了。

景鵬是在開玩笑？我説，我想起來景鵬的臉，瘦小的，蒼白的，很多痣。

景鵬不開玩笑。毛毛説，這樣的話景鵬説了不止一回，也許景鵬是可以實現的，景鵬的條件不錯，景鵬是大學生，毛毛説。

景鵬是大學生。我説，毛毛如果你讀書上進一點點，十年前就和魏斌一起送去英國念完大學了，你現在來説景鵬是一個大學生。你現在説大學生這三個字特別好笑。

景鵬是自己讀出來的大學生。毛毛説，他不容易，他鄉下出來的。

魏斌容易嗎？我説，如果不是為了你，魏斌好端端的也不出去了？在這兒陪著你打發時間，一年又一年。

我不知道我為甚麼又提起魏斌來了，我們都是喜歡那個孩子的，真的喜歡。可是我們的喜歡有甚麼用，毛毛說她想起魏斌的樣子就惡心，毛毛竟是這麼絕情的女人，魏斌和她十幾年了，突然就惡心了。毛毛甚至不願意和魏斌生孩子，他們在一起的日子，她竟也真的沒有孩子。

毛毛說她是想生小孩的，毛毛說她的小孩一定不要是魏斌的樣子，毛毛說應該是景鵬的樣子。可是景鵬被我拖累了，毛毛說，如果不是要帶著我，他就能再讀點書，考研，念完碩士，博士，找一個更好的工作，興許去美國。

你還是和景鵬分手吧，我直接地說。

為甚麼？毛毛說，為甚麼要分手。

他又不負責你的後半輩子。我說，如果你自己一個人也能活著，他負責不負責就不要緊了，如果你脫了任何別人就活不了了他就得跟你結婚，負責你。

毛毛看著我。

你媽和你的姨媽我一定不會活得比你久，我們都死了就沒有人負責你了，你得找個丈夫負責你，我說。

毛毛看著我。

不結婚也可以得到負責，我知道。我說，可是如果多一張紙，負責的力量也許更大一點。可是現在，他連負責的可能都不給你。

景鵬挨揍的事情我是三天後才知道的。毛毛從我這兒離開後馬上又回到了景鵬的身邊，和毛毛一起回去的，大概有十六七個人。景鵬和他的同學們還在打牌，這一點我們要感謝動車組，動車快起來真是比聲音還快。景鵬的同學們臉都白了，尤其是那個女的，他們抖得都抓不住牌了。誰都沒有見過那樣的場面，他們都是窮人，清白的窮人。毛毛放那個女的走了，畢竟她只說了毛毛一次傻逼。剩下的那兩個就不太好過了，他們大概吃了幾個耳光，他們跑到很遠的地方才敢撥 110，可是他們還沒放下電話，公安局的人就過去了。

那十六七個人中的一個回來以後跟我說，景鵬那小子骨頭也是很硬的，就是被打成那樣他也不鬆口，他說他就是不跟毛毛結婚，打死他他也不跟毛毛結婚。

我說他還真有腦子，他只要熬過挨揍的那一個鐘頭，他就可以逃過他的一輩子。

毛毛回來以後一直居無定所，有時候她上我這兒來，我請她吃點甚麼，她吃得很少，話又很多，她總是說重複的話，她讓我的眉頭都皺了起來。有時候我帶她去洗澡，她的乾瘦的身體坦露在我面前的時候，她竟然還是一個女孩子的樣子，她那麼瘦，她竟然也沒有懷上過小孩，即使和她喜歡的人在一起。

我們家的人，也不是沒有一間可以給毛毛棲身的房間，只是我們都對她失望了，我們放棄了她，全部的。我們讓她自生自滅了。就像我們放棄了毛毛媽一樣，也許是毛毛媽自己把自己放棄了。除了她自己，有誰能夠放棄一生傳奇的她呢。

我離開以後，不再聽到毛毛的消息，每次我離開都是兩三年，可是我相信我的毛毛，再過二三十年，她都不會變化。

我們學校出了一點小事情。蝴蝶說，如果不是那個女人死命地拖住我，我不會遲到。

今天看甚麼電影？蝴蝶說。

甚麼電影都沒有了。我說，你遲到了。

現在來跟我說說是甚麼小事情吧。

對你來說也許是大事情，蝴蝶說，你這種女人，你還記得我們二十歲不到的時候，你帶我去你的一個朋友那兒吧，你朋友的朋友也在那兒，他正在告訴你的朋友他女朋友懷孕了，他說他得找個安全又便宜的地方給她墮胎。你說為甚麼，你說為甚麼不生下來。你朋友的朋友就冷淡地望著你，他說這有甚麼？墮胎這種小事情。然後你就站在你朋友的桌子後面，你足足罵了他三分鐘，你說你從來就沒有見過這麼無恥的男人，你說原來男人無恥起來就不是人了。那個時候你還真是沒有見過很多男人，你這個女人，那個時候我們都還是女孩子。你為了一個不認識的懷孕了的女人罵了一個不認識的男人。

這次是誰。我說。

班裏的孩子，蝴蝶說。

我看著蝴蝶，蝴蝶是老師，小學一年級的老師。

不不不，不是那麼複雜的。蝴蝶說，也許並不嚴重。只是一個男小孩把手指頭伸進去了，女小孩出血了，女小孩的媽媽找上了門。我們校長已經打發了她。

如果你將來生的是女兒，你講話的口氣就不是這麼輕描淡寫了，我說。

跟我有甚麼關係嗎？蝴蝶說，那個男小孩把手伸進去的時候我又不在場，我總不能一天到晚盯著那些小孩吧。

好吧好吧，不要這麼看著我好吧，我是有責任，可是要我承擔甚麼樣的責任呢？我能怎麼教育小孩子？總不能給剛剛進校門的小學生上生理衛生課啊？就算我想，學校也是有規定的，我敢給學生普及生理衛生知識嗎我？如果我看到了，我當然會去管，我會說那不好，以後都不準。可是我不是沒看到嘛，都是桌子下面的事情，我又看不到。女小孩也不響，回去以後痛了，出血了，家長再來鬧，還帶上物證，有意思嗎？

你還看我幹嘛，都說了我又沒辦法，這種事情，我第一次碰到，我又沒經驗。校長也沒經驗，可是校長有打發人的經驗。校長說了，首先，根據調查，事情的確是有的，我們也是不願意看到這種事情發生的，而且是發生在我們的學校裏，我們是震驚並且很為之同情的。可是根據詳盡的調查，是你們家女小孩先摸了男小孩的下身的，然後男小孩才摸你家小孩的下身。我們學校自創辦以來就沒有發生過這種事情，我們的學生，也一直是規規矩矩的，是不是你們家長有甚麼行為不小心給小孩看到了，又沒有及時教育引導小孩，就出了這種事。你瞪我幹嘛？我也瞪校長了，我瞪有用嗎？校長是領導。我就說了一句，我說可能是電視，就有可能是看多了電視，現在的電視都有問題的，小孩不好亂看的。我說這麼一句我很對得起她了。

都發炎了啊，那個女人顯然是哭過了。連夜上的急診室，她說。
我和校長都不說話，我又不擔心校長處理我，本來這件事情我就沒負責嘛。
我一個單身女人帶著女兒，女兒還這麼小。那女人突然就泣不成聲了。
慢慢說慢慢說，校長說，情緒不要激動嘛，也不是甚麼大不了的事情。
我要求退學。女人說，出了這樣的事情，孩子怎麼還能留在這兒繼續上學。
完全可以理解。校長說，可以辦理退學。
我要求你們退還全部的學費還有醫藥費。女人說，口氣突然強硬。
校長就不高興了，我們校長是最反感被人敲詐的，而且是被一個女人敲詐。校長就說，都上了大半個學期了，怎麼可能退全額學費？醫藥費我們也是不要負責的，整樁事情我們學校有責任嗎？有嗎？
怎麼可以學費都不退呢？女人急起來，都出了這樣的大事情了。
甚麼樣的事情？校長說，情緒不要過激嘛。我們學校的規定就是這樣的，我也沒有辦法，這是規定。你有意見，我倒是建議你報警，訴諸於法律，由司法部門介入，我們校方配合，一起來處理好這件事情。

學費到底還是給退了。蝴蝶說，三百五十塊錢，從一開始就會退的，畢竟心虛，可是難了一難她，她就提不出更多的別的要求。領導就是領導。

兩杯，謝謝。我往櫃臺後面遞進錢去。蝴蝶你要不要加冰，我說。

我聽到蝴蝶突然很低了的聲音，那是一條嫩黃色的小女童的內褲，很淡的藍色的小碎花，血跡也是很淡的，可是很多，很多很多。其實我根本就抑止不住我的眼淚了。

毛毛肚子裏的孩子是誰的？說起來就像是拍電影了。毛毛以為她是不可能自動懷孕的，就像之前的十幾年一樣，於是她仍然不做甚麼，她不吃藥也沒有安全套，她以為她可以和之前的十幾年一樣，可是她懷孕了。

就是那麼一個一夜情的男人，可是到底也叫得出他的名字，那麼也不算一夜情了。如果是毛毛的說法，就是那個男性好朋友有點醉，有點醉的男性朋友就去敲她的門。那個房間可能是魏斌給毛毛租的，我不在的日子裏，毛毛沒有變化，魏斌也沒有變化。魏斌沒有給毛毛買房子，魏斌只是給毛毛租了個房間，魏斌也不是一次交齊全部的房租，魏斌一個月一個月地交，魏斌越來越有耐心了。毛毛把那個房間弄成一個大垃圾桶，就像從前一樣，毛毛幾乎不收拾，毛毛也睡得著，在垃圾桶裏面。她一分錢都沒有，可是到處都是奢侈品，夏奈爾的包包或者巴寶莉的香水，那些奢侈品全部堆在水泥地上，毛毛說因為房間太小又太爛了，魏斌那個混蛋。

我說還可以啊，有廚房又有廁所。我打開廁所的門，裏面全部是紙箱子，至於廚房，是的是的，都是箱子，箱子裏面全部是衣服和鞋子。

廁所太臭了。毛毛說，我從不去那兒，我用來堆我不要了的東西。

我們家的女人好像都是像的，毛毛從來不去那個廁所，因為臭。我不去廚房，只要出現過一次蟑螂，即使那是一個巨大豪華的大廚房我也不去，我就天天在外邊吃。

按照毛毛的說法，那個男性朋友是因為喝醉了才那麼懇切地，他說來吧寶貝。毛毛說就那麼一次，真的就一次，就有了。

如果是毛毛媽在失蹤前的說法，就是是有這麼一個毛毛的男性朋友，也是十幾年了，他們相識的年份差一點趕上魏斌了。他們可能在景鵬出現之前就做過幾次，魏斌也不是完全不介意，魏斌只是讓他失去了工作，他也可以找別的工作，他只是丟了當時的工作，所以魏斌做事情一直都是不難看的。毛毛立即改正了錯誤，畢竟她也不是那麼愛那個男人，她只能去愛魏斌。在她真正的愛出現之前。

可是如果是毛毛的女同學的說法，毛毛和她的男性朋友其實是親人的關係，他們會一起吃早飯，他們甚至交談。如果他們被迫分開，其實並沒有人強迫他們做這樣的事情，毛毛就會發瘋。實際上毛毛已經發過一次瘋了。

為甚麼要跟你的親人一樣的男性朋友做呢？我說。你只能得到一個男人，最多也就是一個做得好一點點的男人。可是如果讓他繼續做你的朋友，你得到的更多。你得到父親，得到兄弟，得到幫助和支持，友情，這樣的友情絕對是真的，比愛情還真。

是的是的，男人，所有跟你做過的男人都毀了你，可是男性朋友，你們跨過了那道坎，你們就升級了，你們是朋友了。

我又不想的，毛毛說，我拒絕他了。

你拒絕他了？我說，你怎麼有了？

兩個星期以後毛毛的女同學打電話給我，她說她和毛毛正要去毛毛做手術的醫院，因為毛毛的情況越來越壞了，這些天來，毛毛天天掛鹽水，天天吃消炎藥，可是情況越來越壞。我說毛毛呢？讓她來跟我講。女孩子停了一下，女孩子說，阿姨你來吧，毛毛已經崩潰了。

我用最快的速度到達醫院，可是毛毛不在那兒，毛毛的女同學站在大廳。這是奇怪的事情，這個醫院就像是一個酒店，醫院的一樓是大廳，櫃臺後面坐著穿制服的年輕小姐，我向她走過去的時候，我就好像要去 CHECK IN 一樣。

毛毛去找他們了。毛毛的女同學說，毛毛去了二樓和三樓，三樓和四樓，又回到二樓，可是找不到一個人。

我走到櫃臺前面，我說，請問院長辦公室在幾樓？

那個導醫最多二十歲，可是她老練地瞪著我。

是醫療事故！我的聲音大起來，到底是幾樓?!我像一個女人那麼兇，我是一個女人了，女人都是兇的。

她慌張地站了起來，她說四樓，可是她馬上又後悔了。她說院長不在。

我離開櫃臺向我看到的最近的樓梯走過去，如果我們的動作不夠快，那個院長可能真的不在了。

大廳裏的女人們都看著我們，我也看了一眼她們，她們都白裏透紅得正常，看起來似乎沒有一個人需要看婦科病，整容，或者人流。

我們在三樓的拐角碰到了毛毛，她的臉蒼白，額上都是汗珠。我沒有說一句話，我往四樓走上去，飛快地，毛毛跟在我的後面，我沒有聽到她高跟鞋的聲音，她居然穿了一雙平底鞋，我已經了很多年沒有看到毛毛穿平底鞋了，我的毛毛，她真的以為她就是一個沒有坐好月子的產婦了。我開始冒冷汗，這些該死的樓梯，一定是有電梯的，可是他們把它藏起來了，我們為了堵住那個可能老奸巨滑可能通情達理的院長，只有爬樓梯。

四樓的辦公室多得出人意料，我一個辦公室一個辦公室看過去，裏面的人都抬頭看我，我是真的不明白這個小小的醫院怎麼需要這麼多辦公室。

一個戴著粉紅色護士帽的中年婦女走出來，怎麼回事怎麼回事？

我稱呼她中年婦女，和我一樣，可是她最值得這個稱呼，她肯定有四十五歲了，女人做中年婦女的時間還真的是很長很長，從三十歲到四十五歲，女人都是中年婦女。四十六歲，女人開始更年期，更年期持續一年，或者兩年，女人就正式進入了老年。

戴粉紅護士帽的中年婦女把我們帶進一個會議室。在這兒等，她說，不太客氣地。十分鐘以後，我決定重新檢查那些辦公室，我甚至已經走到了走廊裏，她拿著一張紙和一支筆走過來了。

哪一個？她打量著我們三個女人。

我們三個女人肯定是互相看了一眼，可是我們不知道怎麼開始，哪一個？

事情是這樣的，毛毛的女同學說。中年婦女坐下來，開始記錄，我們三個站在她的對面，奇怪的事情，現在這個醫院又不像酒店了，我們好像站在派出所裏面。

我拉開她對面的椅子，坐下來，我是真的有點累了。毛毛和女同學也都拉椅子，坐下，中年婦女銳利地看了我們一眼。

是這樣的。毛毛的女同學看著毛毛，說，那天她來做手術。

為甚麼不讓病人自己說呢？中年婦女打斷了她。

病人自己說不清楚。我說。

中年婦女埋著頭，寫下了一句，我敢肯定她寫的不是我剛才的那一句。

姓名，性別，年齡，職業，住址。她抬起頭，說，還有病歷，如果有的話。

毛毛被檢查的那十分鐘，我和毛毛的女同學都等在門口。

那個給毛毛做手術的主任醫生跑了。毛毛的女同學突然說，我們進門才五分鐘，我就看見她出去了，她假裝不認識我們。

我安靜地看我的指甲，我決定這件事情告一段落我就去做我的指甲。

她說她用的是全國最好的儀器，用來做這麼小的小手術。毛毛的女同學說，可是手術中間她跑出來，她讓我去交麻醉藥的錢，幸好那天我身上還帶了三百塊錢，我去交了錢，單子交給她，又過了兩個小時，毛毛才出來。

我掏出錢包，拿出三百塊錢，我說謝謝你啊小蘇。毛毛的女同學說，阿姨我不是這個意思，不是錢，我們在手術前已經交過麻藥錢了，我不知道為甚麼還要補更多的麻藥。她讓我去交錢，她等在那兒。

因為這個病人對痛覺太敏感了。這是醫院的解釋，她需要比別人更多的麻藥。

手術後醫生沒有給病人消炎藥聽起來確實也是醫生的過錯，這一點我們是要調查的，但是我們為甚麼又在病歷上發現了有消炎藥的記錄呢。中年婦女很厲害的眼神掃過來。

是有消炎藥的，就那麼一次。毛毛的女同學說，手術做完，消炎藥就放到鹽水瓶裏，毛毛掛完了鹽水才回家的，那天我一直陪著的。我們想再找那個醫生的，我們想問問是不是有甚麼要注意的地方，是不是不能洗澡，是不是要繼續吃消炎藥，是不是有甚麼食物是不可以吃的，可是醫生下班了，手術後她再也沒有一句話，她甚麼都不跟我們說。我們就回家了。毛毛躺在牀上三天，一直流血，深紫的血，還有血塊，我們打過電話來的，我們打了不止一個，我們覺得她不願意接我們的電話，她接了她就說那是正常的，非常正常，到第四天毛毛就昏迷了，我們就去了婦產醫院，婦產醫院的醫生說毛毛已經腹腔感染了。

是的，是腹腔炎，可是手術做得非常乾淨。中年婦女肯定地說，這也是我們剛才的檢查結果。

如果手術很乾淨，為甚麼會是腹腔炎呢。我說。

因為你不懂，中年婦女說，這與病人的體質有關，而且，她怎麼就不知道她自己也要做點事情呢，她要繼續吃消炎藥，她要洗她自己。

因為我們不懂。毛毛的女同學說，而且毛毛的體質非常好，從小到大她就沒有生過病。

你們不懂。中年婦女很快地笑了一下，我們認為這個病人做了不止一次人流手術。

那不是真的。毛毛的女同學說，如果我們懂，我們為甚麼還在做錯誤的事情，我們為甚麼要害我們自己。

中年婦女又笑了一下，很顯然，她不會回答這種問題。

才兩個月，為甚麼要做這麼複雜的手術？毛毛的女同學又說，為甚麼給我們選擇？一百塊和五千塊的選擇？可是你們的每一句話都是一百塊不好一百塊不好，你們必須選五千塊的，五千塊有多好？好得讓你看起來你根本就沒有懷過孕。

你們也可以選一百塊。中年婦女說，這完全是你自己選擇的，有人強迫你們嗎？

可是聽起來像是有人在引導她們。我說，難道不是按照病人的實際情況決定甚麼樣的手術最合適嗎？

因為有的人付得起有的人付不起。中年婦女說，三十多歲的成年人了，應該為自己的選擇及其行為負責任。

二十八歲。毛毛的女同學說。

甚麼行為？我說，你好像根本就沒有回答我的問題。

毛毛從裏面出來，她繫好了她的衣帶，她好像沒有聽到一句話，她居然笑著，她說他們怎麼說？他們要補償我嗎？充滿了希望地。

不管她懂還是不懂，她付了錢，接受你們的治療，她就是你們的病人，做完了手術她仍然是你們的病人。我說，術後的觀察，注意事項，不是醫生的職責嗎？應該是所有醫生的職責。你們的醫生為甚麼不願意多說一句話，不願意多開一張處方，接到病人的電話以後，為甚麼不願意多想一分鐘。手術做完了，就完了？

話也不是這麼說的。中年婦女說，醫生的態度問題那是另外一回事兒，而且她也不在，等她回來我們會調查的。

我五千塊的手術也做了，消炎藥的一百塊我會付不起？毛毛突然說，為甚麼不給我藥？我有了藥我就不會腹腔炎了，我有了藥我就不會永遠不能生小孩了。

誰說的你不能再生小孩了？婦產醫院的醫生嗎？中年婦女說。

是腹腔炎啊！毛毛說，我以後很難再懷孕了。

是很難不是不能。中年婦女說，你可能從來不仔細聽醫生們的話。

我要求見你們的院長，我說。

院長不在。很幹脆的回答。

如果不是毛毛的尖叫聲驚動了四樓辦公室裏所有的人，我們可能真的見不到院長了，可是毛毛突然叫起來，毛毛像是完全不能控制自己了。

夠了，毛毛，你不要再叫了，你就像是一個神經病一樣，我說。

可是院長奇跡地出現了。我們得以奇跡地進入院長辦公室，就像所有電影裏的院長一樣，這位院長肥胖又禿頭，可是眉毛下的眼睛炯炯有神。

請坐吧，院長說。病人是哪一位？

我們再一次把手指指向坐在中間的毛毛，那樣的動作讓我很難過。我是病人的同學，毛毛的女同學說。院長說嗯。我是病人的姨媽，我說。院長抬起頭看了我一眼，緩和氣氛地笑了一下，說，姨媽很年輕嘛。沒有人笑。

現在把事情的經過給我簡單地講一遍吧。院長收斂了笑容，嚴肅地說。

我不能再生小孩了！毛毛突然站了起來，發出了比剛才更響的聲音。

閉嘴。我說，你現在表現得就像一個真正的神經病了。

嘿，你怎麼可以這樣呢？院長大聲地責備我，你有做姨媽的樣子嗎？病人遭受了這樣大的痛苦，你們應該給予耐心和愛心。你們要做的就是儘管開解病人的心結，排解病人的憂患。你們怎麼還去刺激她呢？

我不知道說甚麼好，如果我看得到自己的樣子，我肯定是愧疚並且目瞪口呆的。

王副主任已經向我做了匯報，我也粗略地了解了一下，那位給你們做手術的醫生是本院最好的醫生之一，去年還被評為我們系統的先進工作者。院長停下來，喝了一口茶，說，這位醫生做過了很多例這樣的手術，可以說，她在工作上是非常的謹慎認真的，從來就沒有出現過你們這樣的情況。

你們真是太無恥了！受到了刺激的毛毛咆哮起來。

如果你們是來吵架的，很抱歉，我不能和你們說話了，院長冷靜地說。

毛毛不說話了，毛毛不知所措地站在那兒，毛毛看了我一眼。

嗯，我們要拿出一個解決問題的態度出來。院長說，重新翻開了他的筆記本，請坐吧，這就對了。

你是做甚麼的？院長突然問。毛毛驚慌的眼睛又看過來。

因為出了這樣的事情，她只能每天躺在牀上，她不能上班，我說。我知道我撒謊了，可是我只能這麼說。

那麼之前呢？院長有點笑的老練的眼睛看著我，之前她做甚麼呢？

她，售樓，或者售車，我說。我竟有些語無倫次，可是我為甚麼要語無倫次，因為我在撒謊嗎？

院長終於停止了這樣的提問，他也只問了這麼一個問題。

可是他讓我覺得恥辱，可是我竟然說不出甚麼話來，我竟然說甚麼都不對了，我說甚麼都挽回不了了，我就這樣，和毛毛一起，做了一回沒有說出來的妓女。

好了，你們到底想怎麼樣？院長直截了當地說。

我們只是要求你們把病人的病看好。我說，如果你以為我們是為了錢來找你的，你錯了。

她還要結婚的，她未婚夫要和她結婚的，是的，她有未婚夫，她還要生小孩。我說，她比誰都想生小孩。我不知道為甚麼我不敢去看毛毛的眼睛。可是我為甚麼要講這些話，我講這些話不是在扇自己的耳光嗎？我說甚麼都板不回這一局了。毛毛做了這個手術，毛毛從一開始就輸了。

就像我小時候看過的一個武俠電影，電影的開頭是一個女人在大雨中被強暴，俠客出現了，一刀結果了強盜，我以為接下來，這個救美的英雄應該得到一點感恩了，興許他們就可以開始戀愛了，電影就是這麼開始的。

可是這個俠客一刀過去，把那個女人也結果了，然後他面對著鏡頭凜然地說，我真不明白你被強奸了你怎麼還活得下去，我殺了你，為了你的貞操。那個女人的臉就由死不瞑目突然變得恍然大悟，然後她倒下去，像一攤爛泥一樣。

如果我們老師要小學生的我為這一段寫中心意思，我就會寫，這裏刻畫了一個勇敢，正義，武功高強的英雄形象，體現了他崇高，又有點無情的精神品質。

是的是的，女人被強奸了，儘管不是她的錯，可是誰又能夠肯定不是她的錯呢？被強奸的女人，當然就不配活下去了。

就像剛才毛毛被檢查的時候她發出了聲音，她說她疼，那個被叫過來檢查她的值班醫生就會說，你疼？你做的時候怎麼不想到有一天你會疼呢？那位醫生一定是女性，那位女醫生一定是每天被這些疼的女人折磨，她們折磨得她都不像一個女人了，她會說，連你們自己都不愛自己，我還有甚麼可說的，我又不要為你們的疼負責任。說到底，這些疼的女人都是自找的。

如果你愛你的男人，你會為他做甚麼？買一件名牌衫衣，還是給他做一頓好吃的？你允許他不用安全套，事先你會吃藥，或者事後，你排算好了日期，他就不用穿甚麼了，他有了快感，你就是愛他了？可是你要付出甚麼。如果排算和藥都是這麼有用的話，為甚麼你們還是在懷孕。

如果你愛你的女人，你叮囑她吃藥，甚至你用了安全套，你就是對她好了？你簡直是在做施捨的事情，你說我竟是這麼愛你，你說我愛你我就不只顧自己了，那是嫖客不是丈夫，既然愛你，就要負責你，你就做了一個最大最大的犧牲，你就是最好的好男人了。

你理直氣壯地說，我沒有安全套，我為了你，你還是說一些話來感謝我吧。

請你們把她的炎症治好。我說，唯一的要求。

你說完了？院長說，現在聽我說，你們誰都不要再說了。

可是，毛毛的女同學說。

我說了你們誰都不要再說了。院長加重了他的口氣，甚至啪的一下關掉了他的筆記本。

要消炎。院長說，我會派給你們另外一個專家醫師，很顯然你們對給你們做手術的醫師已經產生成見了。

今天太晚了，明天吧。院長接著說，請你們明天再來，嗯，明天上午我有個會，很重要的會，下午吧，下午的這個時候。

院長就站了起來，看起來他說完了。

今天不晚。我說，至少今天你們應該做點甚麼，我不認為我們應該再拖一個晚上了，病人的每一個晚上都很痛苦。

你一定不理解那種痛苦。我也站起來，現在我可以俯視院長的腦門了，電影裏的院長都一樣，肥胖，禿頭並且矮。院長你有沒有發現你一直在說你們，你們做手術，你們發炎了，你們不滿意，你們想吵架……可是我們是我，她還有她。我們不是你們。

院長辦公室的門合上的那個瞬間毛毛的女同學說我們應該得到院長的電話號碼。為甚麼？我說，這是很明顯的事情，他不會給你。

然後我重新敲開辦公室的門，我說院長，麻煩您給下您的電話號碼，實際上我們有點擔心您手底下的工作人員辦事有差錯，我們好給您電話。

院長就笑著說，不會的啦。院長甚至繞過了巨大的辦公桌走到門口，院長親切地拍了拍我的肩膀，院長說，我就在這裏，難道你們不相信一個院長？

門重新合上了。

誰來負擔治療的錢？毛毛突然問，會是他們嗎？

很抱歉毛毛。我說，他們不會負擔的。

那麼我們為甚麼還要在這裏？這個把我做壞了的地方，我有錢的話我為甚麼不去婦產醫院治呢，毛毛說。

我和毛毛的女同學沉默了一下。是的，是這樣的，我們為甚麼還要在這裏？我們今天所做的一切都沒有道理。

但是至少我們為你爭取了一次檢查和一瓶消炎藥水。

我們都站在大廳裏，從四樓下來，我們找到了電梯。大廳裏已經沒有一個人了，女人們可能都去了大廳旁邊的房間，透明的門，可以看到她們都在掛鹽水，那麼多的女人需要掛鹽水。

掛一瓶鹽水可能需要四十分鐘。毛毛的女同學說她必須走了，她說上一次她就是請了假陪毛毛來的，她說她不能再請假了，她要工作。

我說我也要走了。我們一起朝房間裏的毛毛揮揮手，毛毛還坐在那兒等待，過幾分鐘會有一個好醫生按照院長的吩咐過來給她扎上針，吊上鹽水。毛毛也朝我們揮揮手。

站在女子醫院門前的臺階上，我停了下來，我說我們好像把她扔掉了。

也許是這樣，我放棄毛毛了。毛毛的女同學說，我對她絕望了。我還沒到家我就接到了毛毛的電話，毛毛的聲音像炸開來一樣，這些騙子，這些無恥的騙子，他們居然問我收消炎藥的錢，他們說沒有看到交錢的單子他們是不會給我吊鹽水的，他們說他們的院長從來就沒有給任何一個人免過單。

我疲倦地聽完，我說你又上去找院長了？

去了。毛毛說，院長不在。

你回家吧，我說。明天一早去婦產醫院掛鹽水。

為甚麼？毛毛說，明天不是還有一個專家醫師要看我嗎？

閉嘴，我說。毛毛你還不明白嗎？他們是騙子，就往你不想去想的方向想吧，他們是騙子。

他們連一瓶消炎藥水的可能都不給你。

毛毛第一次見到景鵬的父母，是在景鵬挨打的第二天，那雙農村的父母，他們並不是景鵬所說的那樣不願意見到毛毛，甚至在過春節的時候也不要毛毛上他們家去丟人現眼的父母，他們瞪著毛毛，好像第一次知道這個世界上還有毛毛一樣，於是他們在景鵬嘴裏的善良和淳樸可能也要打點折扣了。景鵬的農民父親挺直著腰，說，我們家在公安局也是有熟人的。

談判可能持續了一個鐘頭，兩個鐘頭。景鵬和毛毛等在車裏，時間有點長，於是他們又做了一次愛，他們再也沒有做過那麼好的愛。看起來毛毛的那一腳並沒有對景鵬的要害產生致命的傷害。

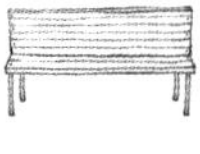

十五，生病

我在菜場看到珍珠的時候，她正蹲在一個小孩的旁邊，那個小孩牽了一條狗。

珍珠說，小朋友，你怎麼養了隻猴子呀。

小孩翻白眼，阿姨，這不是猴子，這是沙皮狗。

珍珠笑嘻嘻地說，小朋友，你的沙皮狗真難看呀，難看得就像一隻猴子一樣。

小孩說阿姨你聰明嗎？

珍珠說我當然聰明，我很聰明。

小孩說，草原上來了一群羊，猜一種水果呀。

珍珠側著頭想，想不出來。

小孩說就是草莓呀。

珍珠掛不住，想抽身。小孩左手牽狗，右手拉住她的衣角，阿姨別走，再給你猜一種水果，草原上來了一群狼，你猜是甚麼？

珍珠甩他的手，沒甩開。

小孩說就是楊梅嘛。

珍珠氣呼呼，去去去，甚麼草莓楊梅，姐姐忙得很，沒空跟你玩。

珍珠穿著拖鞋，蓬著頭髮，手裏抓一把蔥，像新婚的家庭婦女，鍋都焦了才發現沒有蔥，於是出來買蔥。

我走過去說，草原上要是來了老虎是甚麼水果？

小孩瞪我。

珍珠轉身，說，哎，你回來啦。

小孩說我不知道。珍珠就笑了。

小孩說，阿姨，你笑起來的時候好多皺紋。

阿甚麼姨，還皺紋。珍珠說，哎，誰家的小孩啊。

賣菜的買菜的都抬了頭，望著她。

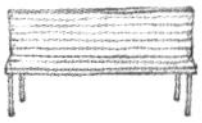

回家。我一把拖住珍珠，說，每次見你第一面都好像排話劇。是甚麼水果？珍珠在路上問我。

你說現在的小孩，都是人精，皺紋兩個字就刺到你。珍珠一邊燒水，一邊說，咖啡？不要咖啡。我說，每一杯咖啡對我來說都是折磨，茶，綠茶。珍珠說現在的人都喜歡咖啡了，誰還喝茶誰就土。就讓我土吧，我說。我們那時候，珍珠說，哎，過去了那麼久，好像還在昨天。有多久，也不過一年，我說。珍珠說，你過得怎麼樣。還好，我說。還記得中二分班前坐你旁邊那個小甜甜嗎？珍珠說，特別作怪的那個，你肯定記得。不記得了，我說。喝茶。她呀，上個禮拜在菜場看到了我，轉身就同學會說去了，說我找的甚麼富豪男友呀，做了少奶奶的，還要去菜場買菜。

我說是啊，你怎麼要自己去菜場買菜。

買菜很難嗎？珍珠氣憤，我喜歡自己買菜。

我買菜挺難的。我說，要搭別人的車，不好意思搭就沒有菜，走路十五分鐘去麥當勞吃九毛九的漢堡，難吧我。

珍珠驚訝地望著我，你說你還好。

我還在麥當勞門口被人要了十塊錢呢，他說他也要吃漢堡。我說，我以後都不去麥當勞了，沒菜就餓著。

你比我難，珍珠說。

還好。我說，你怎麼家徒四壁了啊，這才一年。

跟男朋友分手了，珍珠說。

怎麼回事？

就那麼回事，珍珠說。

你不告訴我一聲的？

告訴你有用嗎，你養我？通個電話回聲還有兩秒。你又不會回來了。

我回來了。我說，你不接我電話，我只好自己走過來。

沒臉見你。珍珠說，我這個樣子，沒臉。我又沒錢，我又沒有男朋友，我甚麼都沒有。

你要找份工作。

吃不了苦，珍珠說。

我看著她。

從德國回來他就不要我了。珍珠說，他家裏的人，都是有頭有臉的，都是要在上流社會活動的。

甚麼是上流社會？我說。

他又是長子，將來要繼承的。他家裏人對我也還好，帶我買東西啊，帶我玩啊，他們說結婚前做一個全身檢查啊。

你做了？我說。

珍珠哭出來，你要我死給你看嗎？我死了就有臉了？

我看著她。

我看著她鬧，披頭散髮倒到沙發上，眼神呆滯，盯住茶几，上面放著剛買的蔥，已經不新鮮了。

他們說你要學會德語，珍珠說。

他們說你吃得太多了。

他們說你要學會吃飯的規矩，說話的規矩，走路的規矩。

他們說沒品味怎麼在酒會裏見人。

他們說這個婚不要結了。

你要接我的電話。我說，我養你。

我說完，馬上就後悔了，要是珍珠真跟了我，我怎麼辦。

回家已經凌晨，我和珍珠談了一個晚上，我給到的建議只能是，再找個別的有錢人，不能再是德籍華人了。

我爸媽還在看電視，我不用手機，所以我比以前更不安全。我回家了以後，我媽給我爸發了一個短消息，說她去睡覺了。她就去睡覺了。

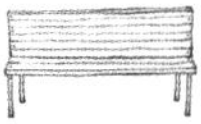

我不會發短消息，我坐下來跟我爸一起看電視，電視裏的臉我一個都不認得。

誰呀？我說。

陸毅，我爸說。

陸毅誰呀。

現在很紅的，我爸說。我爸說完就去睡覺了。

我換了一個頻道，看到一個女作家說我呀，忙得要命，一天到晚行走，不行走，我就寫不了作，不寫作我就睡覺吧，可要是睡了個覺，一個夢都沒有，你說，我這覺不是白睡了嗎。

我就關了電視去上網。網速極慢，等得心死，只好打遊戲。一年錯過了那麼多遊戲，我還在機場就買了十個新遊戲，天天打。

電話鈴響，我慢慢拿起電話。

電話那頭的聲音就跟一年前一樣。

回來還走嗎？電話那頭說。

還走。我說，冰箱裏還有兩磅牛肉。

隔了三個月的肉你還吃啊，電話那頭說。

我說土豆還可以放四個月呢，都不會發芽。

半夜三更，他呼吸的聲音聽得分明。

你的婚結得怎麼樣，我說。

我很清楚地聽到了他說婚姻的真相是非常猙獰的。

我在一夜猙獰又掙扎的夢中醒來，電話鈴在響。

我看著天花板，我要想一下我現在在哪裏。電話鈴響著，響著，我的心跳得越來越快，越來越快，卟通，卟通，卟卟卟卟卟，通都聽不到了，全部都是卟。鈴聲終於停止了。

我媽不高興地敲我的門，接電話，是珍珠。

我拎起了電話。心口痛著。

珍珠。我說，你晚上不睡的啊。

珍珠說現在中午了。

我說哦。

珍珠說我餓了。
我說餓了吃飯啊。
珍珠說我沒錢。
我說哦，我出來，一起吃吧。

我請珍珠吃火鍋，二十四小時自助涮。
你出門的時候整理整理自己好不好。珍珠說，昨天看你就不順眼，穿了個球鞋。
我說你吃，別廢話。
珍珠埋頭吃，汗都出來了。
我看著她，美女，再熱的湯面都壞不了她的美。
感覺好一點了。珍珠放下筷子，一笑，說，現在開始正式吃。
我說好。
金針菇。珍珠說，只要金針菇，涮甚麼都沒有涮金針菇好吃。
我說涮火鍋我內行啊，天天涮。

珍珠說我聽你媽說你剛開始不會做飯，頓頓吃香焦的，吃了好幾噸香蕉。

胡說。我說，我在中國店買到了火鍋，加鹽加蔥段加西紅柿，三餐都有了。想涮甚麼就涮甚麼，涮蘋果，涮芹菜，涮胡蘿蔔，涮茄子。

蘋果好涮嗎，珍珠說。

好涮。我說，醬要配好。

金針菇。珍珠站起來，說，我去拿。

我看著她，綽約的背，還像個小姑娘。旁邊一桌都喝醉了，青天白日，都喝醉了，一個潮紅了臉的黑絲襪女人，高舉了酒杯，一個一個敬過來，不喝，就揪住衣領，硬灌下去，喝采，喧嘩，熱氣騰騰。這才正午，若是半夜，當是群魔亂舞。

珍珠端了一盤金針菇，還有一碗醬，笑嘻嘻走過來。

黑絲襪女人呼地起身，一碗醬全到了我身上。

我媽手織的毛衣，春節沒回家，我媽手織的毛衣寄過來，我穿了回家。全是醬，白芝麻醬，配了香菜蔥花，正往下滴。

黑絲襪看了一眼，頭扭到另一邊。

珍珠說，你撞到我了。

黑絲襪說我撞你怎麼了。

你還叫我賠啊？臉轉回來，一根手指，指到我眼睛裏。

我說不出話。

女人撥開珍珠，旁邊是個冰櫃，開始挖冰淇淋，若無其事。

一年以後的火鍋店，有冰淇淋了。

珍珠放下了金針菇還有醬碗，實際上碗裏也沒有醬了，也往冰櫃走。

停。我說，珍珠，你停下。

珍珠沒有停，珍珠一直走到挖冰淇淋黑絲襪的旁邊，說，你剛才撞到我了，你要說對不起。

黑絲襪第二次撥開珍珠，端著冰淇淋回她的座位。珍珠跟著她。

黑絲襪坐坐好，開始吃冰淇淋。珍珠站在她的旁邊，珍珠說，說對不起。一桌哄堂大笑。

黑絲襪第二次呼地起身，你想怎樣。

她要你說對不起，我說。

你是想我賠你的衣服吧。黑絲襪一揚手，揚到我的眼睛裏，老娘有的就是錢。

你撞到她了。我說，你要說對不起。

哪隻狗眼看到我撞她了。黑絲襪一根手指又伸過來，我撥開她的手指。

哎，你都不是你了啊。珍珠說，你以前會給賤人吃耳光的。

一記耳光，落在珍珠的臉上。

我是賤人？看你們兩個才是小賤人。黑絲襪歇斯底裏，兩個女的出來吃火鍋？真少見呀，勾搭不到男人了吧，沒有男人給你們買單？

我沒有看到珍珠掀桌子，滾熱的鴛鴦火鍋，滾到我的腳底下，已經一塌糊塗。我最後看到的一張臉，是張牙舞爪的黑絲襪女人的臉。

珍珠發了一夜燒，神智不清，醒來在醫院，兩瓶鹽水。

珍珠睜開眼第一句，我可憐吧。

我說還好，上次我發燒，躺牀上兩天兩夜，半夢半醒，沒米沒水，心裏還挺著急，怕自己就此病死了，一個月以後才被發現。
珍珠吃吃地笑。
醫生說你貧血，我說。
我知道。珍珠說，我婚前檢查過了嘛。
沒事的。我說，補補就好了。
你不知道。珍珠說，我的血永遠凝固不起來的，所以我不能生小孩的。
我看著她。
謝謝你啊。珍珠說，我又沒有公費醫療，從小到大創可貼都是問你要。
我也沒有了。我說，我的停薪留職過期了。
哎，你可惜了。珍珠說，你說他們會不會找到我們，要我們賠火鍋店。
不可惜。我說。
砸個火鍋算甚麼，我們那時候還燒過酒吧的，我說。
哎，那個時候，就像昨天一樣。珍珠說，現在的人都不去酒吧了，現在的人去咖啡店，誰還去酒吧誰土。

我笑笑。

找到也不怕，我還回德國去，珍珠望著天，說。

你怎麼回？我說，你買一張機票的錢都沒有。

我沒有說出來，我看著她。我不說話。

珍珠坐在窗臺上曬太陽，曬了一會兒，問我，午飯甚麼時候到。

珍珠不要吃醫院的飯，我給她訂了隔壁小飯館的飯，每天送過來，四菜一湯。

珍珠說我現在落魄了，要樸素了，四菜一湯也可以了。就四菜一湯了。

快了，我說。

牆是白的，牀單是白的，醫生也是白的，乾乾淨淨。珍珠說，我喜歡這兒。

差不多就出院了。我說，病牀緊張的，又是單人病房。

我不就是個病人，珍珠說。

真病人都在過道的擔架牀上躺著，我說。

哎，不要說這個。珍珠說，飯到底甚麼時候到啊，我要餓死了。

每天送飯的小姑娘，十六七歲，高中沒讀完就出來做。送了兩天飯，熟了。我問她還回不回去上學。小姑娘說不回了。

珍珠說，你一個月掙多少錢。

小姑娘說四百。

珍珠說四百還活得下去的？住都沒地方住。

小姑娘說和老鄉合租，每人兩百，水電煤氣都在裏面了。

我說只剩兩百，還要吃的用的。

小姑娘說沒有兩百，每月一百塊錢寄回家。

珍珠說找一個男朋友好了，長得又好。

我看了珍珠一眼，珍珠閉上嘴。

小姑娘說，有男朋友了，村裏人，就是他出來做，我也出來了。

我說兩個人一起，也沒那麼苦了。

小姑娘說是啊，不苦。男朋友就在醫院新大樓的工地上做，甚麼時候帶給姐姐們看看。

我說好啊。

小姑娘送飯來了，哭腫了眼。

珍珠説，跟男朋友分手了？

小姑娘説，我得乳癌了。

你才十七歲，我説。

小姑娘説，健康證體檢，醫生説有塊，要我做超聲波。

你才十七歲，珍珠説。

超聲波幾百塊，我這個月的工資還沒有。小姑娘説，就是工資來了，也不夠。

不一定乳癌的。我説，最多是個腫瘤。

良性的，珍珠説。

小姑娘説也許是癌呢，我也不要出錢去做超聲波，浪費錢，我也算了，活了十七年了，算了。

哎，不要這麼説。珍珠説，你男朋友怎麼説。

男朋友沒有了。小姑娘説，一聽到癌就説分手。

賤人，珍珠説。

我看了珍珠一眼。

同屋不要我付這個月的房租了，還給我一百塊錢，讓我想吃甚麼就買甚麼。小姑娘說，同屋在洗頭店做，錢不容易，我反正要死了，還要她的錢。

我說不一定癌，超聲波要做的。

小姑娘說不做了，沒有錢。

珍珠說，到這間醫院來做，打在我帳上，我跟醫生說一聲。

我看了珍珠一眼。

我跟醫生都熟的。珍珠說，一句話。

珍珠跟醫生熟，住了兩天，上上下下的醫生都熟了。最熟一位男醫生，算是她的主治醫生。

我說珍珠你看上他了？

珍珠說醫生沒錢，又辛苦，還會被病人殺掉。

我說他每天看你的次數比別人多。

你在旁邊數的啊。珍珠說，我是病人啊，我的醫生多來看看我，是盡職。

你找他其實可以。我說，聽說他小時候很窮，窮得吃不上飯，天天餓著肚子去上學，餓著肚子倒也考上醫學院，五年苦讀，畢業，分到門診，又升到病房，年紀輕輕就做了主任。

外頭的小護士說的？珍珠說，護士都喜歡他。

小護士不喜歡你。我說，發個燒就住進來，醫院當療養院。

護士也不喜歡我，倒是客氣，我走過去她們就客客氣氣地散了。我爸打的招呼，單人病房。還是要我爸過來打招呼，我想著下個月就走。

我倒是習慣了不被人喜歡。幼兒園關小黑屋，整個童年沒想通，大了想通了，開後門進的機關幼兒園，那個時代的人都恨開後門。那個時代的開後門就是這個時代的打招呼，甚麼都沒有變，除了人們曾經恨開後門，如今人們習慣了打招呼，蝦有蝦路，蟹有蟹路。

小學沒朋友，因為請同學們打電話給我，同學們沒有電話，不同我玩，珍珠家裏有電話，珍珠同我玩，珍珠爸爸去世，過年過節的魚啊肉啊都沒有了，只有我同珍珠玩，十幾年，唯一的朋友。我不想失去她。

珍珠出去抓了醫生過來，他也正從電梯裏出來。

做一個乳癌的手術要多少錢？珍珠說。

醫生吃驚地望著她。

那個每天送飯來的小姑娘，我說，您也見過幾次的，她今天說她得了乳癌。

醫生說，你要為她付手術費？

她沒那麼好啦。珍珠看了看我，眼睛看住醫生，說，小姑娘才十七，太小了。

你給她查查嘛。珍珠說，她的檢查費我們還出得起的。

好。醫生說，你讓她直接來找我。

醫生走到門口，又回頭。

我以前有個病人。醫生說，下崗工人，每天蹬三輪車去批發市場批點菜，再蹬到菜市場去賣，工人不會做生意，虧本，老婆給一個老板管帳，跟了老板，兩個人離婚，他一個人過，有一天蹬三輪車蹬到一半，昏過去，抬到醫院，查出來癌，回家去等死。他的前妻倒來找我，拿了一點錢出來，說給他治病。我說錢是不夠的。前妻就哭了，說她其實也沒有錢，老板不過玩弄她，很快就把她扔了，她後悔，想復婚，又不敢，只能遠遠看著。這次把所有積蓄都拿出來，給他治病。我說這點錢是不夠的。

珍珠冷笑，醫生是要告訴我們，窮人太多，一個人也幫不了甚麼。

我沒那麼說。醫生說，你沒懂。

你們醫生都一樣。珍珠說，天底下的醫生都一樣，你們的心每天看生死，一點一點磨沒有了，窮人活命的權利都沒有，他們又沒有錢。你們不會心痛啊，心沒有了嘛。

你們不是醫生是兇手，珍珠說。

醫生皺著眉，不說話。

全是黑的。珍珠說，牆是黑的，牀單是黑的，醫生也都是黑的，醫院門口要是有一對石獅子，也是黑的。

我看著她鬧。醫生笑笑，轉身走掉。

出院。我說，你一個健康人，住了三天了。

我有病的。珍珠說，我現在開始心口痛了。

我也心口痛。我說。

怎麼痛的?珍珠說。

你會聽不到自己的心跳，好像一把很鈍的刀，一刀，一刀，割你的心，我說。

真的？珍珠說。

你不懂，我說。

我們還能怎麼樣呢。電話那頭說。

我下月就走了。我說，以後不回來了。

放了三個月的肉不要吃了。電話那頭說。

嗯。我說，我騙你的，土豆放一個月就會發芽。

你好好地生活。電話那頭說。

好，我接一個電話。我說，再見。

珍珠的聲音，慌張的聲音。我要出院，現在。

你的朋友不肯回病房的。小護士說，一直坐在大廳，影響其他病人吧？你處理一下。

我說對不起。一把拖起坐大廳的珍珠，她坐在掛號窗口的前面，門診三塊，專家五塊。

總要收拾一下的吧。我說，辦出院又一堆事情。

我不去，你去，珍珠說。

怎麼回事？

有人敲我門。珍珠說，不認識的中年婦女，穿得整整齊齊。問我可不可以進去，我說可以。她就進來，走來走去，說，「布置得不錯啊。」我說你哪位呀。她坐下來，說，「我和我愛人很恩愛的，他對我好，甚麼都依我，我倒不好，老是出去跳早舞。」

我冷汗都出來了。珍珠說，她就坐在那裏說，「他不讓我出去跳早舞，我還不高興，跟他吵架，我知道他心裏是怎麼想的，我漂亮嘛，他怕我跑了。那一天，朋友請吃飯，我本來是不去的，他說去吧去吧，難得一次。我真是不想去的，他把手機充好電，說，去吧去吧，管了你一年，也出去散散心，有甚麼事手機聯絡，我平時又不用手機的，可是他給我放到了包裏。」

我嚇死了。珍珠說，她就一個人說啊說啊，「餐館那麼吵，我怎麼知道他打電話給我呢，我平時又不用手機的，手機響根本就聽不到，就是聽到了也不知道是自己的手機響，吃得高興，很晚回家，鑰匙插進門，他倒在大門口，離門才一步。」

我真的嚇死了。珍珠說，我怎麼辦呢，我只好說，我去叫醫生。

她倒一把抓住我，「醫生說是心肌梗塞，怎麼會心肌梗塞呢？他從來不說心痛啊，心會痛嗎，心怎麼會痛的呢。」

我甩她的手甩不掉，力氣好大。

她抓著我的手說，「送到醫院就走了，醫生說早送來一個小時就好了，他本來可以去醫院的，他一直在家裏等我，他說他要等到我，要不我回家家裏沒人，他打電話給我，我沒接，他就等，他不去醫院，要等我。他走了以後，我再也沒有出去過，我天天坐在家裏，我不覺得他走了呀，我覺得他只是出差了，出完差，就回家了。」說到這裏，她就直勾勾盯住我，「他就是在這間病房走的，你看，擺設一點沒變呢。」

我就叫了。珍珠說，我一邊叫一邊衝出房間，走廊裏撞到醫生。

我上氣不接下氣，我說醫生，我的房間裏死過人？

醫生沒說話，護士都圍上來，護士說，哪個病房裏沒有死過人。她們居然直接上來就講，哪個病房裏面沒有死過人。她們說這裏是醫院，你以為是哪裏。

那個女的居然也走出來，還是盯著我，還是說，「他就是在這間病房走的。」然後，擦過醫生護士身邊，樓梯跑下去，像一隻狐狸。

沒有的事。醫生說，這個女人每個病房都去，她在每個病房都說一樣的話。她丈夫送到醫院前就停止呼吸了，哪裏會到病房？醫生又說，她受了刺激了，天天來，我再下去門衛關照一聲。

那間房，我還敢住？我都不敢進去了，珍珠說。

珍珠出院了。我不知道是不是還要感謝那個突然出現的女神經病。

我忙著走，幾天沒管珍珠。珍珠打電話來，我說沒空，要陪爸媽，在家的全部時間用來陪都不夠彌補。我爸媽也不要我彌補。只要你好好生活。他們說，要幸福。

可是我也不知道怎麼樣才是幸福。我說，珍珠，我不在你也要好好的，人人都在吃苦，我比較擔心你不是找不到幸福，而是被苦吃了。

上飛機前一天，珍珠又打電話來，說，還是見一下吧，以後見不到了。

我說胡說，日子長著呢。

珍珠說，有新男朋友了，快得，都不好意思說，香港人，比德籍是差一點，錢倒多一點，名份都沒有用的，還是要錢，而且要搬到深圳去，真是見不到了，以後。

我說好吧，既然以後見不到了。

珍珠說不吃飯了，這些天男朋友帶了這裏吃那裏吃，都胖了。我們去洗頭。

我看著珍珠，從頭到腳，都是新的，為她高興，也許就是幸福。

鏡子裏，泡沫堆在頭頂，像一座雪山。

像不像飯店裏那個小姑娘？珍珠指著我的洗頭小妹。

我說不像。

她後來怎麼樣了，珍珠說。

我沉默了一下，說，乳腺瘤，不是癌，找個了醫生值夜班的晚上，偷偷做了手術，收了幾十塊，是線和縫針的錢。

我說我說了，你當沒聽見。多一個人知道，醫生就不是主任了，醫生都不是了。

珍珠說哦，珍珠說，可以活下來了。

小姑娘說就像死過一次一樣。我說，飯店不做了，也去洗頭，錢多一點，小姑娘說世界多大，都沒有坐過飛機，就死了，算甚麼人生。

珍珠說，哎。

我說那個晚上，醫生跟我講，十歲時候阿媽得了癌病，家裏窮，沒有錢。阿爸說，癌病是看不好的，阿爸說，要供娃讀書。阿媽就痛死了。醫生說，阿媽是痛死的，阿媽死的那一天，一直喊心痛，痛啊，痛啊。

所以他做了一個醫生，我說。

珍珠不說話，我轉頭看了她一眼。

我說珍珠你難過吧。

珍珠說我倒有點喜歡他的，可惜是個醫生。

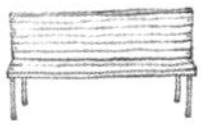

十六，結婚

下班前我接到了張英的電話，她說她再過一個小時結婚，叫我不要遲到。我還沒有說一個字，電話那頭掛斷了。

一個小時，我根本就不夠時間換禮服也不夠時間化妝。可是我也不需要禮服，張英根本就沒有邀請我做她的伴娘，我的好朋友張英，誰都知道，我們倆是最好的好朋友，可是我最好朋友的婚禮，我不是伴娘。

一路上我都在安慰自己，做伴娘要會喝酒還要收好塞到新娘手裏的紅包，我也不是一點酒都不能喝，可是只要我喝了一點酒了，我就收不好紅包了。

我相信張英是找到一個酒量好數學也好的伴娘了。

可是，誰會是那個伴娘呢。誰又會是那個新郎呢。

這些日子，張英是失蹤了的，上一次接到她的電話還是一個多月前，她宣布她要結婚，我連祝賀的話都沒有來得及送出，她就掛斷了電話。

聽上去，張英是得了婚前抑鬱症了，如果真有這麼一種抑鬱症的話。要不然怎麼突然藏起來，誰都找不到，又突然跳出來說結婚。一切都是突然的。

快到的時候我接到了張英的第二個電話，她說婚禮的地點改了，改到別的店了。那店在另一頭，兩家店的位置完全是相反的。如果不是最好朋友的婚禮，我就直接回家不去喝這一頓喜酒了。但是我想了想我們這二十年的要好，調了頭。

開始下雨。我真不知道張英是怎麼選日子的，籌辦婚禮前不看看黃曆不看看天氣預報的嗎。婚宴還能臨時換地方，真是不吉利。我只是沒有把這種不吉利想開來，那就真的不吉利了。

我不要我最好朋友的婚禮不吉利，就像隔壁二樓和三樓的婚禮一樣。他們只是看太多黃曆了，都選在那一天結婚，大概黃曆上還說如果兩家同日結婚，遲的那一對就會離婚，於是兩家的婚禮都有點發瘋。

天還沒亮，我和鄰居們就被鞭炮聲驚醒了，家家戶戶把頭伸出窗戶。放鞭炮的那一家以為得手，另一家已經背著新娘跑了。遲了的那一家再急趕緊趕地追過去，狹窄的停滿了車的社區小道，兩個奔跑的皮鞋新郎，還有披著白色婚紗的新娘。沒有人笑，誰都想知道，誰會是最後的贏家。誰都知道，只有跑得快的那個男人才維護得了他的婚姻。

一切都來得突然，因為隔壁樓著起火來了，消防車來得也不算遲，只是它被太多粘著鮮花的婚禮車堵在外面進不來。大家的注意力轉到了那幢著火的樓，沒有人再去關心那兩對賽跑的新郎新娘，他們也不再跑了，他們停下來，他們回轉身，張大了嘴，每一個人的臉上都是著火的。

大概就是從那一天開始，我懼怕結婚，即使隔壁樓被火燎黑了的外牆很快就修復了，即使那兩對夫婦也沒有離婚。是的是的，他們沒有離婚，他們只是打來打去。誰都知道，如果他們不是選那一天結婚就不會打來打去了。

雨越來越大。我肯定是要遲到了，我想像得到張英的臉，生氣的，嘴角都翹起來的，肯定不好看。

我不要我最好的朋友在婚禮這一天還不好看，我闖了一個黃燈，那個瞬間，特別安靜。我聽得到自己心底裏的聲音，她到底找了一個甚麼樣的丈夫？

我沒有遲到。六點整，我趕到了，沒有一個人，六點零五分，還是沒有一個人。這完全是張英的問題，有誰會在婚禮前一小時才通知呢，又有誰會在婚禮前半小時更換婚宴的地點呢，沒有人會接受這樣詭異的安排趕過來吃這頓飯的。

六點十五分，我再次從大門口退了回來，我選擇了大廳最中間的那張桌子坐下，我的眼睛還是盯著門外面，興許奇跡就要發生，張英突然地出現，就像她突然地宣布她要結婚一樣。

奇跡沒有出現，已經是六點半，我把張英不出現的理由想了一百條，包括因為下雨造成的堵車，或者張英在結婚前落跑，就像電影裏那樣，張英穿著婚紗跳車，張英還有張英的白色緞帶高跟鞋，大束白色百合花，畫著斑馬線的大馬路，張英跑啊跑啊。

我的思緒是被一個尖細的男聲打斷的，那個聲音是這樣的，你是伴娘嗎？

我說我不是。

那個尖細男聲又說，我是婚慶公司的，我打不通新郎新娘的電話啊？

我說我也打不通。我的眼睛繼續盯著大門口，不過現在好一點了，別人也在等，大家一起等，好過一個人等。

婚慶公司的人開始抽第三根煙，已經是六點五十五分，我告訴我自己，還有五分鐘，真的還有五分鐘，只要指針一指向七點整，我就離開，我實在是忍無可忍了，即使要我拋棄這段二十年的友情，我也要離開。這是真的，五分鐘。我已經停止了給張英打電話，結果是肯定的，沒有人接。

你是新郎家的還是新娘家的？婚慶公司的人問我。

我看了他一眼，那是一張五官都沒有缺陷可是組合起來怎麼看都看不對的臉，我的眼睛回到大門口。

如果您有甚麼需要，那邊塞過來一張名片，可以咨詢一下我們公司。

我要把所有對張英的火都發到這個男人身上了，我想說的是，我就是長了一張沒結婚有需要的臉嗎？我站了起來，只能夠這麼說，我是真的不能再等下去了，再等下去我就要發瘋了。

就像電影裏一樣，一堆人湧了進來，各種各樣的人。

我已經回不過我的神來了，我找不到張英，因為這一堆人裏面有兩個女人穿著婚紗，她們甚至戴著一模一樣的紫色鮮花。我說不上來那種花的名字。

我可以肯定，這是兩對趕結婚的新郎新娘，就像我曾經經歷過的那樣，他們一定是在路上就打過了，這是很明顯的，大部份賓客的衣服和頭髮都是亂的。

可是我看不到另一個新郎，這一堆人裏面只有一個西裝新郎，這個新郎的頭髮已經斑白。他當然不是張英的新郎。那麼張英的新郎呢。

那個瞬間我有了無數不吉利的念頭，我甩開那些念頭，擠到一個婚紗新娘的面前，她看上去更像張英。張英張英！我衝著她使勁地喊。她抬了一下眼，又把頭低下去了。

婚慶公司的人不知道甚麼時候也擠過來了。

那個胖的才是伴娘，婚慶公司男人說，這個我有經驗，儘管她們穿一樣的衣服。

我朝伴娘望去，我幾乎不敢相信自己的眼睛，那個伴娘長了一張山裏的臉，紅撲撲的飽滿的，並且，沒有化一丁點的妝，除了那身像婚紗一樣的衣服，她沒有半點伴娘的樣子。

直到伴娘手裏牽著的兩個小孩露出他們的小臉，並且清楚地叫了聲伴娘媽。我簡直要喊出來了，張英你竟然找了個結過婚的伴娘。

張英頭都沒有抬，張英是要在這場婚禮中沉默到底了。

新娘旁邊那個男的是她表弟，婚慶公司男人說，這個我老有經驗了，女方家裏不滿意男方給的聘禮，你看她表弟一直在說，你怎麼就把自己嫁了你怎麼就能把自己嫁了。

我把眼睛轉去張英旁邊的男人，他還在反反覆覆地說你怎麼就把自己嫁了你怎麼就能把自己嫁了？可是張英根本就沒有表弟。

我六神無主的時候只能去拉離自己最近的人，那是一個攝像，很顯然，他絕對衷於職守，自從這一群人進入大廳，他就按下了拍攝的按紐。我拉他袖子的同時，他轉過了他毫無表情的臉。

這是怎麼回事，我說。

我不知道這是怎麼回事，攝像師說。說完，繼續他的拍攝。拍完了發呆的新娘，拍發呆的新郎，沒有人會被漏掉。

除了沉默的張英和喋喋不休的表弟，我只能去看那個新郎，他終於站了起來，他握住了婚慶公司男人的手，就像拉住最後一根稻草，我很清楚地聽到他說，幫幫忙啊，幫幫忙啊，把我的婚禮辦體面了啊。

婚慶公司男人的臉上掛著笑，婚慶公司男人說，沒事，我們報警。

新郎說，不報警行嗎？其實那個是我前妻，她不要我再娶，就帶著孩子來鬧。

新郎一指伴娘，大概真是厭惡極了，他都不願意多看她一眼。如果那一指是一把刀的話，真要把那個醜陋的山裏紅指出一個洞來了。

婚慶公司男人說，真是太不講道理了，哪有阻擋前夫尋找幸福的前妻，還帶人來鬧？真是不像話。報警報警，讓警察把鬧事的人先帶走，我們把婚禮順順利利辦完了，再去派出所處理這件事情。

新郎更為難地說，派出所不好吧，我和新娘還沒有領證。

哦。婚慶公司男人說，你這是，重婚？

沒有沒有，新郎連忙說，不重婚，不重婚，我跟我前妻也沒有領證。

婚慶公司男人不說話了。

張英！我喊，旁人的聲音太多，我不確定張英能夠聽到我的聲音。張英張英！我又喊。我想要把她帶走，這是一個甚麼樣的局面？難道我們是在拍電影嗎？難道我最好朋友的婚禮就是這樣？我只是哭不出來。倒是新郎的前妻開始哭，兩個小孩大概還不知道是怎麼回事，他們安靜地坐著，沒有話也沒有動。張英低著頭，我看不到她的臉，我也不想看到她這個時候的臉，一定是不好看的。

警察到了，場面似乎得到了一些控制，沒有人敲碗筷也沒有人爭吵了，即使那隻是兩個沒有槍也沒有制服的便衣小民警。民警甲說新郎過來一下，民警乙不說話，民警乙非常銳利地掃了一遍全場，似乎只在那一眼就把形勢全部摸清了。民警甲說只要新郎只要新郎，怎麼過來這麼多人，都是新郎？不是的都給我回去。民警乙掃了第二遍全場，男女賓客全部坐下，死一般地沉寂。

所有的眼睛都盯著新郎和警察。警察的臉一直都是威嚴的，可是他們沒有掏出手銬也沒有掏出逮捕令，就像電影裏演的那樣。幾分鐘以後，警察準備離開，單獨地。

婚慶公司男人追上去握住了民警乙的手，男人懇切地盯著民警乙的眼睛，男人說，總要讓我們把婚禮辦完了啊。

民警乙和氣地說，對不起，我們不受理，我們也沒辦法受理，這類情況不受法律約束。

天全黑了，雨下得停不了。我甚麼都聽不到了甚麼都看不到了，他們一定還在吵鬧著移動著，可是我甚麼都不知道了，世界都變得真空了。我只是看著對面靜止了很長時間的張英，二十年了，這個女人從來沒有這麼陌生過。

上菜了，張英旁邊的表弟已經停止了說話，開始吃起來。一切都好起來，至少大家能夠坐下來吃這一頓飯了。我努力擠出一絲笑，跟張英表弟寒暄，表弟，倒是以前沒怎麼見過啊。

表弟很快地白了我一眼，說，表甚麼弟，我是張英的前男友。叫她不要嫁，弄成今天這樣。

桌子的另一頭，那個大小孩挾了一塊肉給那個小小孩，說，弟弟你多吃點，平時媽媽不捨得買。

弟弟開心地接過，對他們的媽媽說，媽媽別哭，吃飯吧，你看，好多吃的。

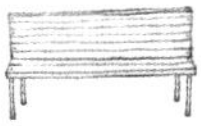

十七，離婚

飄飄約我在她的咖啡店見面，只有我們兩個。

咖啡店不對外營業，消防一直沒過，就一直沒能營業。有一陣子以為要辦下來了，開了幾天，都去捧場，讚揚咖啡花拉得好，店小二天然呆。也就幾天的熱鬧。

運河旁邊的咖啡店，窗外是河，門外有樹，樹下開滿花。多好的咖啡店，開不出來。

米亞不回來了，是吧，飄飄說。

不回來了，我說。

小奇也不見了，飄飄說。

不見了，我說。

只有你了，飄飄說。

我笑笑，說，你後來還去過寺裏沒？

飄飄說不去了。

和尚呢？我說。

飄飄說不知道。

我們四個去寺裏找和尚已經是一年前的事情了。這一年發生了很多事情。

我倒一直記得那一天，跟今天一樣，潮濕，陰冷，骨頭縫裏透出來的陰冷。

寺的山門前全是賣香的老太太，手和香伸到心口來。米亞到處找售票處，買門票，飄飄說不用，帶著我們繞到側邊的小門。看側門的是兩個穿灰袍的老年人，飄飄衝他們笑了笑，就進去了。我們跟著她。他們臉上沒有表情，也沒有看我們一眼。

都沒有聲音，在寺裏走。

要去寺裏的是米亞，我們只是陪同。米亞的婚姻不好。

現在想起來，我都不記得飄飄帶我們走的路了，一切都很飄。那個長滿茶花的庭院，倒記得清楚。因為我肯定地問了一句，為甚麼寺裏種茶花。飄飄說噓。

和尚在二樓，樓梯是木頭的。我們上樓的時候都很小心，摒氣凝神。

你們四個，全都會離婚。和尚是這麼說的。

我雖然是不愛我的丈夫，我一直想著離婚，但我是不會離婚的。米亞是這麼說的。

我雖然也是不愛我的丈夫，但我也是不會離婚的，飄飄說。

我的丈夫很愛我，我是不可能離婚的，小奇說。

她們看著我，我覺得我沒甚麼好說的，我把頭扭過去看窗外，陰天，下不來的雨。

命盤這麼說的，我又不好說是命盤說的，我可以亂說的麼，和尚說。

我當然也不是要你們離婚，我可以講婚姻的麼。和尚說，你們要把日子過過好。

飄飄站起來，走到房間的另一頭，打開冰箱，拿了一瓶酸奶。我才注意到和尚的房間裏有冰箱。我看著飄飄，她開始喝酸奶。

可以喝。和尚說，不用客氣。

除了酸奶，還有茶花，和尚的臉我都記不得了。

米亞的婚姻不好，從結婚那一天開始就不好。我問米亞怎麼不好，米亞說就是不愛。

我說不愛還結婚。米亞說是啊，就是這樣。

從寺裏出來，小奇說要趕緊走，家裏別墅忙裝修。飄飄的臉平淡，看不出心情，大概和尚之前已經說過她了，肯定的離婚，就沒甚麼好說的了。米亞說要去看中醫，上個禮拜突然昏過去，送到醫院急救，三天三夜，上上下下查沒有查出來甚麼，只能看中醫。

我陪你去。我說，我也不好。

你怎麼不好。米亞說，你看著挺好。

你看著也挺好。我說，我們只是看著好。

好吧，米亞說。

醫藥大樓的頂樓，沒有電梯，一層一層走上去，每一層都是藥，一式一樣的藥，中藥西藥，還有輪椅，各式各樣的輪椅。走了六層，再走下去我的氣又要上不來了。

角落裏的小房間，門前很破的長椅，已經坐了一個骨瘦如柴的婦人，緩慢地看了米亞和我一眼。

我和米亞站著。

我說怎麼打電話你不接，還以為回美國了。我說，原來到醫院裏去了。

我回美國不要說一聲的嗎。米亞說，我好不說一聲就走的嗎。

你後來都不跟我說一聲。我說，我要知道就去醫院看看你了。

不要看，沒甚麼好看的。米亞說，又查不出來甚麼，錢倒花了不少，抽血，照CT，我在中國又沒有醫療保險的，都是自己的錢。

那回美國再看看吧，我說。

米亞不響。

應該不會再昏了，我說。

誰知道呢。米亞說，誰都不知道明天的事情。

那邊中醫喊下一個，米亞推門進去，她沒有講要我陪著進去，我只好坐在外邊，門是白的，但是很髒了。我盯著很髒的門看了一會兒，裏面說話的聲音聽不清楚，就不聽了。

米亞很快就出來了，手裏拿著一張藥方，寫滿了字。

我說中醫說甚麼。

沒說甚麼。米亞說，血虛脾虛甚麼的。

好吧。我說，我也看一看，我哪裏虛。

中醫穿著很髒的工作服，像門一樣的白，坐在一張很破的桌子後面。

我說您好。

中醫看了我一眼，低頭在一張紙上寫起來，不知道寫甚麼。

我說我呼吸困難，上不來氣，看了西醫，西醫說我抑鬱，給我吃藥，藥我是不吃的，所以過來看中醫。

中醫一邊寫一邊說，早上呼吸困難還是晚上呼吸困難。

我說不一定的，有時候早上有時候晚上。

中醫說夜裏睡的著嗎。

我說我坐著坐著就睡過去了。

中醫說夜裏醒幾次。

我說一次兩次，有時候三點有時候四點，有時候繼續睡有時候坐坐等天亮。

中醫說哦。中醫說手伸出來，搭搭脈。

我把手放上那個很舊的布墊子。我在想這墊子上面應該放過很多人的手腕，各種各樣的人的手腕。

嚴重嗎，我問。

不嚴重，中醫答。

中醫搭完脈，繼續在紙上寫，紙快寫滿了，中醫又在最底上補了幾個字，我只認得車前子，我說我哪裏虛。

中醫笑笑，繼續寫。好像要寫到明天一樣。

我拿著藥方走出來都不知道我哪裏虛，而且我發現所有的中醫都長得跟老太太似的。

米亞說她要去一樓抓藥，回去煎。我說你會煎的麼，叫他們煎好了，便當點。

米亞說她會煎。我就想起來小時候住的弄堂路中央總有中藥渣倒在那裏，如果說是路人當真能把病踩走，我倒是一直在想，你不病了，過路的人不就病了。

米亞其實住在我家附近的那條弄堂，只是我們小時候不認得，就那麼幾條弄堂，我們不認得。我們認得的時候年紀很大了，我們的感情就深不起來了。我們都是這樣，記得清楚小時候的點點滴滴，倒記不得昨天早上吃了甚麼。

那個長滿茶花的庭院，茶花是深紅色的，我是記得太清楚了。還有和尚說的，你們全都會離婚。

聖誕節的前夜，我和米亞坐在一家咖啡店，飄飄的咖啡店還沒有開出來，我忘了飄飄那個時候在做甚麼，她也不要做甚麼，有錢老公，雖然有錢不過小奇家的，新開發的樓盤，留了正中央的地，挖一條人工河，種了樹，蓋了亭子，兩套別墅，自己住。

他又老又醜嗎你不愛他，我說。

米亞說愛這種東西，一開始沒有，後面就沒有了，以為後面會有，生了小孩還是沒有，每天早餐端到牀頭來還是沒有。

只好離婚了。我說，跟不愛的人一起生活，苦的。

有了小孩就不好離婚，米亞說。

我親你一下吧。我說，又是聖誕節，你又沒人愛，你以為你被人愛，我只知道愛不是這個樣子的。

好像你有人愛似的。米亞說，不要。

第二天一大早米亞就在樓下按門鈴，拎著禮品袋。

聖誕快樂，米亞說。

我下星期回去。她說，我決定了。

早晨的米亞看起來很清醒。我一直記得她那個早上的樣子，她就一直定格在那個瞬間，再也沒有改變過。

此後的一年，米亞再也沒有與我聯繫，直到我在臉書上看到她的名字改成了史密斯太太。米亞送給我的聖誕節禮物一直沒用，一瓶非常香的身體乳液。

她離了婚，找中國人是找不到的。飄飄說，只好找美國人。美國的中國人也不要離過婚的。我說，即使真喜歡你，說要對你好，還是會嫌棄你的小孩。美國人好了，對小孩好。

又不是只為了小孩。飄飄說，我就不是為了小孩。

她也不是只為了小孩。我說，她也要找自己的愛情的，反正她是找到了，能夠離婚就是找到了。

我要是離婚，我也不找了。飄飄說，一個人有甚麼不好的。

你不是說你不會離婚的嗎，我說。

我是不離啊。飄飄說，我說我要離嗎，我說的是要是，要是離婚，我也不再結婚，我找到我愛的我也不結。

你說和尚準吧，我說。

反正小奇是不會離婚的，有錢人離婚煩的，財產不好分，飄飄說。

所以，和尚是不準的，我說。

飄飄笑笑。

我在朋友圈看到飄飄說，死開點，離了就不要來煩。我才知道飄飄離婚。她們都不同我講的。

年紀大了以後交的朋友大概就是這樣的，不想說甚麼就不用說甚麼，都沒甚麼好說的。

我同小奇喝了次茶。她遲到一個小時，我能夠坐下去等是疑心她要告訴我她離婚，那麼這個世界就是這樣的了，人人都在離婚。

小奇的臉倒是出奇地紅潤，而且因為激動她也沒有為她的遲到向我道歉。小奇的激動是因為考察加拿大。

他們都不尊重你的，小奇說。

這是很奇怪的。我說，他們為甚麼不尊重你。

我的箱子在機場就不見了。小奇說，我都要發瘋了。

後來呢。

他們都不道歉的，他們像甚麼事都沒發生。

後來呢。

他們說要是找到了通知我，你相信他們嗎。小奇說，我是不相信的。

相信啊。我說，就是這樣的。

中國人在外國都沒有尊嚴的，小奇說，嚴厲地看了我一眼。

還好，我說。

也不知道那七天是怎麼呆下來的，反正我是第一天就要走的，小奇說。

有可能。我說，你英語又不靈。

小奇白了我一眼，我同你講，是我們一個團裏的豬頭三，飛機上就瞄中我，我的箱子不見了還過來關心，遞名片，結果啊，半夜過來敲門，我都氣死了，要報警。

報，我說。

有點小錢不得了了，也不曉得我是甚麼身份，小奇說。

甚麼身份。我說，你們團不全是投資移民的身份。

你講出來倒有點難聽的哦。小奇說，我又不要移民，還不是為小孩。

好吧。我說，你運氣不好，碰上一個癡鬼，到加拿大敲門。

哎呀你曉得吧，敲半天都不走，我氣得發抖，只好同我老公打電話。還想搭我，也不知道自己幾斤幾兩。

你還移民嗎，我說。

不移。小奇說，沒勁。在中國一等的，到了外國三等。

那你小孩呢。我說，這裏不是環境不好嗎，千瘡百孔，有錢人都要移走的。

你不是回來了嗎，小奇說。

我又不是移民，我說。

我又不是有錢人，我又說。

走了。小奇說，還要裝別墅。

你裝了一年了，我說。

就是啊。小奇說，煩得要死，你有沒有像樣一點的設計師介紹。

我說有啊，多的是，回頭介紹你們認識。

要不是帶設計師去看房型，我都沒有機會去看一下小奇家的新別墅，實際上我也沒有第二次機會。

果然是一大片小高層中的小綠地，就蓋了這麼兩座單幢別墅。草皮新鋪的，綠油油，水池也看不出人工挖出來的，挖得自然。

我說我要是買你們家的樓盤，每天都要看開發商家的小別墅，我都要氣的。

你講出來就難聽了曉得吧，小奇說。

我閉嘴。

穿破洞牛仔褲的設計師跟著前前後後走了兩遍，甚麼都沒有說。

這一層給我公婆的，裝中式。小奇對設計師說。

你也苦的。我說，以後都要跟公婆住，還不如以前那個房子，小一點，自己住。

我老公獨子，孝順。小奇說，再說我跟我公婆還好的。

我想起來米亞說的，小奇眼光好，能夠嫁給一個鄉下人，不是一般的眼光。這個鄉下人一般了好幾年，完全沒有發力的跡象。小奇爸爸領導，安排小奇做小領導。家裏好，甚麼都安排好，就是安排不了兒女的婚姻。米亞爸爸也安排不了米亞的婚姻，米亞要去美國結婚，又離婚，又結婚，找外國人，米亞爸爸只好在旁邊看看。小奇倒對鄉下老公不離不棄，果然苦盡甘來，鄉下老公去房地產公司做，做做好了，自己出來做，樓盤開了一個又一個。

他長得好啊。小奇說，我是喜歡長得好的男人的。

結婚的時候真沒怎麼好。米亞說，這幾年是越來越好了。

我料理啊。小奇說，每年兩次香港，替他買衣服買鞋子，從頭到腳都是我弄的。

哦，你要當心點的。我說，弄得好的老公最後都不是你的。

小奇白了我一眼，哦，我當心，不要太愛我哦，一天到晚打電話給我，夜裏都不許我出去，我是不要男人家這麼粘的，我又有甚麼辦法，太愛我了。小奇說，太愛我了。

你不要去整鼻子就對了。米亞說，師傅千關照萬關照的，動了臉整個命都不對的了。

哦。小奇說，我這麼膚淺的啊，整容。

你們去哪裏看的相。我說，我也要去。

茅山，去嗎？米亞說。

不去，我說。

要是不動，小奇的命只會更好，越來越好，旺夫。米亞在微信上說，她還是動了。

我是覺得她沒動。我說。動了我看不出來？

她是沒整鼻子，她最想整的鼻子，她沒動，她也怕，不敢，可是她做了胸。米亞說，命改落了。

哦，胸也算的啊，我說。

胸也算，米亞說。

要胸做甚麼。我說，年紀大了還要下垂。她癡了啊做胸。

米亞發過來一個笑臉。

你上次結婚沒有蜜月，這次去哪裏，我說。

加勒比海，郵輪。米亞說，我都不提的，沒甚麼好說的。

你把婚紗照放在臉書全世界看，你說沒甚麼好說的。

米亞又發過來一個笑臉。

小奇老公果然不許小奇夜裏出門，我們四個夜裏只出去過一次，而且十二點前就回家。小奇就像找了個爸似的，還是鄉下的。

那個時候米亞還沒有離婚，但是早餐每天端到牀頭也不愛。跑回中國呆著，也不知道呆到哪一天。有時候跟我講，不煩了，回美國，重新開始，好好生活。有時候跟我講，永遠不要回美國了，要在中國做生意，跑到開發區談了一天，回來講，全是騙子。

還老約她不到，一天到晚同學會。我只見了她的同學們一次，不知道做甚麼生意的小老板，部委辦局的小領導，農工商銀行的小行長，談風月一流，手伸過來都下流。

有意思嗎，米亞。我說。

沒意思，米亞說。

我們坐在一個很吵的咖啡館店，中國的咖啡店都是吵的。

所以坐在更吵的夜店裏，我們連話都沒有辦法說了。飄飄倒是滿場飄，童顏巨乳。小奇也適應，點了紅酒點啤酒，只要在十二點前回家。

她們怎麼還要來這種地方。我衝著米亞喊，十年前就厭煩透了，還要來。

還是有人過來搭啊。米亞也衝我喊，風韻猶存啊。

哦，十年前有人來搭是你年輕啊，可愛啊，現在來搭是你穿的戴的好啊，你看你們手指頭上幾卡拉的鑽石。我說，風韻這種東西，我是不相信的。

你說甚麼。米亞說，沒聽見。

我說你們一個個手指頭上的戒指，閃瞎我的眼了。

哦，我訂婚就開始戴的，結婚戒指也是焊的，不離婚就一直戴。米亞把手指頭伸到我的眼門前。你看你看，不是兩個戒指一起戴，我的是焊在一起的。

我無所謂地笑笑。

你是不戴戒指，你倒還 Available 啊。米亞說，你戴戒指的印子都沒有，MBA啊，你。

我把頭扭過去看公主，多賣一杯酒，客人的舌頭就可以伸進那張亮閃閃的小嘴裏去。

代溝啊。我說，我們身體自由了，嘴巴還要一點尊嚴。現在的小姑娘舌頭也自由了。

隨便了。

誰關心啊，米亞說。

我說我親你一下吧，米亞。

不要，米亞說。

喝喝酒是可以的。小奇嚴肅地說，搭來搭去是不可以的，十一點半了，我們走吧。飄飄下臺階的時候響亮地罵，死開點。跟下來的幾個小子很快地死開了。

罵，我說。姐姐們有權有勢了，隨便了。

哦，你也眼睜睜的，豬頭三搶車位，我打個電話叫交警隊長，你倒記到現在，喝光了一瓶酒你還記到現在。小奇說，你講話難聽的嘛。

我本來忘記了，現在想起來了。我說，有權有勢又不是壞話，年輕時候愛你是你漂亮啊，現在愛你是你有錢啊。

胡說八道。小奇生氣地說，你酒沒多少，吃醉了。我一本正經的。我老公這麼愛我，我為甚麼還要其他人愛我。愛太多了，吃不消了，小奇說。

我親你一下吧，我說。

不要，小奇說。

要不是我問了一句米亞蜜月度得還好嗎，米亞還不說小奇住在她那裏。

一個月了，米亞說。

煩吧？我說。

煩的。米亞說。

叫她回中國啊，我說。

她回中國哪裏。米亞說，也可憐的。

以前那個房子啊，也不小，我說。

米亞說小奇一直說你講話難聽，是難聽的。

我說難聽的話都是真話。

過兩天她也就回去了，米亞說。

那小孩跟她還是跟她老公？我說，小孩不管跑到美國去一個月，肯定是跟她老公了。

她那個小孩獨特的。米亞說，小孩說跟你跟我煩吧，我誰也不跟，你們要鬧出去鬧。

是獨特的。我說，不過現在的小孩都是這樣。

有法律的啊，未成年，總歸要跟個誰，就跟她了，米亞說。

我說你看有錢人有勁吧，花花世界，不出軌不正常了。

米亞沉默了一下，說，出軌的是小奇。

我說啊。

我說我是不相信的。我說米亞你知道他們出的那次車禍吧。一根鋼筋車頭插到車尾，夫妻兩個渾身血抱在一起哭，說一輩子不分開了。

你說書的吧，米亞說。

真的，我說。

其實也不算出軌，只是發發微信曖昧曖昧。米亞說，倒被老公一把揪住，要離婚。

肯定是她老公外面有人了，正要四處找由頭。

這個我是不知道的，米亞說。

卑鄙的。我說，男人卑鄙起來都卑鄙的。

我不知道。米亞說，別人的事情。

她講公婆還好的。我說，求求公婆，家庭，挽救一下。

公婆講又沒有生出孫子來。離。

鄉下人，我說。

米亞說你這個時候倒不說難聽話了。

我說那個男的是交警隊長還是設計師啊，小奇微信的對方。

米亞說誰關心啊。

我說這個要關心的。如果是交警隊長，就是她自己的問題。如果是設計師，就有了一點我的問題。我就不好了。

米亞說，到底有沒有這個對方，我都懷疑的。

住了一個月，她甚麼都不講的？我說。

住了一個月，她就講了這麼多，米亞說。

那你現在的老公對你小孩好吧？我說。

好的，米亞說。

那你小孩喜歡新爸爸吧。

喜歡的，米亞說。

所以，我和米亞講了一堆話，全是小奇。關於她自己，只有好和喜歡兩句。

我在樓下看見米亞爸爸媽媽走過去，要去菜場買菜，站起來打招呼。

你爸爸身體還好吧。米亞爸爸停下來，關心地。

好的。我說，就是不歡喜出去，醬油也在網上買，天天坐在沙發上打 **Ipad**。

我也打 **Ipad** 的。米亞爸爸說，每天早上跟米亞通通視頻。你們都要到外國去，公務員不做，公務員穩定啊，老了有依靠，外國有甚麼好，國內現在發展得比外國好了。

買菜，米亞媽媽說。

你們要過去住吧？我說。

剛剛回來，米亞爸爸說。

還過去吧。

去。米亞媽媽說，下個月再過去。

習慣吧？

習慣。米亞媽媽說，安全，空氣好，習慣的。

你爸爸習慣吧？米亞爸爸說。

爸爸還好。我說，我家媽媽說不喜歡，不要住，要回來。不住在一起，不好照顧啊。米亞媽媽說，互相照顧，你們沒有兄弟姊妹，爸爸媽媽過去，也好看看小孩，互相照顧。

我說是啊是啊。

那你甚麼時候再回去啊？米亞媽媽說。

過幾天，我說。

來回跑跑也方便的，十幾個鐘頭飛機。米亞媽媽說，爸爸媽媽年紀還不大，不要甚麼手腳。

我笑笑。米亞爸爸媽媽完全不提米亞離婚又結婚，我也不提。

走了。米亞媽媽說，買菜。

我和飄飄坐在開不出來的咖啡店裏。飄飄說米亞不回來了小奇不見了，我只好笑笑。

那兩個女人的事情，我是想來想去想不清楚的，丈夫愛你離婚，丈夫不愛你離婚，你愛丈夫離婚，你不愛丈夫離婚。為甚麼要結婚呢。

我是不會再結婚的了，飄飄說。

還是會找到愛的人的。我說，路長的。

我愛上他了。飄飄說，我後來又愛上他了。

哦。我說，不愛，結婚，一直不愛，離婚，又愛上了，混亂的啊。

我前半輩子不清醒。飄飄說，現在清了。

清了嗎。

他其實是我的貴人，來報恩的。

他在外面生小孩，你說他是來報恩的？

他也為我付出了。

他在外面生小孩。

廣東人就是要生啊，正好有安徽人也願意生。也是他的福報，第三個小孩已經在第三任妻子的肚子裏，這次確定是兒子，盼來了。

不要說廣東人安徽人了好吧。我說，要生你也可以生的，五個六個。

我不要生。飄飄說，一個夠了。

哦，三個小孩他養得起吧，一個八百萬。

廣東人有廣東人的養法。

你不要再說廣東人了好吧，我還聽說廣東人結婚就不離婚的呢，相信嗎。

小孩最後都不是我們自己的。飄飄說，所以一個真的夠了，也是前世的業。

我看著飄飄，覺得她快要變成寺裏的和尚了。離婚信佛，抑鬱症信佛，開心信佛，不開心信佛。佛比中醫還靈，萬能的。

婚姻宮破的，總要離的，說出來也沒有關係。飄飄說，一年前同你們一道去問和尚，是不想離，那個時候不愛他，現在知道了，是愛的。婚姻倒散了。人生就是這樣。

哦。人生。我說，聽到這兩個字，稀奇的。

但是命運這種東西，我是不信的，飄飄說。

也不準。她又說，和尚還說你也是要離婚。飄飄指著我的臉，你不是還沒離嗎。

我沉默了一下。

我已經離婚了。我說，去寺裏找和尚的時候，我已經離了。

小故事

他們相愛，決定結婚。他們還去看了婚紗看了房子，他們說牆壁要刷成藍色的，地毯要換成白色的，他們還說那個朝南的小房間要布置成未來寶寶的嬰兒室。他帶她見了自己的父母，接下來是她帶他見她的父母，可是他再也沒有出現。她等了又等，等到後來她開始找他，找不到，他躲著她。被拋棄的女人眼淚汪汪又不死心，故事裏的女人總是不死心，她每天都去找他，只問一句為甚麼。這個男人只是沉默，不說一句話，不管她說甚麼，他只是沉默。他很快跟別的女人結婚，有了孩子。她還是單身一人，直到現在。原因其實簡單，她的父親曾經與他的母親相愛，可是她的父親突然拋棄了他的母親，娶了她的母親。他的母親見到她第一眼，就已經是這樣的結局。

故事講完了，這個讓我們暈頭轉向的故事，那個年代的人就是那樣的。

那就再講一個吧。

他們相愛，決定結婚。有一天他突然對她說，我們分手吧。她說好吧。他們就分手了。一個月後，他的朋友對她說，他只是試探，他並不想真的分手，他一直愛著你。她只好笑笑。直到一年以後，又有人對她說同樣的話，她就去了英國。他很快跟別的女人結婚，有了孩子。她還是單身一人，直到現在。

再講第三個故事也是一樣，相愛的男女，他們就是不能夠在一起。

其實這些年我聽到的故事很少，我跟小樹認識十年她也只告訴我第二個故事。她是笑著說那些話的，她的臉上沒有一點點悲傷，就像是在說別人的故事，而且還很好笑。

那是冬天，小樹已經回到中國，徹底地，她說她的箱子超重了，她不得不為那些超重的部份付錢，可是她寧願扔掉錢也不扔掉箱子裏任何一本書。所以小樹和我是完全不一樣的人，我會扔掉書，只扔掉書。其實我經常扔掉東西，一切舊的東西，我扔起來堅決，甚麼都不留下。我們是不一樣的人，如果我愛的男人用分手試探我，我說好吧，然後我就把他忘掉了。小樹不會，小樹說好吧，然後不結婚到二十九歲。

小樹三十歲的時候結婚了。

小樹最好的朋友是小葉，不是我。小樹，小葉還有我，我們三個在一起只是吃飯，福記的底樓或者福記的二樓或者福記的三樓，每次吃飯不是小樹付帳就是小葉，她們輪流，今天是小樹明天就會是小葉，她們從不弄錯，我就變成了一直蹭飯的那一個。無論我想把自己放在哪裏，我都是多餘的那一個。她們說的那些話和那些人，我都不認識，我甚至不明白她們為甚麼要笑，起先我還會問為甚麼，後來我就不說話了。她們相視而笑，兩個親密的朋友，為甚麼我要在其中。

小葉結婚的時候小樹已經去英國了，小樹也許會打一個祝賀電話，其實電話也是多餘的，如果我沒有看錯她們的親密。小葉沒有寄喜帖給我大概是因為我也不在中國，而且她和我到底也不是朋友，對她來說，我不是她的朋友也不是她朋友的朋友，我只是小樹那邊的人，而我和小樹，我也不大明確我和她的關係。

我還以為小葉是不會結婚的，她說她的男朋友是外地人，不被父母承認，她說他得了重病，重得快要死了。然後小葉就和他結婚了。

小葉結婚的時候小樹在英國我在美國，我們沒有喝到喜酒也沒有付出紅包。我們不在中國的日子裏，我們都認識的人紛紛開始結婚，生小孩，小孩們過完滿月和週歲，我和小樹相繼回國，我們沒有參加任何一個人的喜宴也沒有贈送給任何一個人一分錢，這裏面唯一的壞處是你會很放鬆很放鬆，沒有一個又一個人的結婚和生孩子催促你，你一直放鬆到中年婦女都渾然不覺。

後來我在大街上看到了小葉，我問小葉你丈夫的病怎麼樣了，小葉奇怪地看著我說，他有甚麼病？他甚麼時候生病了？

我經常犯這種錯誤，我曾經以為有個人生了腦癌，就要死了，我在他死前見他，他很堅強，令我淚下，可是十年以後，這個人仍然活著，還很活潑，沒有任何人聽說過他與癌有甚麼關係。我的硬碟真的出問題了，不僅僅是丟失還有錯誤，所有的別人都沒有病，我有病。

海歸小樹很快找到了工作，我還在找我的檔案，它不在我原來上班的地方也不在人才交流中心，沒有人知道它在哪兒，也許它從來就沒有存在過，我一直在找它，那裏面有我的入團申請書也有我的入黨申請書，不僅僅是這樣，我要找到它，它是我與中國的聯繫。

十年以前，我認識的人都寫小說，所有的人都在寫小說，而且是長篇小說，說不定比印度的電影還要多，現在這些人都去寫劇本了，所有的人都寫劇本，就連小樹，她的新工作也是劇本，那些劇本令她發狂。不是不是，我並不是輕視劇本，我只是想說，既然你寫劇本你就得承認，你為了錢，可是寫小說就不是為錢嗎，大家都為了錢，大家的錢都是勞動所得，光明磊落。不勞動就有錢，是犯罪。

每天扛包的人和每天寫字的人也沒有甚麼區別，大家都會得頸椎的病。《愛的教育》說的，你既然選定了你的職業，就要尊重它。

冬天，我和寫劇本的小樹一起混泰州駕照，是的是的，我們在美國和英國的駕照並不能保證我們在中國也會開車。我們的師傅又過生日又過春節，我們送給他芙蓉王又請同班同學吃鴉片魚頭。我和小樹每天見面，我就有了錯覺，我以為小樹成為了我的朋友，可是這個朋友只給我講了一個故事。

小樹很艱難地把車泊進一個平形四邊形，說，有個男人半夜三更打電話給她，問她要不要去紅梅公園散散步。

我說你不去嗎？

小樹葉說，有病。

我至今都沒能夠把車平行著泊下。

一個風韻猶存車開得比師傅還好的女人喜歡師傅，她每天都來見他，他卻不要見她，她的丈夫還是認得他的，可是她要見他，一天都不能少。我和小樹買到泰州駕照的那一天就把他騙了出來見她，他很緊張，手腳都沒有地方放了。

我和小樹在那一天特別親密，像真正的朋友。說到愛情，我們都忘了去想一下道德。

我在美國時只與小樹通電子信，她會寄我照片，她腳邊是房東的貓，還有她和同學，我給她找出最帥的，她說我找的全是同性戀。她的信裏總是壞消息，比如我的前男友又在新浪微博罵我，比如有個她認識我也認識的人撞到樹上死了。

其實小樹有真正的愛情，就像小葉的那些愛情，可是她們都不告訴我。小樹沒有跟那個男人半夜去公園散步，小樹跟他結了婚。

你能夠想像的真正的愛情一定是這樣，相愛的男女，可是他們沒能夠在一起，直到十年以後，甚至五十年以後，他們又見面，玻璃之城的結局是這種，他們一定要一起死去，死的時候一定要有煙花，他們回到從前，年輕的他和年輕的她，手拉著手，笑啊笑啊，然後他們就永遠在一起了。

張愛玲的結局是這種，那也沒有別的話可說，唯有輕輕地問一聲，噢，你也在這裏嗎。

小樹的結局是這種，她低頭，飛快地走掉，而那個牽著小孩也牽著氣球的男人，他有點迷惑，他在想他一定在哪裏見過那個比風還快的影子，他揚起頭來仔細地想了一想，可是他想不出來，他只能不想了。

就是這樣的世界，兩個相愛過的男女擦身而過，他們甚至沒有回一下頭。如果你覺得太殘忍，我就安排那個男人回一下頭好了，因為他的心裏面突然疼了一下。可是他找不到疼的原因，所以他沒有回第二次頭，他只是突然疼了一下。

其實我也想過我自己的結局，一定是這種。

聽說你離了，還會再結嗎。

不會，如果我再結就一定是你，可是我不會再結了，你呢。

我？我也不會再結了，因為我不會離。

這還是十年的見面，如果是三十年就不會有這種結啊離啊的話了，那時候大家都在天堂裏飛。

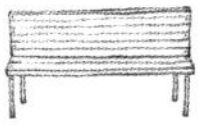

如果說真有甚麼是真的，她們會是自動扶梯上兩個單薄的背影，手拉著手，她們是紙火鍋後面的兩張小臉，靠在一起永遠不爭吵，她上臺階的時候會抱她，她在沙發上寫字的時候她會親吻她，後來她們分手，一個結婚生小孩，另外一個生病，瞎了眼睛，她又回去她的身邊，甚麼都不要了。這樣的愛，是不是真的？

有個故事說整個世界就是神的夢，人是幻象，人看到的種種更是幻象，神醒了，世界也沒了。所以人這麼愛來愛去，到底還是一個夢。你是不是開始擔心這個世界會突然沒了？其實故事裏也說，頭就是尾尾就是頭，開始就是結束結束就是開始。神醒了還可以再睡，世界又開始了。

再回過去說小樹的那個結局，其實還不是最殘忍的。我可以安排小樹和他一起吃個飯或者一起喝個茶。相愛過的兩個人，怎麼可能隔了十年就不認得了呢？真實一點的說法是，就是燒成灰他們也互相認得。

小樹已經在前一個局喝了一點酒了，否則她是不可能去見他的，小樹這個人物，一定要安排她和前男友見面，就一定要找到一個合理的理由，比如她喝了一點酒了，比如她那一天特別脆弱，比如她需要一次放下。好了好了，不管有甚麼理由，她和他，已經坐在一個小飯館裏了，不大但是還算整齊的小飯館，他們都是第一次去，所以他們都不知道吃甚麼好，至於他們談戀愛時去過的那些飯館，怎麼可能還在那裏？都說了是隔了十年了。

小樹不說甚麼，小樹一直就是這樣，不說甚麼。

說話的是男人，男人沒有喝酒，神智也清楚，可是喋喋不休。為了這個見面，男人下午就從家裏出來了，男人在外面閒逛了幾個小時，只是要這一刻，晚上十點，見到她，因為這是一個星期天的晚上。男人這些年來從沒有在星期天的晚上出過門，為了使這個晚上的出門變得合理，男人跟老婆吵了一架，得以摔門而去。男人寧願接受更嚴厲的處罰，只要這處罰放在第二天，他只要今天，即使只有一分鐘，他也做。

幸好很多舊情人只是見一面，如果是要見很多面，天天見面，男人天天要跟老婆吵，天天把孩子扔在家裏，世界都亂了。他只是不能拒絕她要求的時間，就是她說凌晨三點，他也是會來的。

現在她就坐在他的對面，她看起來和十年前沒有分別，她口紅的顏色都沒有變。他就有了錯覺，以為還在昨天。他就喋喋不休起來。

小樹沒有去英國之前是不吃辣的，現在的她只要一天沒有辣椒就會睡不著覺，辣椒變

成了小樹的香煙。小樹到哪裏都只點兩樣，不管菜單上有沒有，不管廚子做還是不做，她只點兩樣，夫妻肺片，絲苗白飯。

我也吃辣，他說，我一直都是吃辣的，我也叫我太太吃，現在她也吃辣了。

她不說甚麼，她甚至沒有問一句他的孩子。

其實我只是想結婚一年，我認識我太太只有一個星期我就和她結婚了，我就是這麼打算的，我就和她過一年，他說。

她覺得菜太鹹了，連蔥花都太鹹了。她是再也不會在這裏吃飯了。

你看你現在都變得懶了。他說，以前的你多麼進取，整個人都是向上的，現在的你看起來就像是停在這裏不動了。

她把漂浮著的厚厚的辣椒碎末掃到旁邊。

結帳，她突然說。

有鬍子的小老闆正在鄰桌接受一根香煙。她叫過結帳以後他慢慢地踱過來，看了看桌上幾乎沒有動的菜。

就來就來，他說。他也不笑，他是很少見的不笑的小飯館的小老闆。

手上生滿凍瘡的小姑娘從廚房裏端出了一盆赤紅水煮魚，不笑的小老闆用保鮮膜包裹那個大盆，全部裹好以後他拎著那個盆出了門。

她不說甚麼，她已經在等菜上花了半個鐘頭，因為小老闆說的，只有一個廚子，既要抓鍋又要炒菜。

小樹去英國實在是匆忙，所以她離開的時候，沒有人在機場上哭，可是她回去過了一下春節又要離家的時候，她媽媽突然哭出來了，她也哭了。

小樹是這麼說的，因為我媽哭了，我也只好哭了。

其實我收到過小樹一封沒有壞消息也沒有照片的電子信，小樹在那封電子信裏說，在國外，就算是身邊圍滿了人，我的感覺也像是只有我一個人。小樹是寫劇本的又不是寫小說的，而且和我也不是那麼熟，她能寫這麼一句話給我，就是對我最大的信任。可是我不知道怎麼回覆，我就假裝我根本就沒有收到那封信。

小老闆空著手回來了，水煮魚外賣送盆，小樹是這麼想的。

結帳，小樹又說。

她堅持自己付帳單，她說下次再換你付好了，她心裏清楚得很，沒有下次了，再過十

年三十年都沒有下次了。

既然十年前不是這個男人，十年後怎麼會是這個男人。她相信自己做甚麼都是有自己的道理的，不管是在十年前，還是十年以後。

他突然說，其實，我從來沒有想過要得到你。

她笑笑。

他說這句話也許是和十年前說那一句我們分手一樣，試探她，可是和十年前一樣，這樣的話沒有甚麼用，十年前這個女人還會說，好吧。現在這個女人只是笑笑，連話都沒有了。她就像是沒有聽到，他說的所有的話，她都沒有聽到。

他就想再說第二遍。

可是她沒有給他時間說更多的話，她禮貌地離開了座位。男人要去哪裏，回家還是不回家，或是繼續遊蕩，她不關心，她是真的不關心。

就是神醒了又睡，睡了又醒，這兩個人還是不可能在一起，即使是幻象，他們也不在一起，這樣的結局是不是比在大街上擦身而過更殘忍？

可是，是的是的，和十年前一模一樣，這樣的話又怎能不讓這個女人記得。她只是說不出來，她不是我寫的這樣，可以愛也可以不愛。

如果他愛，她也愛，如果他不愛，她也不愛了。

那你十年前是愛還是不愛呢？我看到的幻象是愛。那你十年後是愛還是不愛呢？我看到的幻象還是愛。幻象再過一百年都不會變，變的是我，我不愛了。

小樹直到現在才看到十年前她沒有看到的，她不愛了。

好了好了，小樹的愛情說到底就是這樣了。

這個故事講完了。

十九，失敗小說

㈠

她在鐵絲網裏面走，腳下的路又彎又窄。網外面一隻怪獸，長得像豹，又不完全像，眼睛是綠的，舌頭是紅的，它的身體緊緊靠著鐵絲網，長毛從網格的空隙鑽進來，它的眼睛定定地盯牢她，似乎在笑。她往前走，直到轉了個彎，突然空曠，已經是鐵絲網的盡頭。這才知道，從來就沒有保護和安全，走到最後，總要把自己暴露。怪獸是一早知道了，於是它等待在那裏，不慌不忙。她想哭。它也沒有直接衝撞過來，它像人類那樣溫柔地靠近了她，伸出舌頭舔她，舌頭很溫暖，柔軟，沒有惡意。然後它緩慢地咬下了她的胳膊，安靜地咀嚼，咽了下去，然後是腿，再是其他。她看著它，卻感覺不到絲毫疼痛，一點也不疼，只是悲傷，悲傷的眼淚一滴一滴落在怪獸厚厚長毛的身體，它抬頭看了她一眼，溫和地一笑，和著她的眼淚又吃下了她的另一隻胳膊，像是世界上最幸福的事情。

回憶夢是為了記住，過幾秒它們就會消失，一乾二淨，回憶夢，也不過是讓夢再留多幾秒。沒有一個夢會被永遠地記得，除非那個夢真實地發生了。

她依稀覺得他在親她，像夢裏的野獸，溫暖的舌頭。

她往後仰去，他放開了她。彎曲的身體，不敢再動一下。

她醒的時候他已經走了，煙缸裏半枝煙，還未完全熄滅。她盯住那半枝煙，頭頸刺痛，好像脖子斷了。她翻了個身，摸到一條沉甸甸的手臂，已經沒了知覺的手臂，她握住那條身體之外的手臂，又把夢境回憶了一遍。頭頸刺痛。

㈡

她站在醫院大廳，面對掛號窗口。懸空的電視下面站著一對男女，清晰的對話。

要是真懷上了怎麼辦？

你犯甚麼愁呢，好像懷上孩子的不是我，倒變成你了。

你竟然說這樣的話，懷上了是兩個人的事情，我又不是強奸你。

電視裏正在播一個電影，一個紮小辮的男人，對住一個披頭散髮的女人。給你錢，你把它（他？她？）做了哦。怎麼，還賴上我了？

臺詞影響了女的的情緒，她都要哭出來了。

好吧我說過，懷上了我們就結婚，生下來，我說過。男的嘆氣，眼睛看去別處。

可是我們怎麼結婚呢？女的聲量高起來，我也不要墮胎！我要生下來！可是我們怎麼能結婚呢！

她站著，左手托住自己的頭，脖子已經撐不住頭了。

她給崔西打了一個電話。

你在醫院？你懷孕了？崔西說，你最怕懷孕了。

沒。她迅速地否認，停了一下，說，我為甚麼怕懷孕？

崔西在電話那頭笑。

我落枕了，一路歪著脖子到了醫院。她說，我現在給你打電話，我的頭還歪著。

好吧不是懷孕。崔西說，那你趕緊進去吧。

可是我一個人根本就進不去。她說，我聞到醫院的味道都會昏過去，我們小學時候是不是傳過一陣謠言？要打一種針，女生打在肚子上，男生打在腦門上，打了針，所有的男生都變傻了，所有的女生都不會再生小孩了，你還記得嗎。

我不記得了。崔西說，你還是快進去吧，再猶豫來猶豫去，會被別人以為你在猶豫墮胎。

我剛才見到一個女孩要去墮胎。她說，他們還在討論，可是她一定很痛苦。

當然。崔西説，很多時候討論就是痛苦。

(三)

她和同學們在體檢醫生面前脱得只剩下內衣內褲，發育了一點點的女生身體，按照指令下蹲，雙手平舉。她縮在角落，含著胸，不想讓任何人看到自己的身體。她剛剛從門後的鏡子裏看到了自己，一根一根肋骨，慘白的皮膚。她在那個瞬間覺得羞恥。

她第一次看見崔西的身體，崔西的肚臍眼渾圓。

(四)

拿女人的鞋盛酒，崔西説，神經病。

她抬頭望了崔西一眼。

你知道那個腳是怎麼小的嗎？崔西説，把前掌折斷，然後再折疊。

為甚麼？她説，你看的甚麼書？下午要測驗你不溫書？

男人撫摸女人粉碎了的腳骨才產生強烈的性慾。崔西説，一直到今天。

(五)

她關掉電話，回家，脖子持續地疼。

出現了一輛公共汽車，車門開了。

她正在注視公交站牌下面一隻拱垃圾堆的動物，似貓似狗，又長了一張狐貍臉。一個男人跑過來，抱住似貓似狗，摟在懷裏，似貓似狗舒坦得把肚腹都露出來，嗯嗯啊啊地叫喚，像貓，又很快掙脫出來，腳著了地，重新去拱那堆垃圾，又像狗。

她艱難地轉過了脖子，望著那輛突然出現的公共汽車，沒有人聽見它的聲音，它就像是空氣變的，出現了。開著的門，又像長滿利齒的嘴，要把進入它的人都細細啃咬一遍，才囫圇吞下去。

她上了車。

每個人都擠在一起，車廂的後部卻是空的，不知道為甚麼，他們都不去後面，他們集中在車廂前部，像抽乾了空氣的貯藏袋，兩個人合併成了一個人。她從這些人中間擠過去，脖頸劇痛，伴隨強烈的惡心。她開始後悔，她想著只要車一停就下去，立即下去。公共汽車緩慢地朝前開，也許只是幾米，她都要昏過去了。

集體的力量，沒有人動一動，她徒然掙扎了一番，只把自己塞進了更加緊密的一個貯藏袋，各種各樣的臭。她勉強拉住扶手，緩慢地顛簸。

一隻手游了過來，從背面到前面，扣住了她的胸。她的血都湧上了頭，她努力掙脫，那隻手卻活躍起來，又往下滑。

她掙扎，鬆了扶手，但是雙手馬上被另一隻手鉗住，鐵一樣的牽固，接下來是腿，腰，甚麼都被鉗制住了。她開始明白自己陷入了一個圈套，一個集團，甚麼都安排好了的。驚恐的獵物。

她一下子就把他辨認出來了，油汗鼻尖，充血的臉，那隻手已經在同夥的幫助下準確地進入了她的兩腿之間。

血凝在頭部，她開始神志模糊，她的眼前出現了很多光，交叉著干擾著，飛來飛去。夢。鐵絲網。怪獸。前方。危險。撕裂。

獨自一人。陰沉的天。冷笑的怪獸。

一個流血的妓女。他們毆打她。

血像蚯蚓，蔓延。

她用力掙扎，卻令他更興奮，他的手指滑進了她的裏面。

她顫抖得厲害。她確定了他們是一個團夥。他們輪流，進攻，互相支援。

她的手腳仍然被牽制著，手的力量巨大。她沒有再反抗，她完全不動了，她緩慢地偏了一點頭，注視他的眼睛，注視。他撒了手。

她在瞬間的潰散中逃離了密封袋，車門開了，她跌跌撞撞地下了車。

⑥

我今天去醫院了，她突然說。

他停了一下。

落枕。她說，沒別的。

他說哦，翻身下牀。

她躺了一會兒，聽著他淋浴的聲音，給崔西打了一個電話。

我以為我再也不會碰到這樣的事情了。她說，可是我又碰到了。

甚麼事情呀？崔西迷迷糊糊的聲音，你又半夜三更打電話吵我。

我們中三時候的事情，一模一樣。

嗯？

秋遊，記得嗎？她說，咱倆掉了隊，都是你的主意，你說跟班裏那幫俗人在一起太沒勁了，我們要自己玩，我們就拐上了一條完全沒有人的小路，我們從石頭臺階走下去。你在聽吧。

嗯。

一個男人從臺階下面走上來，只有他一個人，我們兩個人，再也沒有第四個人，他走上來，我們走下去，臺階又很寬，我們和他一點也不搭界，但他抬頭看了我們一眼，你記得嗎，他看了我們一眼，又埋下頭。我們從右邊走，他從左邊走，臺階非常寬，根本也不認識的，我們和他擦肩而過的瞬間，他伸了手，摸了我，又若無其事地走過去了。我當時呆掉了，站在原地，像被雷電打中了那樣一動也不動了，我也忘了發出任何聲音。你叫了一聲你記得嗎？你一邊叫一邊發抖，我轉頭看他，他若無其事地走著，很慢，好像甚麼也沒有發生，就這麼走掉了。

嗯。

回來的路，我又被襲胸，你知道的，你就在我的旁邊，那雙擁擠公共汽車裏摸了我的胸的手。你和我在一起，為甚麼你一點事也沒有？我一直在想這個問題，為甚麼你和我在一起，一直和我在一起，我經歷的事情你沒有經歷？

嗯。

崔西？

親愛的睡吧，也讓我睡吧。崔西說，我們每個人都是不一樣的。

她掛斷了電話。他還在淋浴，漫長的淋浴。

㊆

她又去了醫院。奇怪的是電視裏又在播放那部電影。一個紮著小辮的男人，對住一個披頭散髮的女人。

在她掛號的同時，紮著小辮的男人又說，給你錢，你把它（他？她？）做了哦。怎麼，還賴上我了。

脖子疼，掛甚麼科？

傷科。窗內不耐煩的聲音，扔出了掛號牌。

醫院的氣味讓她頭昏腦脹。她在一條人龍的最尾站了一會兒，他們都在排一個老醫生，老醫生慈眉善目，講話慢條斯理，看一個病人不少於十分鐘。

她望了一眼診療室，老醫生後面的桌子還坐著一個年輕醫生，空閒到翻雜誌。

她就走過去，病歷放到他桌上，桌旁的椅子，坐了下來。

他倒受了驚，定定地看著她。

你是醫生嗎？她說，你看病嗎？

他慌亂，雜誌塞進抽屜。

脖子疼。她說，好像斷了。

問題不大，他說。

不大嗎？她說，我的頭都要掉下來了。

你要多活動，他說。

我要多活動。她重複他的話。

他的手準確地按住了那個點。

她想的是，為甚麼脖子疼，穴位卻在肩上呢。

手的力量加大，她躲閃了一下，更大的力。她閉上了眼睛。

過程就是痛的。他說，痛過之後就好了。

她沉默了一下。

醫生。她說，你的手累嗎？

八

睡得迷迷糊糊，依稀聽見門鈴響。她掙扎著爬起來開了門，他靠住門框，滿面潮紅。

你要說甚麼？他說。酒氣。

我不說甚麼，她說。

做一下。他笑得詭異，做一下。

睡吧。她說，喝多了去睡覺。

好的好的。他繼續笑著，我去睡覺。然後一把抓住她，壓到牀上。

突然吧，他說。跨到她上面，扣住了她的雙手。

她掙扎，直到精疲力盡。

關燈好嗎？她發著抖，又盡力柔和。

不，他說。直接進入了她。

手就變作了蛇，從她的手指到手臂再游到脖子，停留在她的咽喉。窒息。身體發了冷。

㈨

慶祝？崔西說，身上來了就要請我吃飯？

是。她說，沒懷孕，所以要慶祝。

你根本不愛他吧？崔西說。

愛吧，她說。

他肯定愛你，崔西說。

他要殺了我。她說，我晚上都不敢合眼，我怕我一睡著他就會掐死我。

你去看醫生好不好。崔西說，別生氣，我總覺得是你要掐死他。

他渾身上下都散發著殺氣。她說，他站在那兒，我就看見他周身殺氣騰騰，他的手伸過來，氣焰就先碰到我。

你愛一個要殺你的男人？

愛吧。她說，可是我不要他碰我。

崔西說你看那邊。

她轉頭。旁桌一個夜妝還沒卸的小姐，為自己叫了一桌菜，一瓶酒，然後點了一根煙。

小姐一身黑，脖子都掩得密實，可是桌子下面的腿分得很開，有點太開了。

她們髒嗎？崔西說，其實她們挺乾淨的，她們從來不和嫖客接吻，因為她們的吻還是貞潔的。

那我們怎麼判斷男人的貞潔呢？她說，他們又不會流血。

⑩

喝多了。他說，我都不知道我幹了甚麼。

她不說話。

還生氣？

沒有了，她說。

他在電話那頭鬆了口氣，我一天都在給你打電話，你去哪兒了？

她的腦子裏一片空白。

你幹甚麼去了？他又問，整整一天的時間，你不可能總在大街上逛吧？

她關掉了電話。

(十一)

傾盆大雨，劇痛加劇。她直接去了醫院。

給我打一針吧。她說，如果可以馬上不痛，我現在就要打一針。
打甚麼針？他說，我們不打針。
我這兒沒有一種針是可以馬上止痛的，他又說。
排著隊的病人們突然都消失了，老醫生也離開了。
下班了？她說。
下班了。他說，下午再來？
哦，她說。
你要吃飯嗎？他說。
我不吃飯。她說，我下午再來。
我請你，他說。
我不吃飯，她說。
那我遲些吃飯，他說。手按上她的肩。
她聽得見角落水池裏水滴的聲音，嘀嗒，嘀嗒。幾分鐘，卻有幾個世紀那麼長。
你上次問我手累不累。他說，從來沒有人會問這種問題。
她沉默。
你真的不吃飯嗎？他說。

真的，她說。

你知道嗎？他說，你問我手累不累，換了任何一個別人我都會覺得可笑，但是你說出來，我怎麼是，心裏一動。

我不記得了，她說。

醫學院沒有教你不可以與病人有任何工作之外的聯繫嗎？她又說。

那不一樣，他說。

有甚麼不一樣的，她說。

我愛上你，他說。

她說謝謝。

⑫

我太羞恥了。她說，我總是赤裸著站在大街上，在我的夢裏。

我都不做夢的，崔西說。

很多人看著我。

沒有人看你，崔西說。

你不知道他們是誰，也看不見他們的臉。她說，他們圍觀我，他們衣冠楚楚，我甚麼都沒穿，我在被注視之後才意識到這一點，我感到了羞恥，我在我的夢裏羞恥。於是我拼命想找些甚麼來遮掩自己的身體，可是我甚麼也找不到，一絲布條也沒有，我赤身露體，大庭廣眾之下，我蜷縮起來，越來越小，我想讓他們看不見我，可是不管我怎麼做，他們都看著我，他們甚麼都看得見。

他們？人？還是神？還是你自己？崔西說，你看了你自己二十年，還要看下去嗎。

㈩三

我要你為我懷一個小孩，然後把這個小孩做掉，因為第一個小孩總是不聰明的，應該把不聰明的小孩做掉，他說。

我根本就不想有小孩，她說。

你必須要為我懷一次孕。他說，認證我們的愛情，至少你也要懷一次孕。

如果我懷孕，我會把孩子生下來的，她說。

那倒不必。他說，第一胎總是會很笨，我們要生就要生第二胎，你明白嗎？第二胎才聰明，第一胎要做掉。

神經病，她說。

你為甚麼恨我？他說。

我不恨你。她說，但是你有病。

你背叛了我，他說。

如果說背叛。她說，就是我滿懷厭惡卻要迎合你。

你又去醫院了？他說，你又落枕了？

她不說話。

或者你是去確認你有沒有懷孕？

她不說話，站了起來，往廚房走。

他從後面抱住她，你要幹甚麼？

我整理一下，她說。

你不會是去拿一把刀吧？他說。

不會。她說，我只是去，整理一下。她發著抖。

我跟你一塊兒去，他說。

放開我！她叫了出來。她掰他的手，用了最大的力。

他把她抱得更緊。你的眼神不對，他說。

我又不會殺你。她說，我有刀也只殺我自己。

還不如殺我。他說，你知道嗎我有多愛你。

我不知道。她冷靜地說，愛是甚麼。

十四

你是不是問過我。崔西說，為甚麼做的時候會突然忘掉他的名字。

沒有吧，她說。

有吧，崔西說。

我問的是，崔西，為甚麼做的時候會去想別的，她說。

為甚麼？

我問你啊，為甚麼？她說，我確定我愛他，可是我不要和他做，每一次我都很疼，撕裂了那麼疼，我只好去想別的，痛苦會減少一點，直到成為習慣。

去看醫生，崔西說。

看過了。她說，都查過了。

換個人呢？崔西說。

換過了。她說，可是我都不愛他。

為甚麼不試試？崔西說，也許會好，男人跟男人不一樣的。

有甚麼不一樣的？她說，男人跟女人都是一樣的。

怎麼會一樣？崔西說，所有男人的眼睛都在大街上操女人，我為甚麼不上街，因為我怕被目光強奸了。

你又神經病了吧，她說。

我很好。崔西說，你以為做了才算是做了？你只是想一想，你已經背叛了你的愛，做不做都不重要了。

我想甚麼。

誰知道你想甚麼。崔西說，做的時候還想別的，別的甚麼？

甚麼？她說。

另一個男人？崔西說。

有時候是一個木馬，有時候是一個甜甜圈。她說，我想的不是人。

⑮

半夜，她的電話響。她看了一眼他，他翻了個身，又睡去了。她輕輕地起了牀，拿著電話去了洗手間，關了門。

為甚麼打電話？她說，這個時間。

我愛你，他說。

你是要愛我，還是要我，她說。

愛你。他說，也要你。

不要再愛我了，她說。

你愛我嗎？他說。

我不愛你，她說。

你為甚麼不愛我？他說。

因為我不愛你。她說，你不要再打電話給我了。

闗了電話，她看了一眼鏡子裏的自己，披頭散髮的女人，眼尾都有了細紋。她看了很長時間。

她上牀前又看了一眼他，他還睡著，姿勢都沒變。她緩慢地躺了下去。

怎麼這麼涼？他忽然說。

（十六）

愛和性，你選哪個？崔西說，

有沒有人又有愛又有性的，她說。

肯定有。崔西說，不知道在哪裏。

我性冷淡，她說。

那是男人不對，崔西說。

我愛不冷淡，她說。

那是男人不對，崔西說。

(十七)

她拉著他的手，公園散散步。天色陰沉，像是要下雨。

迎面一個賣傘的小販，手伸到她面前，買傘吧？買傘吧！傘和手快要碰到她的胸。

滾！她喊出聲。

小販瞪她一眼，轉身走開，又回頭瞪她一眼。

他說一個賣東西的，你又氣甚麼。

他靠我太近了，她說。

他都沒有碰到你，他說。

可是他靠我太近了，她說。

可是他沒有碰到你，他說。

她鬆了他的手，獨自往前走。

你別太過份啊！他說。

(十八)

你在想甚麼？

木馬和甜甜圈。

甚麼？

藍色甜甜圈，空心雲朵，穿芭蕾舞裙的木馬。

圓圈很多時候是圓滿和虛無的意思，有時候是甜的和輕的日子。崔西說，木馬是死的，邏輯是死的，芭蕾舞裙是性幻想，兩個一起分析，就是性幻想被邏輯殺死了。所以甜的和輕的太重要了。

你是活生生的，她說。

可是我好想死啊，崔西說。

⑲

你在做甚麼？

打電話。她說，崔西。

誰？他困惑地看著她。

崔西。她說，我最好的朋友啊，崔西。

從來都沒聽你提起過，他搖頭。

而且你的電話都沒有開機。他說，我只看見你自己一個人，在那兒說話。

本創文學28

九龍公園

作　　者：周潔茹
責任編輯：黎漢傑
文字校對：聶兆聰
封面設計：何幸兒
法律顧問：陳煦堂 律師

出　　版：初文出版社有限公司
電郵：manuscriptpublish@gmail.com

印　　刷：陽光（彩美）印刷公司

發　　行：香港聯合書刊物流有限公司
香港新界大埔汀麗路36 號
中華商務印刷大廈3 字樓
電話 (852) 2150-2100　傳真 (852) 2407-3062

版　　次：2020年3月初版
國際書號：978-988-79919-6-0
定　　價：港幣118元　新臺幣420元

Published and
printed in Hong Kong

香港印刷及出版
版權所有，翻版必究

香港藝術發展局
Hong Kong Arts Development Council 資助

香港藝術發展局全力支持藝術表達
自由，本計劃內容不反映本局意見。